爱的接力棒

そして、バトンは渡された

濑尾まいこ
Maiko Seo

[日] 濑尾麻衣子 著

青青 译

SJ 北京时代华文书局

简体中文版作者序

《爱的接力棒》能够有机会呈现到中国读者的面前，我倍感荣幸。

我虽然没有去过中国，但一提起中国，首先就会想到糖醋里脊、干烧虾仁、饺子、拉面、小笼包……总之，好吃的东西多到数不过来。我想除了中国，没有哪个国家会一听到国名就联想到如此多的美食。

摆上一桌的美食，大家热热闹闹地围到桌前。光是想到中国朋友们温馨的用餐场景，我就倍感温暖。

一个人生活的时候，我早饭一般花五分钟，晚饭不到十分钟就能解决。如今有了女儿，晚饭期间听听女儿分享幼儿园的事情，时常要耗费三十分钟以上。等丈夫下班回来后，开始吃第二顿晚饭，再听他讲讲工作上的事情，又要花去将近一个小时。因此，我的体重也不断攀升。相比独居那会儿，用餐时间变得特别而珍贵。

《爱的接力棒》中也出现了与重要的人一起吃饺子、拉面等料理的桥段。写这一部分的时候，我觉得十分享受，尤其是描写吃饭聊天的场景时，我常常沉迷到忘记时间。

平时我很少围绕特定的主题去创作小说，但在写这本书的时候，我会下意识地想"我要把这种情感刻画出来"。

这部小说描写的是一个女孩被几个或有血缘、或无血缘关系的家长温柔地养育成人的故事。起初我觉得能够爱一个人是一件幸福的事情，但随着故事的发展，我逐渐发现，相比被爱，拥有可以爱的人才更幸福。

我现在有一个六岁的女儿，与她一起生活的日子时常吵闹而烦人，但相应的，未来也能收获双倍的感动。当然，不光是和有血缘关系的孩子，与比自己年轻的人在一起，也会觉得自己的未来充满了更多可能，也会变得更期待未来。如果是一个人生活，应该不会有这种感受吧。

这是一部情感细腻的小说，希望当中的故事能给读者们带来感动与欢乐。

濑尾麻衣子

做点吃的吧。这是一个秋高气爽的早晨，尽管我一大早便斗志昂扬地走进了厨房，可依然不知道该做什么。

毕竟接下来有件人生大事要办，还是做猪排盖饭吧。不行！又不是去比赛，会不会显得很奇怪？待会儿说不定很考验体力，不如做饺子吧，给身体补充点能量。也不行！今天可是重要的日子，绝不能弄得嘴巴里一股大蒜味。不如做个蛋包饭，然后用番茄酱在蛋皮上写几个字？优子肯定又会觉得夸张吧。焗饭、蒸饭、煎肉饼……我在脑中细数着这八年来意外掌握的几项拿手料理。不管我做什么，优子都会嘴上说着"一大早也太沉重了吧"，然后吃个精光吧。不过，今天肯定会有很多话要聊，还是做点即使变凉也依然好吃的简餐吧。

"虽然吃过很多人做的蛋料理，不过还是觉得你做的煎蛋最好吃，火候把握得恰到好处。"

优子好像这么说过呢。对啊，就做个松松软软的鸡蛋三明治吧。下定决心后，我从冰箱里拿出黄油、牛奶和几个鸡蛋。

第一章

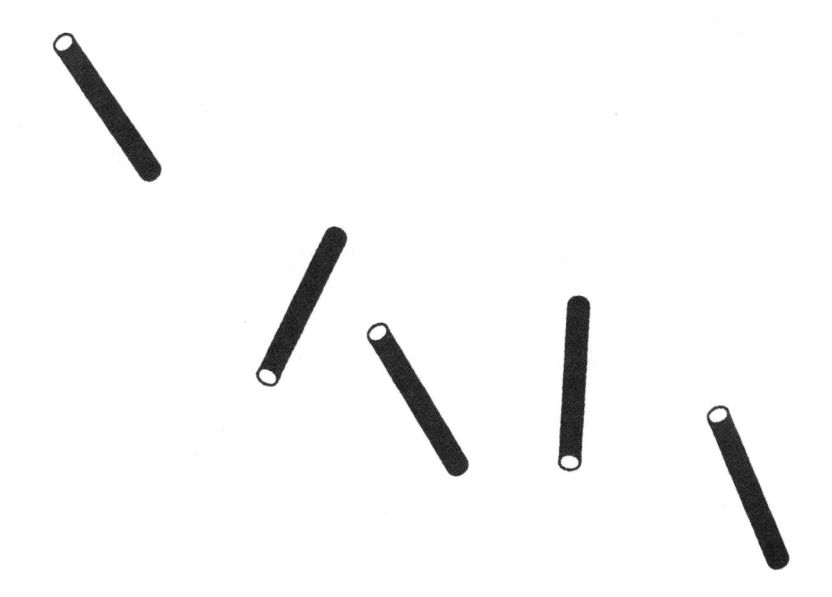

1

真伤脑筋，我的人生完全和不幸搭不上边。哪怕遇到那么一点困难或麻烦事也好，眼下完全想不出合适的答案。尽管这已经是常态了，我还是不由得面露歉意。

"性格爽朗不是什么坏事，但你要是有什么困难或者伤心事，不说出来别人可就不知道哦。"

坐在正前方的向井老师说道。

高二最后的志愿面谈时，我和班主任面对面坐在讲台的桌子前进行着谈话。这里只有我们两个人，平日拥挤嘈杂的教室此刻显得格外空旷。

我根本没有什么困扰，也没有什么难过的事情。正当我不知该如何回答时——

"你不想说的话，也可以不说，不过我想了解你在家里的情况。和我讲讲吧，森宫。"

老师如此说道。

"森宫……没错，我是叫森宫。"

突然被老师唤作"森宫"，我确认似的重复起自己的姓氏。老师随即露出讶异的神情，肯定在纳闷我怎么连自己的姓都搞不清楚吧。

"啊，那个……平时朋友和周围的人都叫我优子，突然叫我的姓,一下子没反应过来。"

说出真实的理由后,"啊,也是啊,毕竟优子更好听呢",老师这才心领神会地点了点头。

优子虽是个随处可见的普通名字,但确实不错。这十七年来,我一直这么认为。不管搭配什么姓氏,都不会显得怪异。

出生的时候,我叫水户优子,后来还叫过田中优子、泉原优子,现在又改成了森宫优子。因为起名字的人不在身边,我也不知道为什么会给我起这个名字。不过,优子这名字不管跟长姓氏还是短姓氏,复杂姓氏还是简单姓氏,都十分相配。

"虽然经历了很多,不过跟你的名字一样,你也有乖巧的一面呢。"*

"欸……"

虽然我改过很多次姓,不过并没有什么很了不起的经历,也没有多么乖巧懂事。向井老师平时很少这样夸我,既然都这么说了,我也只好先回应一声"谢谢"。

"但我还是觉得你身上存在一些不足,比如说不够坦诚,喜欢和周围的人保持距离。"

"呃……"

"要是有什么想法的话,不妨和我说说。倾听学生的想法是老师的职责呀。"

"说得……也是呢。"

随便说点什么吧。我已经记不清至今为止有多少次从老师口中听到这句话了。不仅是班主任,连保健老师、心理咨询老师也

---

* 日语中的汉字"优"也有"温柔乖巧"的意思。——译注(后同)

都曾这样小心翼翼地和我谈话。老师们总希望我能坦诚地说出自己的烦恼。我现在最需要的就是烦恼，烦恼。尽管我努力张开双手试图获取些什么，但仍然一无所获，这让我很是愧疚。这种时候，必须得讲点悲惨的事情才行。总之，先随便编点什么烦恼，糊弄过关再说吧。正当我这么想着，眼神锋利的向井老师似乎看透了我的心思。非要说有什么困扰的话，眼下这种局面正是我最大的困扰。明明每天过着正常人的平凡生活，却像辜负了大家的期待一样，莫名地感到自卑。我不觉得自己是个爱逞强的人，却总是受到周围人热切的关心。被迫为平凡的生活感到自卑，这才是不幸。

"也是，没有哪个学生会真的对老师推心置腹。"

见我迟迟不肯开口，老师终于放弃，用不以为然的语气说道。

向井老师和我先前遇到的老师有些不同，她对我的态度不是同情，而更像是不解。她给我的感觉不是"这孩子好可怜"，而是"这孩子到底在想什么"。虽然我不喜欢被同情，可过得如此平淡自在的我，整天被追问"到底在想什么"，我也会伤脑筋的。

"对了，你填的是园田短大*？"

"啊，是的，没错。"

对啊，这不是人生面谈，而是志愿面谈。终于不再被追问想法，我松了口气，用力地点了点头。

"为什么想去短大？依你的实力，考四年制的大学完全没问题吧？"

"因为那里离家近，而且上园田短大的生活科学系可以考营养师资格证。我希望将来能从事食物相关的工作……听说园田短大

---

* 即园田学园女子大学短期大学部。

还可以考取食品专家资格证,加上地方也近,刚好符合我的要求。"

"这样啊,看来志愿的事情你已经仔细考虑过了呢。嗯,非常不错,而且也在你能考取的范围内。"

"谢谢老师。"

向井老师是一名五十多岁的资深教师,脸上没有化妆的痕迹,头发绑成一束扎在脑后,打扮十分随意,简直像个为教书而生的人。许多老师会在闲聊时打趣似的提及自己的事情,但向井老师是个例外,她很少聊家常,没人知道她的隐私。

"那今天先这样。"

老师简单地结束了谈话。

老师刚刚说的"看来志愿的事情你已经仔细考虑过了呢"是什么意思呢?是想说我对其他事情都很随便吗?正当我打算询问,老师已经叫了下一个同学的名字,我也只好作罢。毕竟她说了园田短大在我的能力范围内。于是,我轻轻行了个礼,离开了教室。

"森宫叔叔,下次结婚能不能找个脾气坏点的后妈。"

我边吃着放有大葱、香菇、油菜、豆腐的咖喱大杂烩,边说道。

"为什么这么说?"

森宫叔叔总是一副饥肠辘辘的样子,每天下班回来都直接穿着工作装吃晚饭。尽管我多次提醒他换下那套沉闷的工作装,可他从来不听,今天依然如此。

"身边总是围着一些善良的人,也够呛呢。下次娶个脾气稍微有点坏的后妈也许会更省事。"

要是我向老师们倾诉新来的后妈经常刁难我,他们一定会喜闻乐见的。

"周围的人都很善良，不应该是好事吗？"

"话是这么说没错，虽然经常换父母，但我也没受过什么苦，这多少有点说不过去吧。人们不是常说嘛，年轻人就应该多吃点苦。"

"你还真另类呢。不过，你好歹活了十七年，应该有过两三次难过的经历吧。"

森宫叔叔边吃着碗里的食物，边说道。

"非要说的话，也算有吧。"

我有三个爸爸，两个妈妈。这十七年来，家庭形态变更了七次。状况变换得这么频繁，我难免会感到疲惫，比如在新的父母面前感到紧张；为了适应新家的规则，整个人不知所措；为跟刚处熟的人分离感到悲伤，等等。但基本都在我能够承受的范围内，似乎与周围人所期待的悲惨和苦难有些差距。

"但我清楚，我经历的苦难根本不值一提。或许我的人生需要一些戏剧性的不幸……"

"你总是时不时地说些奇怪的话呢。不过，就算你有个脾气坏的后妈，也不一定能轻易变得不幸吧？不说这些了，这大葱味道浓郁，很好吃呢。"

"谢谢夸奖。"

每次我做好晚饭，森宫叔叔都会毫不吝啬地夸奖我。

"你的想法虽然很奇特，不过把食材混在一起，味道确实不错。"

"我只是把食材扔到一起随便煮了煮，像这种大杂烩，怎么做都好吃吧。"

烤或者煮鱼和肉的时候，最好搭配点蔬菜和豆腐，把几种食材放在一起的话，就能做出一道营养均衡的美味料理。这是以前一起生活的梨花姐姐教我的。虽然我很喜欢做饭，但放学后实在没心思折腾，平日我都是随便煮或者炒点什么对付一下。虽然食材种类很多，但只有一个配菜多少有点单调，不过森宫叔叔每次都会满足地吃完。

"别老说这些奇怪的话啦，饭菜都要凉了，快点趁热吃吧。不过，仔细想想，要是真和一个坏脾气的人结婚，到时候不幸的不是你，而是我吧？"

森宫叔叔笑着说道。

"是吗？不过，她毕竟是我后妈，肯定会对你很好，对我很坏的。"

"是吗？"

"当然了，毕竟我是个碍事的家伙。后妈就是后妈啊。"

后妈说不定会单独减少我配菜的数量，故意藏起我心爱的东西，还骂我是笨蛋，恨不得我消失。这样一来，我就会非常可怜。这才是周围人希望看到的不幸。

"后妈后妈，梨花也是后妈啊。"

"欸？"

听到森宫叔叔的话，我不解地歪起头。

"没有血缘关系的母亲都叫后妈。"

"咦？这样啊。"

原来我早就和后妈生活过了。可能是受曾经读过的童话故事的影响，我根深蒂固地认为后妈就是狠毒的，但看来并非如此。梨花姐姐虽然大大咧咧，经常弄丢东西，但从来不会藏我的东西。她也怕麻烦，经常做非常大份的料理，但唯独不会减少我配菜的数量。真是遗憾，看来后妈也不一定都是坏的。

"看来我只能放弃后妈这条路了。"

"别这样嘛。像生病、事故、死亡，真正的不幸是非常惨烈的。

别总想着怎么让自己不幸,这样只会让你生活得很痛苦。"

森宫叔叔一边把剩余的汤汁倒到饭上,一边对我说道。他每次都能出乎意料地把饭菜吃个精光。

"而且我不会再结婚了。"

"是吗?"

我倒觉得他应该结婚,完全不用担心我的感受。毕竟森宫叔叔才三十七岁,就这样孤零零地度过余生,也太孤单了。

"身为父亲,这是理所当然的。即便要结婚,也要等你嫁人后再说。我有义务把你放在第一位。"

"千万别,万一我这辈子都嫁不出去怎么办?"

"那也没事啊。身为父亲,我还巴不得呢,这反倒合了我的心意。"

没有半点父亲的气场和威严的森宫叔叔笑眯眯地说道。仔细想来,梨花姐姐似乎也说过类似的话。她说能有机会当我的妈妈,她觉得很幸运。我一直觉得当父母是件非常麻烦的事情,看来也不一定是这样。

"算了,想这么多我也累了。对了,把昨天买的布丁拿出来当甜点吃吧。"

我只是偶尔想回应一下大家的同情和安慰,倒不是真想刻意制造什么痛苦难过的经历。即便自己的处境和周围人想象的不太一样,我也没理由刻意往痛苦的火坑里跳。我决定不再讨论不幸的事情,朝冰箱走去。

"抱歉,我今早把布丁吃掉了。"

森宫叔叔小心翼翼地说道。

"欸?"

"布丁……被我吃掉了。"

森宫叔叔满怀歉意地低下头。我连忙安慰说："没事，我买了两个呢。"

虽然他不像个父亲，可好歹我们在一起生活。买点心的时候，我都会顺手连他那份也一起带上。

"那个……我吃完一个发现味道很好，于是把两个都吃掉了。今早不知怎的，莫名其妙地想吃甜食。"

"两个都吃掉了？一大早？"

"是啊，我早上吃东西是不挑的。你看，我平时不也吃过饺子、奶汁烤菜什么的嘛。"

我可不管森宫叔叔的胃口有多好，我只知道想吃的布丁没了，此刻的我很沮丧。

"本来打算买来晚饭后吃的。"

"抱歉抱歉，前段时间公司同事送了我信玄饼当特产，应该在包里，就拿那个代替布丁吧，你等我会儿。"

森宫叔叔拿起沙发上的包，嘀咕了声"啊，找到了"，从里面掏出一小包东西。

"这是什么时候的？"

递过来的特产已经被压得皱巴巴的。

"大概十天前给的吧。没事的没事的，信玄饼没那么容易坏。"

"我想吃的又不是这个。"

"别这样嘛，很好吃的，来，吃点看看。"

森宫叔叔微笑着劝道。

"那我尝尝看吧。"我拆开包装袋，把整个信玄饼塞到嘴里，突然，饼表面的黄豆粉呛进了喉咙里。

"别慌啊，慢点吃。"

看到我被呛到的狼狈样，森宫叔叔笑了起来。

"我才没慌，要是换作滑滑的布丁，早就吞下去了。你看，我的气管和食道都生气了。"

"你的内脏好可怕。"

"我的身体十分渴望布丁！"

我一边调整呼吸，一边辩解道。信玄饼虽然好吃，但跟布丁有着天壤之别。

"抱歉啊，可能因为我不是你的亲生父亲，不懂得控制自己的食欲，没把东西留给女儿吃，真对不起。"

见我咳得眼泪都出来了，森宫叔叔连忙给我倒茶。这种时候就找借口说因为不是亲生父亲，还真会说啊。再说了，就算不是真正的家人，一般人也不会随便吃别人的东西吧。竟然把两个布丁都吃掉了，看来不幸都是潜伏在日常生活里的。这遭遇非常值得同情。我不满地瞪着森宫叔叔，仰头把茶一口喝光。

2

关闭闹钟，拉开窗帘，柔和的阳光在房间里蔓延开来。这是春季特有的温暖。眼下正值开学和毕业的季节，我一直认为，把新起点定在四月*是正确的决定。因为和煦的阳光能够掩盖一半的紧张和不安。虽然高三的开学典礼上并不需要特别准备什么，温暖的阳光还是让我的内心逐渐变得平静。

大概是因为春假休息了太久，我一大早迷迷糊糊地走进餐厅，

---

* 日本的学校统一在四月份开学。

一股香浓的酱汁和油的味道扑面而来。这是什么味道来着？我用力吸了一口气，努力回想。

啊，想起来了。去年高二入学的时候，早饭也是吃的这个。可人家的胃还没清醒过来呢。我无精打采地坐到桌子前。森宫叔叔连忙笑眯眯地把一大碗饭端到我面前。

"早啊，优子，从今天开始你就是高三学生了呢。"

"是啊，可是……"

我往碗里瞟了一眼，叹了口气。果然是猪排盖饭。就算我早饭很能吃，一大早吃炸猪排也太油腻了吧。

"今年会有升学考试，高中最后的体育祭和文化祭上也会有很多比赛计划吧。"

"是……吗……"

高二开学那天早上也是如此。森宫叔叔念叨着"听说为了让孩子有个好的开始，妈妈们第一天都会给孩子做炸猪排*"，然后干劲满满地给我做了一碗猪排盖饭。森宫叔叔所认为的"父母心"偶尔和现实有点偏差，这让我很是困扰。

"好了，赶紧趁热吃吧，这可是我一大早起来为你准备的。"

"嗯，也是呢，谢谢你。我要开始吃了。"

如果森宫叔叔是我的亲生父亲，我肯定会反驳说"一大早吃炸猪排太油腻了"，或者"不过是开学典礼而已，没必要讨什么吉兆吧"之类的话。森宫叔叔打着哈欠，开始给自己泡咖啡。毕竟是他一大早为我准备的，不管换作谁，都没办法拒绝别人的一番好意吧。

---

* 日语里的"炸猪排"和"取胜"发音相似。

"你不吃吗?"

为了不给胃造成太大负担,我小心翼翼地嚼着炸猪排,同时向坐在对面的森宫叔叔提问道。他面前没有猪排盖饭,只放了一个小纸袋。

"虽然我早上能吃咖喱啊、饺子啊什么的,但油炸食物实在有点受不了,我昨天买了蜜瓜包,今早就打算吃这个了。听说这家店的蜜瓜包味道非常不错。"

森宫叔叔从袋子里取出蜜瓜包的那一刻,黄油的香味顿时扑鼻而来。我也不愿意一大早吃油炸食物啊,我也想吃美味的蜜瓜包。坐在同一个桌上就应该吃相同的食物,难道这人连这点道理都不懂吗?

"啊,这蜜瓜包果然名不虚传,真好吃。"

"真羡慕你。"

我以无比羡慕的眼神看着嚼蜜瓜包的森宫叔叔,无奈地往嘴里塞了一口猪排盖饭。胃也开始慢慢活动起来,试图接受这油腻的早饭。

"我觉得早饭还是吃清爽点比较好,所以用了里脊肉,为了增加肉质的柔软度,我在炸之前把肉都敲了一遍,味道怎么样?"

森宫叔叔自信满满地说道。

"这样啊,很好吃哦。"

习惯这种味道后,嚼着混有浓郁酱汁的米饭,熟悉的味道在口腔里蔓延,其实还是很好吃的。尽管很排斥一大早吃猪排盖饭,但还是能从中感觉到森宫叔叔的努力。而且不管我平日做的料理多么失败,森宫叔叔都会吃完。我也要向他学习才行。距离出门还有二十分钟的时间,再不快点就要迟到了。我鼓起勇气,把炸猪排塞进了嘴里。

"优子一大早真有干劲，毕竟现在是高三学生了呢。"

看着我狼吞虎咽的样子，森宫叔叔露出了微笑。

"还行吧。"

"听说会分班，是吗？"

"是啊，不过不会有太大变动。"

高二的时候就已经根据志愿分过班了，我这个学科只有两个班，再怎么分班也变不到哪儿去。

"希望是个不错的班级呢。"

"嗯。咦？森宫叔叔，你这么慢腾腾的不怕上班迟到吗？"

他平时上班出门都要比我早的，怎么这会儿还在慢悠悠地喝咖啡？

"因为今天要做猪排盖饭，还要目送你去上学，所以我就请了一个小时的假。"

"就为了一场开学典礼？"

"是啊，毕竟是最后一年的起点，对吧？"

森宫叔叔理所当然地说道。

"我倒没觉得开学典礼有多重要。"

入学典礼还能理解，一般没人会像这样隆重地迎接开学典礼吧。况且我现在都是高中生了。

"是吗？"

"嗯，说不定只有我们班，不对，全国的高中生里，只有我会在开学典礼这天吃猪排盖饭。"

"欸？那猪排盖饭应该什么时候吃？"

看着森宫叔叔无比讶异的表情，我不由得笑出了声。

"还用问吗,当然是想什么时候吃就什么时候吃啊。森宫叔叔,您母亲也经常在你开学典礼那天做猪排盖饭吗?"

"我家管得很严,一直把学习放在第一位,所以我母亲从来没做过这个。早上一般都吃味噌汤、纳豆和鱼,她觉得吃这些对大脑和身体发育有好处,每天吃的几乎都一样,很无趣吧?"

森宫叔叔皱起了眉头。

在泉原叔叔家生活的时候,我也吃过十分讲究的日式早饭。虽然晚饭基本上大同小异,但早饭家家都有自己独特的风格。我叫田中优子那段时间,早饭基本都是吃面包;叫水户优子的时候,早饭大多是前一天吃剩的饭菜。相比森宫叔叔小时候,现在的早饭样式要丰富多了。

"我母亲是个非常刻板的人,一大早做猪排盖饭什么的,她肯定连想都没想过。上大学后,我离开了家,第一次在早饭里吃到了玉米片。"

"我觉得您母亲挺好的。哇,糟糕,得赶快出门了!"

已经七点三十分了。我使出最后一点力气,扒了几口猪排盖饭。

我现在住在一栋八层高的高级公寓楼里,我家在六层。这一带最大的高级公寓楼里有一百多个房间,可奇怪的是,不论是走廊上还是电梯里,都看不到什么人。仿佛各自的房间都被密闭了一般,气氛十分冷清。

进入自治会*,阅览巡回板报,和碰面的人打招呼,偶尔跟邻居们闲聊几句——我曾经也过过这种和附近居民相处融洽的生活。相

---

* 与我国居委会类似的社区组织。

比那时候，现在多少有点孤单，不过我喜欢这种自由的感觉。这栋公寓里的居民只会在偶遇的时候点头问好，从来不会无聊地打听别人家的家庭状况。若真要闲聊，三十七岁的森宫叔叔和十七岁的我是父女关系这件事，怕是一两句话解释不清楚。如果单纯形容为抚养关系，又容易引起误会。像这样互不打扰地生活，或许正是高级公寓的好处所在。

普通公寓、独立户、高级公寓，至今为止，像吃过的早饭种类一样，我居住的环境也经历过多次变更。不过俗话说"久居为安"，不管住在哪里，都会有好处和坏处，只要家庭关系融洽，住哪儿都一样。

走出电梯，穿过气派的大门的瞬间，入口处的樱花映入眼帘。粉色的花朵比昨天开得更盛，在地上洒下静谧的阴影。或许更换年级的时候是最为合适的时机吧，每次换父母都是在春季。或许父母们也是考虑到学年途中改名、搬家什么的不太好吧。不过也出于这方面的缘故，每到春天，我就会变得不安。

不过，今年春天，我的状态十分平稳。森宫叔叔在玄关处一边目送着我离开，一边用干劲十足的声音说"今晚用吃剩的炸猪排做猪排咖喱"。接下来，我将要在这里度过一段可以吃到各式早饭的生活。虽然我不确定现在的生活是不是最美好的，但一想到终于可以在一个家庭里长久地生活下去，我的内心就松了口气。

森宫叔叔这会儿应该在准备出门了吧。我仰头朝六楼的房间看了一眼，随即朝车站快速跑去。

换班后，我被分到了二班。同去年的光景一样，向井老师走进了教室。

"啊,又是向井啊。"

"班主任竟然是个老太婆,今年要完蛋了!"

几个男生在底下窃窃私语。老师当即用犀利的视线制止了他们。

"这是高中最后一年,今年你们每个人都给我自觉点。"

向井老师朝我们扫视了一圈,开始说道。

高三总共有六个班。大家肯定以为班主任就算不是年轻貌美的英语老师铃木,至少也得是担任学生指导主任的体育老师堺吧。向井老师虽然性格冷静严厉,但在班上有足够的震慑力。当她的学生不足以让人兴高采烈,但起码她是个可以让学生老实朝着志愿努力的人,也还不错。尽管大家很失望,但想法肯定和我差不多吧。不过,对于换过一次妈妈和两次爸爸的我来说,班主任是谁都没太大差别。

"上大学、就业,虽然每个人的目标不一样,但高中毕业后,大家就要朝着外面的世界迈出重要的一大步。你们当中有人从明年起要一个人生活,也有人要开始打工。今后为自己做决定的机会会越来越多,被当成成人看待的次数也会越来越多……"

"真好啊!好想快点一个人生活!"

"就是,好想试试一个人生活啊。至少不用被老妈整天唠叨,简直是天堂。"

看到男生们开始你一言我一语地谈论起独居生活的话题,老师厉声呵斥:"随随便便打断别人讲话的人是没有资格一个人生活的!"看着老师盛气凌人的态势,男生们只好耸了耸肩,面面相觑。

虽然周围有很多同学渴望离开父母一个人生活,但我从来没有过这种想法。

我和亲生父母相处的时间非常短,还没来得及感到厌烦,就已经开始和没有血缘关系的梨花姐姐一起生活了。后来当过我爸爸的还有泉原叔叔和森宫叔叔。兴许是因为没有血缘关系吧，又或许是因为历任父亲大多是这样，他们从来没有让我觉得烦过。而且正因为没有血缘关系，他们才会更加拼命地想扮演好父母的角色。普通家庭所没有的距离感时刻萦绕在我身旁。不知道是幸福还是不幸，我从来没有萌生过独居的想法。

正当我呆呆地想着这些，一份打印资料传了下来。到了最后一年，要提交的文件似乎也更多了。

"这份校园开放日的日程安排，有想去参观大学的可以尽早申请。后面这份是保健指南，上面写了，为了保证大脑的运转，一定要吃早饭。接下来这份是志愿调查表，填写完后，记得给家长盖章。"

老师一边简单地做着说明，一边分发资料。

光是看着这些色彩鲜艳的大学校园开放通知书和手册，我就不由得心潮澎湃。虽然我过的生活并不算枯燥，但一想到来年要进入一个比现在更大的世界，就不禁热血沸腾。

"最后这份是今年的各种考试日程表。下周有模拟考试，好好准备一下。"

老师将学年计划表分发下来后，教室里不断响起沉重的叹息声。刚想着新学年要开始了，结果一开始就是考试。我看了看日程表，学习日程被安排得满满当当，我的心情不由得沉重起来。看来接下来会是充满期待和忧愁的一年啊。今年也是校园生活最主要的一年。

和梨花姐姐一起生活的时候，我每天为了生活努力奔波。做泉原叔叔女儿的时候，生活太过悠闲和富足，反倒感觉有些不自在。虽然我不知道哪段生活是最好的，但能够把中心放在校园生活上，对我来说倒很新鲜。

"啊，到了高三就要纠结志愿什么的，好多烦心事啊。"

新学期第一天大约过去两个小时，我刚快步走出教室，便听到萌绘的叹息声。

"是吗？"

"就是啊，我很想去美发专科学校，但我爸妈一直有意见。要是看到我的志愿调查表，非得又闹矛盾不可。"

萌绘长着一头天然卷发，她撩起微卷的发丝，不满地抱怨道。

"我家人嘴上说选哪里都行，实际想让我上可以住家里的大学，真是烦死了。"

史奈也皱起了眉头。

"真的够呛呢。"

我跟着附和了一声，抬头望向天空。从教学楼往外踏出一步，接近十二点的明亮天空在视野中蔓延。四月，全天的日光都非常柔和。温暖的风轻轻袭来，我惬意地眯起了眼睛。

"啊，好羡慕优子。"

两人异口同声地说道。

"为什么？"

"因为没人会反对你的志愿啊。"

"因为我的志愿选得很合适啊。"

我所选择的园田短大离家大约三十分钟路程，完全可以住家里。不管从实力还是从未来就业来看，都十分妥当。

"虽然这也是一个原因，但就算你说将来要当歌手，也没人会反对你吧？"

史奈问道。

"那也不一定吧。"

虽然无法想象森宫叔叔抱怨的样子，但如果听说我要当歌手，他一定会非常惊讶。

"就算遭到反对，也可以回一句'你又不是我的亲生父母'，对吧？优子可是有很厉害的杀手锏的。"

萌绘打心底羡慕似的眯细了眼睛。

"我可从来没说过这种话。"

我生气地反驳道。

"真的吗？"

"一次也没说过？"

两人都有些难以置信，但我的确从没有萌生过说这种话的想法。因为我打小就很清楚，"你又不是我的亲生父母"这句话对对方造成的伤害到底有多大。既然大家都很努力地在扮演好父母的角色，那我也应该尽好女儿的本分。毕竟我们要成为一家人，这些都是理所当然的。

"要换成是我，我肯定天天挂在嘴边，不停地说，直到达到目的为止。"

"你也太可怕了！"我们说笑着萌绘刚刚那番言论，突然遇见在门口负责放学站岗的向井老师，当即摆正了姿势。

"你们三个放学路上注意安全。"

老师向我们叮嘱道。我们则说了声"再见"，小心翼翼地行了个礼，穿过了校门。

"不知道为什么，我感觉到了一阵压抑，明明只是普通对话，我却有种被训话的感觉。"

走到看不见向井老师的地方后，萌绘夸张地做起浑身颤抖的动作。

"那种严肃、沉闷、冰冷、不带丝毫幽默的气氛真的好恐怖。"
史奈皱起了眉头。

"确实。"我也跟着点点头。

"啊，对了，车站旁边新开了一家咖啡厅，我们去尝尝那里的生巧克力蛋糕吧。"

史奈提议道。

"好主意，我姐姐也说那家的巧克力蛋糕很好吃。"

萌绘顿时两眼放光。我也很喜欢巧克力蛋糕，小学入学典礼那天在家吃过。

"果然开学典礼时就应该吃蛋糕，而不是猪排盖饭呢。"
我黯然伤神地说道。

史奈再次皱起了眉头："猪排盖饭？"

"没什么。嗯，我们走吧。"

一想起猪排盖饭的事情，我的胃就不由得开始咕咕作响。"好饿啊。"我边嘀咕着，边加快了脚步。

3

我也不知道怎样才算亲生父母，如果孕育我的父母、有血缘关系的父母才叫亲生父母的话，那我和他们度过的时间十分短暂。而且那时候我很小，连记忆都是模糊的。

尤其是妈妈，我几乎没有关于她的记忆。听我爸爸说，她在我三岁的时候因为事故去世了,可我没有半点印象。只有在看到妈妈照片的时候,我才会莫名地觉得熟悉,但没有任何可以清晰回忆起的记忆。

有关孕育我的那个人、一起度过最初三年的那个人的记忆,竟然如此模糊,连我都为之惊讶。如果一个人在另一个人还未懂事的时候离开,不管是多么重要的人物,都会被忘得精光吗?可是,如果我能够清楚地记得和妈妈度过的时光,那我一定会怀着悲伤过完这一生吧。

✳

"小优,还背着书包呢?"

"是啊,毕竟明天开始就上一年级了。"

吃完晚饭后,我背着书包在房间里来回走动。明明是个空书包,我却觉得十分沉重。

"很适合你呢。不过,你天天背着书包走来走去,我们都看腻了。"

爸爸嘲笑着这两个星期来每天背着书包的我。

"爷爷奶奶也说非常适合我呢。"

"是啊,不过你也该把书包拿下来,帮忙收拾一下了吧。"

"欸?"

"你这是什么反应,你可是小学生了,必须得学会帮忙做家务了。"

"啊,当小学生可真忙啊。"

爷爷奶奶为我买的书包是深红色的。其实我本来很想要那个边缘缀有花朵刺绣的粉色书包,可奶奶说"等到六年级的时候就不合适了",最后买了个其貌不扬的普通书包。紫色、茶色、黄色,其实我很渴望能拥有一个彩色的书包。不过不管是什么颜色,只要背到背上,就会有种小学生的感觉,我还是很开心的。

"爸比会来参加入学典礼,对吧?"

"小优,你都是小学生了,不能再叫爸比,要叫爸爸。"

爸爸一边把餐桌上的餐具端到水槽里,一边说道。

"也对啊,爸爸。"

我试着叫了一声"爸爸",新叫法显得十分有趣,我不由得笑了起来。明明是同一个人,却要突然从爸比改称为爸爸,一想到这里我就想笑。

"那爸爸会来参加吗?"

"当然了,我很早就向公司打好招呼要请假了。"

"太好了。"

我跟着爸爸走进厨房,从抽屉里拿出抹布。

迄今为止,爸爸只参加过大班组的运动会,但托儿所的参观活动和毕业仪式都是奶奶来参加的。虽然奶奶能来我也开心,但爸爸来参加的话,我会有一种非常特别的感觉。小学的入学典礼意味着要开始全新的篇章了。我激动地擦拭起餐具。

"小心,别打碎碗哦。"爸爸在一旁小心地叮嘱着,同时把盘子放到水龙头下将泡沫冲洗干净。爸爸放了好多洗洁精,水槽里全是泡沫。虽然感觉有些浪费水,但我很喜欢看爸爸洗碗。

晚饭过后,一般都是爸爸负责洗碗,我负责擦碗。但是,也只有爸爸下班早的时候才能在家吃晚饭。大概也就每周一次的样子,其他时候我都是去奶奶家吃晚饭,几乎每天都是炖菜和鱼,十分乏味。

"小优真的很喜欢上小学呢。"

"嗯，当然了。"

我大声地回答道。托儿所的好朋友亚纪和优奈也会跟我上同一所小学。真希望我们能分到同一个班啊。而且小学的玩具比托儿所更多，好想爬到攀登架上玩玩。学习也很有意思，老师说小学有很多种学科的课程。好想快点用上新买的笔记本、铅笔还有文具盒呀。

尽管内心不安地怦怦直跳，但更多的是期待。好多全新的东西在等着我。这就是小学。我当时是这么认为的。

入学典礼当天，我很紧张，连回答"是"的声音都显得有些拘谨。但正如老师说的那样，我回答的声音很大。"水户同学，你回答得真棒！"典礼结束后，我得到了老师的表扬。

水户同学，这称呼简直太酷了。之前托儿所的老师都叫我小优。现在突然被叫成水户同学，有种瞬间长大成人的感觉。我跟着回了声"谢谢"。"水户同学真懂礼貌呢！"老师再次夸奖了我。奶奶每次看到我把背挺得笔直，用超大的嗓门打招呼，就会数落我一番。没想到老师竟然会夸我，幸好没听奶奶的话。

本以为小学的老师全都年轻、时髦、漂亮，但实际并非如此，我们的班主任青柳老师和托儿所的所长老师一样，是一位年长的阿姨。虽然有点失望，但好在老师为人还挺和善。

我被分到了一班。一年级明明只有两个班，可亚纪和优奈都不在我所在的班上。不过，小葵和小武倒是跟我同班，还有住得离我家很近的沙希。我小心翼翼地扫视了一圈教室环境以及同学们的脸。

不同于托儿所，这里的教室很宽敞，里面摆放着很多桌子和柜子，黑板上画着可爱的图画，还写着"欢迎入学"几个字。老师说这是六年级的哥哥姐姐特意为我们画的。原来读到六年级能写出那么漂亮的字，画出那么美丽的画呀。才刚踏进小学，我就开始有点憧憬六年级的自己了。

老师开始分发教科书，家长们陆续走进了教室，接下来老师要对小学生活进行说明，父母也要在场倾听。我回头望了望爸比，不对，爸爸正站在最靠近窗户的位置。今天的他穿着一身时尚的西装，比平日要显得更精神。比起爸比，还是爸爸这个称呼更适合他。我不敢发出声音，只是用口型叫了声"爸爸"，朝他挥了挥手。爸爸也用口型说了句"加油"，朝我扬了扬手。

不过，今天来的人真多啊，我还是第一次见到这么多大人。我远远地扫视了一圈教室后方的光景。爸爸旁边站着一位穿着漂亮和服的妈妈，她的旁边则站着一位穿着花连衣裙的妈妈。小葵的妈妈今天穿着一身粉色西装。优奈的爸爸妈妈今天都来了。那个人是谁的妈妈呢？真的好漂亮啊。大家都好漂亮，看起来好温柔。

咦……看着整齐排成一行的妈妈们，我歪起了头。现在站在后面的都是真真正正的妈妈。托儿所毕业典礼那天，除我家以外，也有很多小朋友家里都是爷爷奶奶或者爸爸代替妈妈参加。但是今天，站在后面的都是如假包换的"妈妈"。

我知道自己的妈妈早就不在了。但有些小朋友没有奶奶，也有些小朋友的爸爸从来没来托儿所接过他们。每个家庭都有不同的情况，我觉得并没有什么好奇怪的。但是，没有妈妈似乎是一件略显特别的事情。为什么呢？我看着笑容可掬地站在教室后面的妈妈们，欢欣雀跃的心情一下子跌到了谷底。

"今天来了好多妈妈呢。"

入学典礼结束，大家都纷纷回家。等到穿过小学校门后，我才和爸爸搭话。因为我总觉得在学校不能聊这种话题。

"是啊，毕竟是入学典礼呀，大家都穿得好漂亮啊。"

走在校门外的路上，不时能与有说有笑地往家里赶的母亲和孩子擦肩而过。尽管爸爸无比轻松地提着装有教科书的袋子的模样很帅，但其他有妈妈陪伴的孩子看起来比我快乐。

"大家的妈妈都会来参加入学典礼吗？"

我紧贴着爸爸身旁往前走着。

"应该是吧，毕竟毕业典礼和开学典礼是小学最重要的活动呀。"

"那我的妈咪为什么没来呢？"

"你的妈咪？"

明明掉在身上根本不痛，可看着从面前徐徐飘落的樱花花瓣，爸爸下意识地避开，不知所措地反问道。

"是啊，我的妈咪，不对，应该说妈妈。"

"啊，这个啊，你妈妈她啊，去了很远的地方。"

爸爸每次都这么回答。以前我觉得爸爸说的话肯定没错，所以从未怀疑过。但上了小学后，我意识到，这个借口非常奇怪。

"很远的地方是哪里呢？"

我抬头望着爸爸的脸。

"很远的地方就是很远的地方啊。"

"坐车子或者电车都不能到吗？"

"有点难吧。"

"坐飞机也到不了吗？"

"嗯，到不了。"

爸爸向擦肩而过的小葵和小葵妈妈点头打了个招呼，缓缓地回答道。

真的存在不管乘什么交通工具都到达不了的地方吗？听优奈说她春假坐了几小时的飞机去夏威夷度假，难道那地方比夏威夷还远吗？小武之前也说他要转三趟电车才能到爷爷家。那地方难道不管转乘多少辆车都到不了吗？可是，不管是多么交通不便的地方，妈妈应该都会想办法来参加我的入学典礼才对啊。她一定也想看到我背着书包的样子呀。可是，她居然没来，太奇怪了。妈妈到底去了哪里？爸爸为什么不和我说实话？

"那要怎样才能见到妈妈呢？为什么她要去那么远的地方，连入学典礼也不参加？到底要什么时候才能回来？妈妈去那么远的地方做什么呢？"

我一连问了好几个问题。关于妈妈，我有太多想知道的东西。可是，爸爸只是说"小优的好奇心真旺盛呢，将来前途无量呀"，然后笑着摸了摸我的头。

"等你长大了再告诉你。"

就这样结束了这个话题。

"可我已经够大了。"

我在爸爸身旁努力地挺直背脊。上托儿所的时候，我的身高在班上就算中等偏上，何况我现在已经上小学一年级了。我已经不是什么小孩子了。

"还不够大哦。"

"还不够是什么意思？到底要长到多高才行啊？"

"不是身高的问题哦。"

"那要长到多重？"

"也不是体重的问题。等你的内心足够强大了,我再告诉你哦。"

"内心?"

"没错,等你长到能够理解很多东西的时候。"

那得等到什么时候呢?要长到像今天在黑板上画画的六年级的哥哥姐姐那么大的时候吗?那也太久了。

"太狡猾了。"

我不满地鼓起脸颊。

"对了!"爸爸突然捶了一下手。

"怎么了?"

"不说这些了,我们得买点蛋糕回去。"

爸爸像彻底忘记了妈妈的话题般,以轻松的语气说道。

"蛋糕?"

"是啊,为了庆祝入学典礼,我定了份生巧克力蛋糕。"

生巧克力蛋糕是我最喜欢的蛋糕。平时爷爷奶奶管得非常严,不怎么让我吃甜食。刚刚还像泄气皮球似的我此刻又生龙活虎起来。

"真的吗?"

"真的哦,听说车站前面那家店的蛋糕非常好吃。为了庆祝入学,我也给你买了一个哦。"

爸爸微笑着说道。附托盘的蛋糕什么的,跟过生日一样。好想快点吃到。既然有蛋糕等着,那妈妈的事情可以先缓缓。

"哇,真不错!"

我现在满脑子都想着蛋糕。

"不过真的好大啊,要不叫上爷爷奶奶一块来吃吧?"

"嗯,可以啊,那我们赶紧过去吧。"

我焦急地扯着爸爸的手。

每次我问天空为什么那么蓝,为什么我的左眼下面会有颗痣,爸爸都回答不上来。妈妈去的遥远的地方到底在哪儿这个问题,依然如此。原来爸爸也有回答不上来的问题啊。

"蛋糕,蛋糕,生巧克力蛋糕。"

我开始哼起了自创的蛋糕歌。因为在入学典礼上看到别人的妈妈而变得心情低落的我,此刻在生巧克力的鼓舞下,再次变得欢欣雀跃。只要吃点好吃的甜食,不管什么困难和悲伤,都会飞到九霄云外。生巧克力蛋糕是最厉害的食物。

后来,升到二年级后,我终于知道了妈妈的事情。倒不是因为我比一年级的时候长得更高了,也没有比那时更聪明。至于爸爸着急告诉我真相的理由,或许往后我会懂的。但总之,我终于在二年级四月的时候,知道妈妈去了哪里。

二年级第一次做体检,我的身高是121cm,体重是22kg。看着我递过去的健康记录,爸爸开心地说:"你长大了呢。"

"不过身高在女生里面排第七。"

第七刚好是中等水平。一年级的时候还是第九。肯定是奶奶经常要求我坐端正的缘故。可三年级的公佳说端坐久了腿会变短。我略显沮丧地向爸爸报告。

"第七和第九没多大区别啦。对了,小忧也长高了不少,我就告诉你吧。"

"告诉我什么?"

"妈妈的事情。"

还以为爸爸会嘲笑我因为身高排序的事情不开心,结果却冷不丁地聊起妈妈的话题。

"妈妈的事情?"

"没错,我之前不是说,妈妈去了很远的地方吗?"

"嗯,是啊。"

为什么爸爸会突然聊起这个?虽然感觉有些不可思议,但我总算能弄清妈妈在哪儿了。想到这儿,我一屁股坐到了爸爸面前。

"那个……我说的很远的地方其实是天国。"

"天国?"

"没错,妈妈她去世了,在你快三岁的时候。"

爸爸脸上的表情和以往一样,并没有太大的起伏和变化,导致我迟迟不肯确定妈妈去世这件事情到底是不是真的。

"去世……"

"她不小心被卡车撞到,虽然是辆小卡车,但撞到了头,送到医院的时候已经没救了。"

爸爸说,妈妈在买东西回来的路上,刚过完马路就被卡车撞死了。复杂的感觉开始在我的心中沸腾、翻滚。突然被明确地告知妈妈死了,尽管我已经记不清妈妈的脸,可眼泪还是止不住地往外流。死亡是多么可怕而悲伤。为什么妈妈要遭遇这些?她太可怜了。

而且我明白,她去了天国就意味着,不管我怎么等,不管是入学典礼还是毕业典礼,我都不可能见到她了。从今往后,我再也无法期待哪天能见到她了。

一直很想知道妈妈去了哪里。可如果怎样都见不到的话,我宁愿相信她去了未知的远方。要不是升到二年级,或许我就不会知道这些悲伤的事情。有时候我很想快点长大,快点变聪明。可有时候我又觉得,长不大似乎更好。

后来,我的家庭发生了几次变故。爸爸和后妈离了婚。但去世了的只有我的亲妈。曾经一起生活过的人,今后不再相见。但存在于世上某处与从这个世界消失有着天壤之别。不管有没有血缘关系,自己的家人、曾经陪伴自己的人离世,是最最悲伤的。

4

"哇,是巧克力蛋糕!"

晚饭吃完猪排咖喱饭后,我从冰箱里拿出蛋糕,森宫叔叔立刻两眼冒光。

"放学回家的时候,我和萌绘还有史奈去吃了蛋糕,味道还不错,于是给你也买了一份。"

松软的海绵蛋糕浇上甜中微苦的奶油制成的巧克力蛋糕。我猜森宫叔叔一定也喜欢,于是给他带了一份。

"太好了,不过……我也买了……"

森宫叔叔缓缓起身,从冰箱的蔬菜层里拿出一个蛋糕盒,尺寸比我买的要大得多。

"不是吧……"

"本想给你一个惊喜,所以故意藏了起来,你看。"

森宫叔叔把盒子放到桌上,拆开外包装后,露出一个超大的圆蛋糕,上面写着"恭喜优子升级",还附送了托盘。不过是升高三而已,没什么值得庆祝的吧?而且这蛋糕尺寸实在太大了,我不由得皱起眉头。

"这……我们俩吃得完吗？"

草莓、桃子、蜜瓜……蛋糕上铺满了各种水果，足足有六人份。加上刚刚吃了猪排咖喱，根本吃不了这么多。

"有点难，毕竟这家里就我们两个人。"

森宫叔叔理所当然地回答道。

"那就别买这么大的啊。"

"可是，像这种圆蛋糕，除了节日什么的很难吃到吧，难得的开学典礼，别人家肯定也都在庆祝呢。没事啦，慢慢吃不就行了。"

"好吧，说得也是。"

森宫叔叔觉得，别人家有的仪式，我们家也不能少，只是方式似乎有点怪。猪排盖饭和圆蛋糕其他时候也能吃啊。不过，就像我把蛋糕放进冰箱时一样，森宫叔叔在预定蛋糕的时候，也一定在一边想象我吃蛋糕时开心的模样，一边暗暗自喜吧。

"也行，今天有很多文件需要给你确认，你就边吃甜点边看吧。"

"欸？我讨厌看什么文件。"

"别这样嘛，接下来可就拜托你了。"

我泡了杯稍浓的日本茶，把学校分发的资料放到森宫叔叔面前。

"哇，好多啊……那个……PTA*总会的通知，我肯定去不了了，到时公司有年度活动。这样啊，看起来好忙啊。欸？这个是……"

森宫叔叔一边嘀咕着，一边逐页浏览着文件纸上的内容。

"这蛋糕松松软软的，好好吃。"

我在一旁望着森宫叔叔，悠闲地吃了口蛋糕。铺有各种水果的蛋糕吃起来口感清爽，就算吃饱了也完全能塞下。

---

* PTA（Parent-Teacher Association），家长教师联谊会。

"对吧？欸？下周有交通安全课。原来高中也有这种课啊。保健指南就不用看了。"

"你可以边吃边看啦。"

森宫叔叔一本正经地阅览着文件内容，丝毫没有理会桌上的蛋糕。照这样下去，我要什么时候才能收拾桌上的蛋糕？而且我想快点听到他对我买的蛋糕的评价。听不到一句"好吃"，总感觉自己亏了。我朝森宫叔叔递去一把叉子。

"啊，对啊。"

"来，吃点吧。"

"我要开吃了……哇，虽然巧克力很厚，但是不腻，非常好吃，平时怎么没发现小麦和黄油的味道这么搭。"

"对吧？你喜欢就好。"

看着森宫叔叔大口吃着蛋糕的模样，我感到十分欣慰。"多吃点哦！"我接着劝道。

"我也是，每次吃到甜食，就会想给你带一份。每次公司的客户送慰问品，我都会偷偷带两个回家。"

森宫叔叔说道。

"别这样，经常私吞公司的东西会被炒鱿鱼的。"

"一点点心而已，不至于啦。不过，每次额外准备点心的时候，我都能切身感受到自己也是个有家人的人了。一想到你幸福的吃相，就算被同事说我精明，我也要偷偷顺一两个回家。有女儿真是件美好的事情。"

森宫叔叔毫不犹豫地称呼我为家人、女儿。他的包容让我很感动，我不禁有点难为情。

"那个……这个需要你盖章。"

我收起害羞的心情，把文件递了过去。

"什么？啊，志愿啊。"

森宫叔叔瞟了一眼就知道是什么了。但他说得太简单，于是我强调了一遍："是志愿调查表哦。"

"嗯，我看到了。"

"那你有什么想说的吗？这个……怎么说呢，毕竟是小孩子的志愿嘛。"

"这样啊，果然还是得发表点意见吗？嗯，园田短大，我觉得挺好啊。"

"怎么个好法啊？"

史奈和萌绘都说，要是让父母看到志愿调查表，肯定会被数落一番。我也不是希望遭到反对，只是不确定，这么重要的事情，这么轻易地做决定真的没事吗？

"就算你这么说，可这种时候，我也不知道要说什么好，我身边也没有哪个朋友有上高中的小孩。"

"话是这么说没错，可总该说一两句吧？"

"一两句吗？嗯，那个……我想想啊。这毕竟是你的人生，按照你自己的想法去做就行。哎呀，这么说是不是有点不负责任？可志愿这东西……"

森宫叔叔握着印章陷入沉思。我一边吃着庆祝升级的蛋糕，一边等待他的发言。不过森宫叔叔似乎并没有想出什么，纠结半晌后，只是说了句"总之，我支持你"，然后耸了耸肩。

"你在选择大学的时候，家人给过你建议吗？"

我接过森宫叔叔满怀歉意递过来的志愿调查表，问道。

"没给什么建议。"

"是你自己决定要去东大*的吗？"

我的第二任妈妈——梨花姐姐曾说她有个非常聪明的同学，非常适合当我的父亲，而这个人就是森宫叔叔。

"是啊，因为我从小就被逼着努力学习，不知不觉就上了东大，也算是达成了目标，父母应该很满意吧。"

"这样啊，那你不希望我有个更高点的目标吗？"

"嗯，不过，你和我不一样，按你的实力，选园田短大很合适吧。嗯，我觉得这个选择不错。"

森宫叔叔虽然说过在我嫁人之前不会再结婚，但我有时候觉得，他是因为性格太怪而找不到结婚对象吧。

"咦？这么说不行吗？"

"没有，挺好的，谢谢你的建议。"

"哎呀，这是当父亲的应该做的啦。"

森宫叔叔一脸满足地说道。终于从任务中得到解脱，他松了口气，往嘴里塞了一大口蛋糕。

志愿调查表上印着森宫两个红字。水户、田中、泉原，迄今为止，我见过各式各样的印章，不过很快我就可以不用依靠父母的印章，凡事自己做决定了。

"喂，你怎么光吃水果啊？"

我折好志愿调查表，朝桌上的蛋糕瞟了一眼，发现森宫叔叔在挑着上面的水果吃。

"哎呀，我是觉得蛋糕和奶油太腻了。我吃完上面的水果，把下面的蛋糕留给你吃。"

---

* 即东京大学。——译注

不是说想看到我开心吃蛋糕的样子,特意为我买的吗?

"你也太随便了吧。"

我不满地抱怨道。

"刚刚思考完志愿的事情,胃变得有点沉重嘛。"

森宫叔叔按着肚子说道。

"真会说。"

我无奈地往嘴里塞了一口表面只剩奶油的蛋糕。

5

五月最后一周的班会。暖风透过敞开的窗户吹进来,撩得窗帘轻轻飘动。一年中能在教室里舒服度日的时光非常短暂。老师正在介绍下个月即将进行的球技大赛,不同于上课,教室气氛十分闲散,加上午后温暖阳光的照射,有几个学生在不断地打着哈欠。

"可以选择参加躲避球或者排球,女生各九人,男生……"

"虽然躲避球更好玩,但是要在操场上进行,好热啊""排球裁判会在场上转来转去,很讨厌"……向井老师的话还没说完,在座的同学就开始交头接耳起来。

反正都差不多,就选大家剩下的吧。正当我呆呆地看着黑板,后座的林同学突然戳了戳我的背,递给我一张小纸条。折成四方形的小纸条上写着"给森宫"几个字。在课堂上偷偷传纸条是常有的事情。肯定是萌绘传来的,该不会写着"我们选排球吧"什么的吧。等我打开一看,发现上面写着"一起担任球技大赛实行委员吧"。

纸条上的字虽然漂亮,但写得有些潦草,既不是萌绘也不是史奈的字迹。真的是写给我的吗?我再次确认了一下纸条,表面确实写着"给森宫"几个字。到底是谁向我发出的邀请呢？我朝教室扫视了一圈。

史奈碰巧和我视线相撞，跟我说了句"选排球吧"。我点了点头，再次朝四周扫视了一圈，萌绘正和同桌的三宅同学聊得火热。尽管我不断地搜寻，依然没有人回应我的目光。最终我还是没能找到纸条的主人。

是恶作剧吗？那对方有什么目的？真是的，到底是什么情况！我的视线再次在教室各个位置游走。这时，老师开始收取参与种类志愿。大部分男生都表示随便哪个都行，所以很快就分好了组。女生大部分想选排球，最后只好通过划拳决定分组，我和萌绘都输了，最后被分到了躲避球组。

分组也确定了，等大家安静下来后，老师继续说道：

"那最后就是实行委员了。男女各一名，主要负责当天的准备工作。有没有人自告奋勇？"

老师朝全班同学问道。

刚刚传给我的纸条上写着"一起担任球技大赛实行委员吧"。如此一来，想当委员的人就是纸条的主人。到底是谁呢？我一直等着那个人毛遂自荐，但迟迟没有人举手。

"实行委员的工作没那么难，只是球技大赛期间忙一点，还是值得去尝试的，就没有人愿意为班级做点贡献吗？"

向井老师再次询问。

"那我来吧。"

浜坂同学举手说道。

莫非刚刚的纸条是浜坂同学写的？在我看向他的同时——

"我要和森宫同学一起。"

浜坂同学继续补充了一句。

"欸？""为什么？"四周顿时响起惊愕的声音。"挺有胆量嘛！""两人是在交往吧？"当中也夹杂着讥讽的声音。而浜坂同学只是傻笑着站在那里。最难办的就是我了。

"森宫同学事先答应你了吗？"

向井老师怒吼"这样吵吵闹闹的还怎么继续下去！"，同学们这才安静下来，老师继而向浜坂同学询问道。

"我邀请过她。"

浜坂同学若无其事地回答道。什么叫邀请过我？只是擅自给我传了张纸条而已吧。没有人理会我不悦的表情，男生们甚至开始起哄"哟，挺不错嘛""就你来当吧，优子"之类的话。见实行委员已经有目标人选，女生们也开始推波助澜，"森宫同学当也不错啊""优子很适合啊"。萌绘则耸了耸肩，用嘴型朝我问了句"什么情况"。

"这样啊，那森宫你同意吗？"

向井老师问道。

"呃……好吧。"

我轻轻地点了点头。

第六节课结束后，教室里开始叽叽喳喳地议论起我和浜坂同学的事情。

"喂喂，跟我们说说嘛！""竟然对我们只字不提，太过分了！"我被史奈和萌绘拉到走廊上，浜坂同学也追了上来。

"这样是不是有点强人所难？对不起啊，森宫。"

"那张字条是你写的，对吧？"

"没错。"

刚刚还像炸开了锅的教室,此刻一片寂静,每个人都竖起耳朵,偷偷地捕捉着我和浜坂同学的谈话内容。

"我也是在班会上想到和你一起当实行委员的,这么突然,真是抱歉啊。"

浜坂同学在校内小有人气。他性格开朗,跟谁都能说得上话,而且很有幽默细胞,总能逗得大家开怀大笑。不过他长得并不算帅,学习、体育方面也不够拔尖,可就是讨人喜欢。我承认他很会活跃气氛,但我不擅长招架这种性格轻佻的人。

"其实我本想在球技大赛上好好表现一下,然后趁机向你表白的。"

浜坂同学说明之后,我旁边的萌绘激动地大喊:"哇,跟漫画剧情一样。"史奈则冷冷地说:"你在球技大赛上也不一定会表现得很好吧。"

"也是。不过,森宫,你午休的时候被一班的关本表白了吧?"

"嗯,算是吧。"

"所以我就想着必须得抓紧时间,然后就变成这样了。"

"欸……"

原来是因为这个才让我当球技大赛的实行委员啊。就因为浜坂同学这种莫名其妙的理由,我被迫扣上了实行委员的职务,真的很不爽。

"啊,不过,虽然我当了实行委员,但不等同于我们在交往哦!"

我已经好心答应当实行委员了,要是再被贴上恋人的标签,那就伤脑筋了。于是我特意强调道。

"现在确实不是,不过,到时我们要一起执行任务,肯定能慢慢地产生好感吧？"

浜坂同学说着，露出了爽朗的笑容。

担任委员的男女同学成为恋人是常有的事。女子排球队的队长史奈和男子排球队的队长西野同学在交往。但我俩的开头方式这么尴尬，我怕是不太可能会喜欢上他。

"我们已经当着大家的面被列为候选人了，我们现在是公认的关系了。"

"公认？"

"没错，意思是在担任实行委员期间，没有人会向你表白了。"

什么情况啊！完全无视我的感受。见我不悦地皱起眉头，"好啦好啦。"萌绘连忙出面解围。

"喜欢优子这样受欢迎的女孩子真是够呛呢。"

萌绘故意挖苦道。

"没觉得啊……"

"明明就有。优子可是很受欢迎的。"

史奈和萌绘一起嘲讽道。

不可思议的是，从小学高年级的时候开始，我就时常被人表白。我的长相并不算出众，学习、体育也都表现平平，之所以会变得受欢迎，多亏了第二任母亲——梨花姐姐的影响。

6

"女孩子嘛，必须要被喜欢才行——不管是老年人、孩子、女人还是男人。会不会被喜欢决定了人是否能得到幸福。"

这番豪言正是出自梨花姐姐之口。她不仅受女人、老年人欢迎，连男人也难以抵挡她的魅力。她长得并不算精致，但那双大而圆的眼睛搭配娇艳的大嘴巴，显得十分惹眼，妆容和发型也搭配得恰到好处。她是个很会打扮自己的人。我初次遇见梨花姐姐，是在小学二年级的夏天。

✽

七月最后的星期日。去附近的购物中心买东西途中，爸爸突然在一处陌生的公寓前停车。

"咦？这是哪儿？"

"今天爸爸想邀请一个朋友——一个姐姐一起去，可以吗？"

"姐姐？"

我非常喜欢"姐姐"。每次在学校的游乐区和高年级的姐姐玩的时候，我都很兴奋。聪明能干、性格友善，这就是我对姐姐的认知。但没想到爸爸也有一个姐姐朋友，真让我有些意外。

"你一定会喜欢上那个善良的姐姐的，可以吗？"

"可以。"我刚回答完爸爸的问题，便看到有个女人从公寓里走出来。我以为爸爸说的姐姐是个小学六年级的女生，没想到是一位身材高挑的大人。

"我叫梨花。优子，你好呀。"

大人姐姐朝我打完招呼，坐到了我旁边的位置上。

"你好。"

我点头打了声招呼，连忙把姐姐从头到脚细细地打量了一番。

粉色的罩衫搭配茶色的飘逸短裙，白色的包包上点缀着丝带，鞋子不断地闪烁着光芒。以新奇的方式束在脑后的茶色头发非常漂亮，身上散发着类似香皂的香气，名字和我最喜欢的人偶梨花的名字一样，连声音都很可爱。梨花姐姐身上汇集了所有我所憧憬的东西。

"姐姐的发型好可爱呢。"

车子开动的同时，我盯着她的头发说道。

"是吗？我也帮你梳一个吧。"

"我也可以吗？"

"可以哦，我用这个帮你扎。"

梨花姐姐从包里拿出一个缠着黄色布料的发圈，给我看了看。

"哇，好可爱。"

"对吧，优子的头发有点乱呢。"

梨花姐姐开始用手梳理起我蓬乱的头发。好漂亮的手指啊。和奶奶布满皱纹的手，还有爸爸粗糙的手完全不一样。

"优子的头发很漂亮呢，等长长一点会更合适哦。"

"可是每长长一点，奶奶就会帮我剪掉。"

奶奶以对眼睛不好、不方便运动为由，每当我的头发长到齐肩的位置，刘海挡住了眉毛时，她就会拿把剪刀毫不犹豫地剪短。其实我想再留长一点的，可奶奶坚持说"这发型才最适合你呀"，我也不好反驳。

"欸？都是奶奶给你剪头发呀。"

梨花姐姐把玩着我的头发，惊讶地说道。

"嗯，那姐姐都是让谁帮忙剪头发呢？"

"我都是去美容院的。"

"美容院？"

对了，班上最漂亮的亚由也经常炫耀说自己都是去美容院剪头发的。果然时髦的人都是去美容院剪头发的。

"大人一般都是去美容院剪头发的呀。好了,扎好啦。看,很适合优子哦。"

梨花姐姐从包里拿出一个小镜子,给我照了照。

"哇,好厉害。"

头发被理到了头顶,用皮筋扎了起来。我还是第一次扎这种发型。爸爸等红灯的时候往后看了一眼,跟着夸奖说"小优好可爱呀"。

梨花姐姐到底是个怎样的人呢?和爸爸是怎样的朋友关系呢?明明有很多其他想问的问题,可看到自己头上可爱的发型,这些问题顿时被我抛到九霄云外,我一个劲儿地问着梨花姐姐衣服、发型相关的问题。不管我问什么,梨花姐姐都会笑容满面地回答我。这位姐姐真是太好了,能跟这样的姐姐一起乘车,简直跟做梦一样。第一次见面我就喜欢上了梨花姐姐。

到达购物中心后,我们前往文具卖场寻找文具盒。我小学入学时买的文具盒坏了,盖子怎么也盖不上了。

人家又不是小学生,找文具盒什么的,梨花姐姐会不会觉得无聊呢?万一她想回去怎么办?我忧心忡忡地走到文具卖场,谁知——

"哇,这个好可爱。"

梨花姐姐激动地说道。

"真的呢。"

看到梨花姐姐很开心的样子,我总算松了口气。

"啊,可是,这个好像更好,看起来更时尚。看,很适合优子哦。"

梨花姐姐手上拿着一个点缀有女孩和兔子图案的粉色文具盒。粉粉的图案，好可爱。可是，就算我现在喜欢，到六年级的时候也不一定合适吧。爷爷奶奶每次给我买东西都会说"你要考虑六年级的时候用合不合适"，还会说"六年级就是大姐姐了，用这种可爱的东西会显得很幼稚，很丢人的"。

淡粉色的文具盒，好可爱，好想用。但是，到六年级可能会不适合我。

"等到上六年级，会不会显得太可爱了点？"

我小声嘀咕道。

"离六年级还有四年呢，你也不可能四年一直用同一个文具盒呀。"

梨花姐姐回应道。

"欸？"

家人一直叮嘱我，入学典礼上买的文具盒，一定要用到毕业。结果现在就坏了，我还为此沮丧了很久。然而梨花姐姐却说不可能用到六年级，这是为什么？

"文具盒本来就是消耗品呀，毕竟每天都要用的，用上个一两年，肯定会坏的。"

"怎么这样……这可怎么办。"

文具盒要是再坏掉，可就伤脑筋了。我一脸不安的样子。

"文具盒快坏掉的时候，优子的喜好也发生了改变，这时候买个新的不是刚好嘛，对吧，小秀？"

梨花姐姐安慰道。

小秀。我知道，这是爸爸的名字。

平时我都是叫他爸爸，爷爷奶奶都叫他秀平。前段时间遇到的公司同事都称呼他为"课长"。从来没有听谁叫过爸爸"小秀"。"小秀"啊,跟小孩子的名字一样。

"嗯,有道理,不过,不能因为这个就不爱护哦。"

爸爸对满脸惊讶的我说道。

"嗯嗯,我会爱护的……"

"看啊看啊!还有跟文具盒一套的橡皮和铅笔,看啊!"

梨花姐姐又拿了块橡皮递到我面前。

"橡皮我有。"

"欸?买一套不是更好吗?"

"可是,奶奶说这种有很多图案的橡皮不好擦。"

"怎么会,只是外面的包装上有图案而已,用起来一样的啦。买跟文具盒一套的橡皮绝对很可爱。"

"是吗……"

"你现在用的橡皮就放在家里用好啦,新学期了,带上一整套新文具去学校不是更好吗,对吧?"

"是啊,嗯,机会难得,就买下吧。"

爸爸也附和道。最后我们把文具盒、铅笔、橡皮,连带写字用的垫板都一块儿买了。

梨花姐姐一出现,就给我买了这么多可爱的东西,可今天也不是我生日啊。比起高兴,此刻的心情用"惊讶"来形容似乎更合适。不过,最好藏起来,别让爷爷奶奶看到。

买完东西后,中午我们去吃了煎肉饼,我和梨花姐姐还一起吃了冰淇淋,后来又买了汽水在车上喝。这一天过得非常开心。是梨花姐姐把这些我不敢拥有的耀眼的东西带到了我身边。

后来,我、爸爸和梨花姐姐又一起去买过几次东西,还一起去了游乐场。梨花姐姐每次都打扮得很可爱,她很能说,和她在一起总是很开心。见过几次后,我逐渐了解到梨花姐姐姓田中,比爸爸小八岁,二十七岁,被派遣到爸爸的公司上班。期间听梨花姐姐说"我和优子相反,我只有妈妈"。听到这番话后,瞬间感觉憧憬中的梨花姐姐离我又近了几分。

"那梨花姐姐当小优的妈妈怎么样?"

梨花姐姐问道。

我隐约觉得这是一个十分严肃的问题,但如果梨花姐姐每天都能陪在我身边,我肯定会很开心。"嗯,当然可以呀。"我不假思索地做出了回答。然后,我也意识到了,爸爸之所以急着把妈妈的事情告诉我,也是为了这件事。

三年级开学的时候,梨花姐姐来到了我家,我们三人开始一起生活。

炖菜、烤鱼之类的沉闷晚餐被蛋包饭、咖喱、牛肉洋葱盖浇饭之类的代替,打扫卫生、洗衣服也都是梨花姐姐负责,我每次帮忙她都会夸奖我。每天回家都能看到梨花姐姐,休息日我们会一起去很多地方玩。

每天早上去学校前,梨花姐姐都会给我梳一个可爱的发型。每次邀请朋友来家里玩,她也会准备很多点心。

朋友们都说:

"小优的妈妈又年轻又漂亮,真羡慕。"

"我也好想当你家的孩子啊,肯定每天都过得很开心。"

而我也为梨花姐姐感到无比自豪。

但是,不管相处多久,她依然是那个梨花姐姐,完全没有妈妈的感觉。

"我可以叫你妈妈吗？"

一起生活大约三个月后，某个闷热的夜晚，晚饭后，我一边吃着梨花姐姐准备的果冻，一边问道。

这是一种将材料溶化后冷冻起来就能做成的速食果冻。明明上面写着蜜瓜口味，却完全尝不出水果的味道。不过入口弹软，吃起来非常清爽。夏日将近，梨花姐姐经常会做这种果冻给我吃。

"为什么呀？"

梨花姐姐和我一样，边吃着果冻，边歪着头问道。

"没有为什么呀……你已经是我妈妈了，每天叫梨花姐姐，感觉有点怪呢。"

"叫什么都行啦，你喜欢怎么叫就怎么叫哦。"

梨花姐姐笑着说道。

梨花姐姐的笑容十分灿烂，但那张脸似乎并不太适合妈妈这个称呼。她和我任何一个朋友的妈妈都不太像。她会洗衣、做饭，但随性、时髦而可爱。我和爸爸都很高兴她能来到我们身边。但不知道梨花姐姐是怎么想的。她虽然很乐意和爸爸结婚，但是否愿意当我的妈妈呢？

"我真的很幸运呢。"

梨花姐姐对陷入沉思的我说道。

"为什么呀？"

"因为我和小秀结个婚，还能顺便当上你的妈妈呀。"

"这个也算幸运吗？"

明明当妈妈后，要整天为照顾孩子和家务事忙得不可开交。

除了这些,难道还有什么好处吗?

"是呀,而且啊,你都八岁了。"

"八岁有什么好的吗?"

"当然有了。听说生孩子非常痛,就跟西瓜从鼻孔里喷出来,同时腰部被人用榔头猛敲一样痛苦。而且啊,小孩子三岁之前非常爱哭鼻子,还要不停地抱着,绝对够呛。而我可以全部跳过这些,直接当上大孩子优子的妈妈,简直太划算了。"

西瓜、榔头?虽然暂时不明白其中的含义,但我隐约能感觉到,梨花姐姐也很庆幸能来到我们家。

"当妈妈很开心吗?"

"嗯,当然开心了。因为和你在一起,能让我重新体验一遍令人怀念的八岁生活呀,而且也让我明白,没有孩子的话,很多事情是做不了的。"

"这样啊。"

"没错没错,比如买可爱的文具,邀请朋友来家里玩什么的。全都很有趣哦。"

梨花姐姐兴致勃勃地说道。她的样子看起来完全不像在撒谎。

"优子,你也要多笑笑,这样会有很多好运降临哦。"

"是吗?"

"嗯,女孩子笑起来会可爱三倍哦,不管面对什么人,只要你保持微笑,对方就会喜欢上你。被喜欢是非常重要的事情哦。开心的时候就要开怀大笑,难过的时候也要笑着面对。"

梨花姐姐说完,露出了甜甜的微笑。看着她,我的心情也变得愉快起来。

要尽可能多笑。不管对谁都要保持微笑。我暗自下定决心。

毕竟这是平日从不指责我的梨花姐姐的建议。最好乖乖听从。而且这种被快乐填满的日子不可能永远持续下去。我有预感，总有一天，有些事情，我必须要笑着面对。

7

"相比梨花的影响，我觉得主要还是因为你长得像水户先生，脸蛋漂亮。"

听完我今天和浜坂同学发生的事情，森宫叔叔如此说道。

"是吗？"

"在你的历任父亲中，水户先生是长得最俊朗的，先不说我，幸好你长得不像泉原先生。"

在我的历任父亲中，唯一有血缘关系的就是第一任父亲水户秀平，跟其他父亲不可能像到哪里去，可森宫叔叔却一本正经地如此说道。

"你这样，对泉原叔叔很不礼貌的。"

"没事啦，反正泉原先生的优点也不是长相。"

"话是这么说没错。什么啊，原来我不像梨花姐姐啊。"

毕竟和梨花姐姐相处的时间最长，还以为在气质和为人处世方面会和她有些相像。之所以从小学高年级开始逐渐有男生喜欢我，难道不是因为我变得和梨花姐姐一样开朗爱笑、温柔可爱吗？

"因为你和梨花的特点不一样啦。"

"毕竟我没有梨花姐姐那么引人注目嘛。"

就算森宫叔叔不说，我也很清楚，我并没有梨花姐姐身上那种华丽的气场。

"没错,你属于朴实内敛型。毕竟被爷爷奶奶带过一段时间。"

"这样啊……"

自从和梨花姐姐开始生活后,我每天都很快乐。但自她出现的那天起,我就再也没见过爷爷奶奶。以前父亲不在家的时候,我都会去奶奶家住。现在基本每天都由梨花姐姐照顾,我也就不用再去爷爷奶奶家。慢慢地,我和他们的关系也就疏远了。

明明是有血缘关系的亲人,明明曾经那么耐心地照顾过我,没想到有一天会彻底地断了联系。见到人要打招呼,东西要好好爱护,筷子的用法,言谈举止——这些都是爷爷奶奶教会我的,可如今,我甚至不知道他们是否安好。一想到爷爷奶奶的事情,我的内心就十分愧疚。

"不聊这些了,尝尝果冻吧。我又做了一次,今天少放了点明胶。"

森宫叔叔把果冻放到黯然伤神的我面前。透明的杯子里盛着蓝黄色的果冻。葡萄的清香顿时在房间内蔓延开来。

"哇,看起来好好吃。"

"对吧?我今天把明胶的规定使用量减半,试着做了一次。"

进入五月后,森宫叔叔基本每天都会做果冻。虽然只要在果汁里倒进溶化后的明胶,再放入冰箱冷冻就能做成,但通过稍微调整明胶的使用量,以及搭配不同种类的果汁,每天都有不同的花样。

"好了,吃吧。"

"谢谢……啊,味道弹软,好好吃。"

弹软的果冻从勺子上滚入口中,接着快速地滑到了喉咙深处。

"啊,这真是高级果冻啊。"

森宫叔叔也尝了一口,满意地说道。

"只要把泡好的明胶和液体混在一起，就能做成果冻哦。如果加入 100% 的果汁，味道会非常纯正。去蛋糕店应该买不到这种吧？而且店里的价格可不便宜。"

"也许吧。"

"这么简单就能做成的甜点，居然还卖那么贵。"

森宫叔叔望着手里的果冻，不服气地说道。

"可能还算了容器费吧？你看啊，蛋糕店的果冻使用的容器大部分都很可爱啊。"

"想要可爱的容器应该去餐具店吧？跑去蛋糕店买可爱的容器，简直没听过。"

"是吗？不说这个了，森宫叔叔，你还没女朋友吗？"

森宫叔叔聊起果冻的话题就特别唠叨。我也快听烦了，只好故意岔开话题。

"为什么问这个？"

"梨花姐姐已经离开两年多了，你也已经三十七岁了。"

"三十七岁不是还很年轻嘛，而且我现在要专心履行好父亲的职责，每天忙得不可开交呢，哪有时间谈恋爱。"

森宫叔叔得意地说道。

梨花姐姐现在一定找到了新的对象，每天过着幸福的生活吧。她是个懂得向前看的人。现在一定把森宫叔叔忘得一干二净，满足地享受着当下的生活吧。想到这里，我顿时觉得森宫叔叔有些可怜。

"我想了一下，你说店里会不会回收用过的果冻容器啊？肯定不会吧。别看摆在店里挺好看，其实很便宜的。而且总用一种容器也不太好，对吧？"

又回到了果冻的话题，我轻轻地叹了口气。光围绕果冻就能闲扯出这么多，就算森宫叔叔不用扮演父亲的角色，怕是也很难找到恋爱对象吧。

"对了，明天试试用橙汁做果冻吧。怎么样？光想想就觉得很美味吧？我的想象力很丰富吧？"

"是啊。"

"你这是什么反应，太敷衍了吧。"

"哪有？嗯，你做的果冻肯定会很好吃的。"

虽然很喜欢吃梨花姐姐做的速食果冻，但这种弹软嫩滑的果冻也让人欲罢不能。而且最好要讨所有人喜欢哦。回想起梨花姐姐的教诲，我吃完最后一点果冻，脸上不自觉地露出微笑。

"对吧？"

森宫叔叔满意地点点头说"我再拿点给你"，接着朝厨房走去。

透明的果冻虽然不像甜巧克力蛋糕那样，一入口就给人满满的幸福感，但它是一种任何时候都可以吃的美味甜点。不同口味的果冻在等着我。想到这里，我顿时有点期待明天的这个时候了。

8

球技大赛当天，尽管梅雨季节将近，空气十分潮湿，但天气依然晴空碧朗。

"田所，快点到这边的操场上来。"

"哦，史奈应该在体育馆活动吧。我不想再动了。"

因为划拳输了，萌绘被分到了躲避球组。在浜坂同学的催促下，她不情愿地从树荫下起身。

"好啦，加把劲儿，反正这是最后一次比赛了。"

"我们队一次也没赢过，肯定要得倒数吧？不如干脆不战而败算了。"

"从没听说过什么不战而败。"

"你们组成绩第一名，你当然无所谓咯。"

萌绘慢腾腾地挪着步子，嘴里不满地抱怨着。

"我只是忙着躲球，其他什么也没干。"

"我们队也就只有浜坂有点干劲儿。"

萌绘看着在不远处挥着手说"快过来"的浜坂同学，脸皱成了一团。

"别这样说啦，赶紧去吧。"

"好，好，啊，真是的，那个校园魅力男，自以为是，真讨厌！"

萌绘边念叨着"吵死人了"，边朝操场跑去。

"校园魅力男"是萌绘与其他女生对浜坂同学的戏称。她们说他只是因为性格开朗，暂时在学校略受欢迎，等步入社会，就是普通工薪男一枚。浜坂同学在班上确实很会活跃气氛，跟谁都能说得上话，因此很讨人喜欢。大家都清楚，校园十分需要浜坂同学这样的人。

通过抽签，躲避球分为 A 组和 B 组。任谁看完分组名单，都会认为"抽签公平就是扯淡"。大部分活跃的学生都在 A 组，而 B 组基本是一些缺乏运动细胞、像萌绘一样怕麻烦的学生。原本我和浜坂同学都在 A 组，后来他主动提议：

"两个实行委员分到同一组不太好，我去 B 组好了。"

浜坂同学笑着对我说："我去那组的话，会显得我很活跃，对吧？"但我知道，没有浜坂同学的话，B 组会变成一盘散沙。虽然很不习惯他那故作轻松的样子，但同学们很多次都在他的带动下，变得井井有条。

"果然最后还是输了。"

正当我在总部的帐篷内为闭幕仪式做准备,萌绘头上搭着条毛巾,悻悻地走了进来。

"但也只是微弱分差吧。"

"是啊,大家总算拿出了点干劲儿,完成了比赛。"

兴许是激烈运动的缘故,萌绘的脸红扑扑的。

"萌绘,你一直坚持到了最后呢。"

"嘿嘿,还行吧。你当实行委员也辛苦了,肯定够呛吧。"

"完全不会,今天的工作只是准备闭幕仪式和收拾场地而已。"

我边在奖状上填写队名,边说道。

所有活动都结束了,体育馆的学生们纷纷到操场上集合。大家尽管嘴上说很累,脸上却很高兴。每天被考试的氛围笼罩着,球技大赛反倒是一次不错的放松机会。虽然是被迫当上的实行委员,但看到大家的表情,我莫名地感到有些自豪。

放学后,实行委员要留下来收拾场地。眼下临近六月中旬,下午三点后的操场上,阳光依然猛烈,汗水不断地往外渗。

今天的工作是把帐篷和垫子收到仓库里,把操场收拾干净。我和浜坂同学一起把一根根长而重的帐篷支柱往仓库里搬。

"森宫,你很能干嘛。"

浜坂同学轻松地搬起一根支柱,对我说道。

"是吗?"

浜坂同学的动作十分麻利,而我只是负责配合。即便如此,我们搬运的支柱数量也远比其他班级要多。

"累不累？"

"我没事。"

"还是早点干完比较好，毕竟还有社团活动。"

浜坂同学看着班会结束后往操场走来的学生，如此说道。

"也是啊。"

夏天将近，俱乐部的练习热情更高了。为了不妨碍到他们，我也加快了脚步。

"虽然搬运的时候如同地狱，不过待在仓库里的时候，简直是天堂呢。"

刚踏进仓库，我便听到了木津同学的声音。

仓库里有些昏暗，由于没有阳光射入，里面十分凉快，和炎热的室外宛如两个世界。待在里面，汗水会自然地平息。

"真的呢，这里面就跟冬天一样。哇！"

我把帐篷的支柱往仓库里搬的时候，不小心把画线器踢翻了。

"啊，糟了。对不起，我马上收拾干净。"

画线器倒地的瞬间，石灰粉倾泻而出，地面被染白了一片。我慌忙拿起墙角处的笤帚。

"我来帮你。"

木津同学也拿起一把扫把，帮忙打扫了起来。

"谢谢你，不过差不多可以了。"

好在画线器里的石灰并没有太多。本来已经打扫干净了，可木津同学没有停下的样子，继续清扫起仓库的角落位置。

"差不多可以了吧？"

"再扫扫吧，反正也没什么需要搬的东西了，不用急着回操场。"

正如木津同学所说的，最后只剩整理操场地面的工作了。塑料薄膜和比赛用品之类的已经全部搬回了仓库。我回应了一声"也是啊",跟着再次扫起了地板,期间我才发现,原来仓库里有六个人。

我们总共有六个班,实行委员加起来有十二人。特进班*的四个人因为要补习,没有参与劳动。包含我在内,在场的实行委员有七人正待在仓库里,或是整理支柱,或是折叠塑料薄膜。大家的想法还真是一致啊!想到这里,我朝操场望了一眼,心里陡然一惊。

浜坂同学正独自一人在操场整理地面。稍斜的日光照射在他的背上。看得出来,他的体操服全被汗水浸湿了。操场上十分炎热,用耙子整理地面是件体力活。真希望在我悠闲地躲在这里干活的期间,能有人主动把这些体力活给做了——说不定,有人正抱着这种想法吧。

"我先回操场了,仓库太暗,有点不习惯。"

我向木津同学打了声招呼,朝操场跑去。

"仓库整理完了吗?"

见我朝这边跑来,浜坂同学问道。

"嗯,抱歉啊。我不小心把画线器踢翻了,结果打扫石灰到现在。"

"仓库里的空气不好,肯定够呛吧。"

仓库里的工作要比在操场上整理地面轻松多了。其实我很想告诉他,除他之外,其他实行委员都在仓库里。但这样有点像打小报告,我还是放弃了。

"咦,原来耙子用起来这么困难啊。"

"往前推很费劲,用拖的方式会更轻松点。"

---

* 以名牌学校为升学目标的班级。

见我用耙子的样子十分费力，浜坂同学给我做起了示范。

"这样啊……我看棒球队的人用起来轻而易举，还以为这东西挺好操控的呢。"

"怎么可能？"

浜坂同学笑出了声，接着说"算了，我还是不表白了"。

"本来下定决心要向你表白的，想想还是算了。"

"这样啊……"

虽然并没有特别期待被表白，但听他这么一说，心里还是有点失落。难道是一起担任实行委员期间，让他发觉到我只是个平凡无奇的女生？这令我十分在意。

"毕竟我也没怎么好好表现。"

我刚想问为什么，结果被浜坂同学抢先接话了。

"好好表现？"

"是啊，躲避球，我所在的二班 B 组不是最后一名嘛。"

"啊，确实呢。"

"你们组可是第一名呢。"

"我也没干什么。不过，你说的好好表现，莫非是指在躲避球比赛中胜出？"

"差不多是这样吧。"

浜坂同学一边娴熟地操控着耙子，一边回答道。

我倒不觉得胜出就等同于好好表现。不过，到底要怎么表现才能让对方喜欢自己？完全不懂。边想着这些，我边在麻利地整理着地面的浜坂同学身旁笨拙地拖动着耙子。

"不过，下次有机会，我们再一起当实行委员吧。和你一起搭档很开心。"

浜坂同学以稍大的音量说道。

"我不是很擅长做这个——带头指挥，做总结什么的。"

"我也是。"

"骗人，你可是个应声虫……不是，那个……我是说你很开朗，很适合做这个。"

"我有时候在想啊……"

"想什么？"

"你有时候……真的不太会说话呢。"

浜坂同学毫无顾忌地笑了起来。

"受我爸爸影响吧……不过，我说的应声虫是指你很开朗、很优秀，是褒义词哦。"

肯定是因为每晚和森宫叔叔闲聊的缘故。我拼命地寻找着借口。

"虽然表面是应声虫，但我其实很胆小。"

"是吗？"

"是啊，所以才会在这里用耙子整理地面。"

"这样啊，嗯，要是只负责整理地面的话，下次也可以考虑参加。"

"哪有扫地实行委员这种职务，你又犯傻了吧。"

浜坂同学再次笑了起来。

"欸？这也是受我爸爸的影响……"

说到一半，我突然想起时常强调自己头脑很灵光的森宫叔叔。这么说来，我迟钝的性格究竟是受了哪个父母的影响？想到这里，我也莫名觉得喜感，跟着笑了起来。

就在整理地面的工作进行到将近一半的时候，其他实行委员也来到了操场上。

"来晚了，仓库里面有点乱。"

"帐篷终于收拾好了。"

说着,他们也跟着拿起了耙子。

"这样啊,抱歉啊,一心忙操场的事,没能帮上忙,不过这边的工作也快完成了。"

浜坂同学回答道。

浜坂同学握着耙子的手臂因为出汗,在太阳底下闪闪发光。比起和一群人玩躲避球,不如在这里安静地整理地面更自在。虽然不是很喜欢浜坂同学,但我突然觉得,下次和他一起担任某某委员也挺好的。

9

"优子,放学咱们一起找个地方吃甜点吧。"

球技大赛一周后,萌绘邀请我去吃甜点,史奈则提议说:"常去的那家店前阵子推出了刨冰哦,不如去尝尝吧。"于是我们决定前往车站附近的茶餐厅。

走出车站,经过一段上坡路就能看到一家小茶餐厅,店内装饰略显古老,似乎与咖啡厅的主题有些不搭。但这里没有老师光顾,可以尽情地打发时光,是我们三人常来的地方。

"这么快就到夏天了呢。"

看着桌上并排摆放的甜点,史奈说道。

"毕竟是梅雨季节,虽然雨下得不多,但这潮湿的天气真的让人难以入睡,好讨厌。"

萌绘用勺子挖着芭菲里的冰淇淋,皱着脸抱怨道。

"真是不知不觉就进入了梅雨季节呢。"

我把牛奶里的冰含入嘴里，轻而薄的冰在口中慢慢融化。因为最近经常在家晚饭后吃果冻，我早就提前感受到了夏天的来临，不过没想到这么快就进入梅雨季了。

"对了，后来怎么样了？"

草草地结束天气的话题，萌绘悄声朝我问道。

"后来？"

"意思是，你和浜坂后来怎么样了啊？"

"浜坂同学？没怎么样啊。"

我如实地回答道。

球技大赛结束后，我们会在偶遇的时候闲聊几句"好热啊""英语作业做了没？"之类的话，但也仅限于这种程度，和以前并没有太大变化。

"这样啊，哦，原来如此。"

萌绘边嚼着威化饼，边心领神会地点头。明明大家已经对我和浜坂同学的事情不感兴趣了，怎么今天突然又聊起这个？我纳闷地吃着冰。

"萌绘好像有点在意浜坂同学了哦。"

史奈坏笑着说道。

"欸？是吗？"

真是出乎意料。萌绘之前喜欢的都是成熟类型的学长，而且她之前还嘲笑浜坂同学是"校园魅力男"。

"因为之前球技大赛不是跟他一组嘛，然后不知不觉被他努力的样子吸引了。"

萌绘"嘿嘿嘿"地红着脸说道。

"这样啊。"

"你不觉得那家伙其实人很好吗？"

萌绘说完，"大概吧。"我含糊地附和了一声。虽然浜坂同学长相不算帅气，运动神经也没有多么拔尖，但绝对不是那种让人看起来很反感的人。

"然后啊，我想麻烦你帮忙撮合一下。"

"撮合？"

萌绘说话的声音太小，我不确定地重复了一遍。

"没错，我很想和浜坂交往呢。"

还以为萌绘只是停留在在意的阶段，没想到已经思考到这一步了，我不由得感叹了一句"好厉害啊"。

"浜坂不是喜欢你吗？"

"这个……可能吧。"

"所以我想啊，如果你去撮合的话，说不定会很顺利。"

把话挑明后，萌绘也终于能放开了，说话语气不再像之前那么扭捏，变回了一如既往的语调。

"是……吗……"

"就是啊，你的话他肯定会听的。"

"这可不好说……"

我并不这么认为。劝喜欢自己的人和其他人交往，是一件极其不礼貌的事情。而且浜坂同学的性格有胆小刻板的一面，感觉和萌绘这种大大咧咧的女生不是很搭。

"就帮她传个话嘛，只是传达一下心意，没什么吧？"

吃完手里的宇治金时冰后，史奈头痛似的按着头说道。

"也是啊。"

如果只是传个话，也可以接受吧。我困惑地点点头。

"那就拜托了，优子。我可是认真的哦。"

萌绘对我双手合十说道。

"嗯。"

"太好了，这份人情先记着。"

萌绘露出了激动的笑容，而我却充满了不安。万一不顺利，让萌绘失望了，该怎么办啊？

在外面的时候，总想着能快点来这里吃冰，可一坐进店里，又觉得这里的冷气吹得人凉飕飕的。

我往嘴里塞了一口几近融化的冰，心不在焉地听着萌绘难掩兴奋的话语。

"我把他叫出来了。"

第二天，我刚到学校，萌绘便如此告知我。

"欸？"

"我拜托了史奈的男朋友，让他通知浜坂放学后到美术室去。"

在教室门前的走廊上，萌绘悄悄地在耳边告诉我。才一天时间就发展到这一步了，我不由得为他们的速度感到惊讶。

"好快啊……"

"明天开始要期末考试，今天不是只上半天课嘛，我想着大家肯定都早早地回去了，这时候不容易引人注目。"

不上课的话，确实没有学生会往另一栋教学楼的美术室跑。时间和场地都十分合适。

"我已经传话说优子有话想对他说。"

"这样能行吗？"

"肯定行的，男孩子一般都不会拒绝女孩子的表白。"

"希望是这样吧。"

看着萌绘自信的表情，我的内心更增添了一丝担忧。

"你只要帮我说几句好话就行。啊，不过，一定要说得好听点哦。告诉他，我虽然看起来大大咧咧，但其实是那种温柔单纯的女孩子。"

萌绘恶作剧似的笑了笑。

我从二年级开始就一直和萌绘同班。而史奈和萌绘从一年级开始就关系很好，平时也走得很近。所以我们时常是三个人在一起。萌绘虽然性格豪放，说话直爽，但对朋友很用心，时常热心地帮助身边的人。我过生日的时候，萌绘不仅送了礼物，还给我写了一封长达三页的信。虽说是好朋友，但她有时会强人所难，让人有些不知所措。

考试前一天，为了准备考试，有四节课被安排为自习。我本该专心学习，可想到放学后的事情，我怎么都看不进去书。我也希望滨坂同学能喜欢萌绘，一切按照萌绘期待的方式发展。可我又觉得他们不可能成功。

滨坂同学坐在对面靠走廊的第一个位置。即便我想窥探他的神情，从这里也只能看到他的背影。滨坂同学已经知道放学后我有话要对他说，不知道他心里是怎么想的。他觉得我会说什么呢？正当我呆呆地盯着滨坂同学的背影，突然感受到隔了三排座位的萌绘的视线。要是被她发现我很在意滨坂同学就伤脑筋了。我朝萌绘笑了笑，重新看向自己的习题本。

"咦？你这么早就来了啊。"

班会结束后，我慌忙地赶到美术室前，然而滨坂同学早就在那儿等候了。

"是啊,一放学就赶来了。"

"我也一放学就赶来了,还是你快啊。"

"毕竟我是田径队的。"

"这样啊,那你是真的跑到这儿来的吗?"

我边调整紊乱的呼吸,边说道。空无一人的走廊上,静静地回荡着我俩的说话声。

"是啊,毕竟有点在意。今天自习课上我什么都没看进去。"

"我也是。"

我刚说完——

"不是你有话要对我说吗?你没必要那么紧张吧。"

浜坂同学笑着说道。

"这样啊,说的也是啊。"

虽然美术室周围空无一人,但站在走廊正中央还是让我有些无所适从。于是我们下意识地往里挪了挪。

"话说,你这弯子绕得也太大了吧,居然委托三班的西野带话。"

"啊,也是啊,抱歉。"

"难道是什么不方便说出口的话?"

浜坂同学显得有些紧张,眉头皱在了一起。

"也没有啦。"

我咽了口唾沫。气氛好沉重,也只有快点说出来了。这种话还是顺势说出来比较好。

"其实……"

为了快点完成任务,我迅速切入主题。

"哇,我有种非常不祥的预感。"

浜坂同学的脸皱成了一团。

"毕竟我们也没开始交往，肯定不会说什么分手的事情。可我还是有种不祥的预感。特意把我叫到这种地方，一定是非常严肃的事情吧？"

"不过，并不是什么不好的事情哦。那个……"

"啊，还是别在考试前说吧。我这人心态不是很好，怕没心思学习。"

看着浜坂同学开玩笑似的抱住头，我的气势弱了下来。

"萌绘说喜欢你，想问能不能和你交往。"

明明只要说这样一句简单的话，可我却有种要恶语相向的感觉。要是我表白过的男生劝我和其他男生交往，我一定会很失落。可我却要对浜坂同学做这种事情，未免有些过分。

"那……要跟我说什么？"

见我犹豫不决，浜坂同学疑惑地问道。

"嗯，那个……"

"你都把我叫到这种地方来了，结果还不确定要不要说？"

"也是啊，那个……我想想啊……"

"你该不会想用'没什么'之类的话来逗我吧？应该不至于啊。"浜坂同学笑着说道。

看着他的样子，我顿时不忍心伤害他。

"没，当然不会啦，对了！"

"对什么啊，一大早约好见面，现在才想好要说什么吗？"

浜坂同学皱起了眉头。

"没错没错，你看啊，到了第二学期，肯定要确定委员的人选吧。"

"啊，对，没错。"

"你觉得图书委员怎么样？"

"欸？"

浜坂同学的眉头皱得更紧了。

"你看，你之前不是说有机会再一起当委员嘛，球技大赛的时候。当然，前提得是你愿意。"

浜坂同学的脸上依旧难掩惊讶。特意被叫到这种地方，结果就是为了讨论很久之后的委员人选的事情，换谁都会觉得难以置信。

"该不会……你要说的……就是这个？"

"嗯，算是吧。"

我无力地笑了笑。

"不是吧？"

"抱歉，今早一时兴起想到这个。"

"什么嘛，森宫，感觉你变了一点呢。"

"抱歉啊，考试前跟你说这些无聊的事情。"

我低下了头。

"哪里，也没什么啦。"

"那……那我就先回去了，非常抱歉。"

萌绘和史奈还在等着我。浜坂同学仍然一头雾水地站在原地，我再次低头对他说了声"回见"，匆忙地回到了教室。

今天是考试的前一天，大家似乎早早地就离校了。二班教室里只有史奈和萌绘。

"怎么样？"

我刚走进教室，萌绘就立马发问。尽管她脸上透露着不安，但双眼绽放着光芒，嘴角微微上扬。她肯定以为成功了。我怀着苦闷的心情开口。

"我……没有说出口……"

我如此告知她们。

"对不起啊……"

我微微低下头。

本以为我会因此得到原谅。本以为她会以"这也是没办法的事情啦"结束这个话题。

但听完我的回答后,萌绘瞬间变了脸。她不满地撅起嘴巴,以锐利的目光注视着我。

"为什么?"

"为什么……这个……怎么说呢……"

"只是要你帮忙告诉他我喜欢他而已,怎么就没说出口?为什么?"

萌绘性格强势,平日就常看到她在班上同学和老师面前盛气凌人的样子。我还是第一次看到她用这种态度对我,这让我很是困惑。

"感觉有点……难为情。"

"有什么好难为情的?你不是不喜欢浜坂吗?"

"是不喜欢啊。"

我用力地点了点头。萌绘一脸扫兴地盯着我。

"那为什么说不出口?是因为不想看到浜坂同学和其他女生,不对,和自己的朋友在一起?"

萌绘毫不客气地质疑道。

"欸?"

"在你心里,即便是不喜欢的男生,也不愿意让给别人吗?"

"才没有。"

"那正常来说，一般都是朋友优先吧？"

萌绘低沉的语调中夹杂着一丝烦躁。

"我并没有考虑优先什么的。"

"真会狡辩，你明明是自己优先。难道朋友不是最重要的吗？帮这么点小忙有什么关系？"

我并不是刻意优先什么，也没想过要继续享受浜坂同学的好感。我只是实在说不出口而已。正当我犹豫不知该如何解释的时候——

"啊，真令人失望，没想到你是这种人。"

萌绘不满地瞪了我一眼。伴随桌子挪动的刺耳身，她猛地从座位上起身，头也不回地走出了教室。

"本来帮她传个话不就没事了嘛。"

在一旁默默旁听的史奈说完，追着萌绘跑了出去。

为什么会变成这样？有必要那么生气吗？难道萌绘就那么喜欢浜坂同学？早知道这样，我就不轻易答应她们考试前一天一起去吃甜点什么的了。希望萌绘的心情能早点好转吧。我独自一人在空荡荡的教室里，呆呆地想着这些。

"早啊。"

第二天早晨，我在走廊上碰到萌绘，像往常一样打了声招呼，结果她看都没看我一眼，直接走进了教室。她还在生气啊，真是伤脑筋呢。不然找史奈商量一下吧。想到这里，我朝正在教室里分发习题集的史奈身旁走去，结果还没等我开口，她就站起身，朝萌绘那边走去。

看来情况比我想象中的还要严重。我的心脏开始不安地怦怦直跳。两人都开始刻意地回避我。但现在不管我做什么，怕是都难以消除误解。而且马上就到班会时间了。总之，先冷静下来吧。我暗自告诉自己，同时朝着自己的座位走去。途中，我朝关系较好的美奈道了声"早安"，结果她为难地低下了头。莫非……我有种不祥的预感。接着，我对上下学路线一致、平日时常一起搭车的春奈试着寒暄了句"考试复习了吗？"，结果得到同样的回应。春奈装着努力学习的样子，死死低着头，甚至不肯看我一眼。

班上除了男生，以及与萌绘鲜有往来的女生，我似乎被大部分人无视了。

"有些人就是觉得朋友一文不值呢。"

"相比男人，一般人都会把朋友放在第一位吧。"

我听到了萌绘以外的女生的聊天内容。看来昨天的事已经传开了。

"怎么能背叛朋友？"

"真是太可恶了。"

是喜欢引人注目、谈论外人闲话的墨田同学和矢桥同学的声音。这两人向来咄咄逼人，我是无论如何都辩不过她们的。于是我只好装作若无其事的样子，走到了自己的座位上。

"朋友不应该被放在第一位吗？"

"把自己看得比朋友还重要，真恶心。"

墨田同学和矢桥同学正在含沙射影地高声批判着我的行为。

我做了什么特别过分的事情吗？朋友有这么重要吗？朋友的话就必须得听吗？我不这么认为。虽然我不清楚到底应该把什么放在第一位，但我知道，绝对不是朋友。

10

小学四年级第三学期的结业仪式结束*。在回家的路上，我向小奏打了声招呼，便匆忙往家里赶去。成绩单上有八项得到了有史以来最高的评分，而且老师评语栏基本都是"对同学很友好，懂得团结合作""做事勤劳积极"之类的好话。

看到这些，梨花姐姐一定会惊讶地说"好厉害啊"，而爸爸也会夸奖我"对朋友友好才是最棒的"吧。想象着他们的反应，我不由得加快了脚步。

而且春假结束后，我就要升入高年级了。五年级开始会有委员活动，而且还有英语课。虽然分班让人有些不安，但我和小奏、美奈是非常要好的朋友，我们已经约好，就算被分到不同的班，也要每天一起玩。今后会有更多有趣的事情等着我。想到这些，就不由得激动难耐。

"优子好聪明啊！"

如我预料的那般，梨花姐姐打开成绩单后，发出了惊讶的声音。

"只是这次还不错啦。"

"才不是。不只是日语、算术、理科，连体育、音乐都很好，真是太厉害了，优子真是什么都能做得很好呢。"

梨花姐姐毫不吝啬地夸奖道。我不由得害羞起来，在一旁"嘿嘿"地笑着。

---

* 日本的小学一年一般分为3个学期，第3学期会举办学年结业式。

"看到这么棒的成绩单,小秀肯定会很高兴的。"

梨花姐姐说着,十分小心地将成绩单合拢,放在了桌子上。

"真的吗?"

"嗯,当然会高兴了。对了,今天的晚饭就吃手卷寿司吧。小秀说今天会早点回来。"

"太好了。"

我激动地拍起手来。

这两个月来,梨花姐姐和爸爸似乎相处得不是很愉快。晚上我回到自己的房间后,时而能听到两人争吵的声音。虽然不清楚具体的争吵内容,但梨花姐姐尖锐的声音中明显夹杂着怒气。而且兴许是因为工作太忙,爸爸最近总是很晚才回来。

今天突然听说他会提早回来,而且还会为我的成绩感到高兴。成绩单真是个好东西。我打心底为自己努力学习的态度感到庆幸。

"好久没一起吃晚饭了呢。"

我的声音难掩激动。

"也是啊,小秀最近总是加班到很晚。"

"就是就是。"

我边吃着梨花姐姐给我准备的杂烩饭,边说道。结业仪式上午就能结束,我和美奈约好了下午一起玩。

"春假去哪里好呢?"

我嘴里边嚼着食物,边满怀期待地说道。

"春假?"

"明天开始就放假了哦,我们可以一起出去玩了,去哪里好呢?"

"不知道呢,说不定春假期间会很忙呢。"

梨花姐姐边用勺子把玩着杂烩饭，边回应道。虽是将冷藏的杂烩饭简单翻炒后制成的午饭，但依然美味。可不知为何，梨花姐姐看起来没什么食欲。

"早就猜到春季会很忙，果然……"

"春季？果然？"

我不解地歪着头。

暑假时三个人一起去了水族馆。正月一起去了东京迪士尼乐园。我还以为每次放长假都能一起去一个地方放松。这次似乎并非如此。明明春假作业最少，是出去游玩的绝佳机会。

"那个……为什么春季会很……"

还没等我问完，梨花姐姐打断了我的话。

"快点吃哦，你不是约好了和美奈一起玩吗？"

梨花姐姐催促道。

"是啊……"

"我给你买些点心吧，可以带过去一起吃哦。我要收拾餐具了哦。"

梨花姐姐说完，将剩有杂烩饭的碗端往厨房。

感觉她今天有点奇怪。算了，还是不想了。连我这个小学生都能看出，梨花姐姐是那种有想法就一定要付诸行动的人。她待会儿肯定是有事要忙，那我还是早点出去玩比较好。想到这里，我匆忙扒了几口剩余的杂烩饭。

玩了美奈新买的丽佳娃娃，吃了美奈妈妈亲手做的泡芙，傍晚我便离开了她家。今天要和爸爸还有梨花姐姐一起吃手卷寿司。想到三人围在桌前吃晚饭的情景，我就不由得加快了脚步。

如果走快一些，十分钟就能回到我家——那处由四栋建筑组成的公寓住宅区。在梨花姐姐出现前,我和爸爸就住在了这里。蓝色的屋顶搭配橙色的墙壁。公寓的停车场周围种了很多花,时常娇艳欲滴地绽放着。虽然我家没有美奈家的房子大,也没有小奏家的公寓新,但我很喜欢这里。

我家位于二楼右侧。透过白色蕾丝窗帘的缝隙,能看到客厅正亮着灯。单从窗帘的摇曳程度以及窗户处溢出的灯光,我就能判断出爸爸是否回来了。自打梨花姐姐出现后,我就很少独自一人待在家里。和梨花姐姐聊天总会令我觉得很开心,而且她长得漂亮,性格幽默,我非常喜欢她。但是,如果爸爸也能在家的话,我会更开心的。

我慌忙登上楼梯,推开重重的门。玄关处十分昏暗,但隐约能看到爸爸那双大鞋子。

"爸爸,你回来啦,今天好早呢。"

刚走进客厅,我就发现爸爸正坐在餐桌前。现在天还没黑,爸爸居然就下班了,真是罕见。

"因为今天工作完成得早一些。"

"这样啊,对了,你看了没?"

我把柜子上的成绩单拿到手里。

"我一直在等你回来呢。"

爸爸如此说道。

"嘿嘿,那你看看。"

"谢谢,我看看啊。"

爸爸仔细地盯着成绩单看了一会儿,接着语气平淡地说了句"嗯,很不错呢"。

"咦?你一点都不惊讶吗?"

"不,很惊讶哦。不过爸爸知道你肯定会做得很好的。"

"这样啊,那你看了老师的评语了吗?"

"嗯,看来你和同学都相处得很好呢。"

"是啊,没错。"

"嗯,那就好。毕竟我家小优很善良呢。"

爸爸感慨地说道。

"因为我和朋友关系很要好呀。"

"嗯,那真是不错呢。"

虽然爸爸的反应比想象中要平静,但看得出来,他还是很开心的。

"好了,赶紧吃饭吧。"

梨花姐姐对我和爸爸说道。本打算帮忙一起做的,可等我回来,桌上已经摆好了米饭和各种刺身。每当过生日、连休或者稍微特殊的日子,梨花姐姐都会做手卷寿司,还说:"虽然看起来很丰盛,其实也就准备点寿司米饭,切好刺身就行了,很简单的。"

只要把米饭和配菜放在海苔上,卷起来就能吃了。奶奶从来没有做过这种料理,第一次吃的时候,看到能自由搭配自己喜欢的食物,我兴奋了好一会儿。

"好丰盛啊。"

"今天特意买了很多食材哦。"

梨花姐姐坐到我旁边,如此回应道。

我和爸爸面对面坐下,梨花姐姐则坐在我身旁。等大家都就坐后,我开始窥探盘子中的食材,看搭配哪种比较合适。金枪鱼、鱿鱼、虾,还有梨花姐姐做的煎蛋。

"卷鱿鱼和黄瓜好了。"我边说边拿起一片海苔。

"抱歉，在这之前，我有话想说。"

爸爸冷不丁地说道。

"本打算吃完饭再说，但我怕吃完饭就没心思说了，毕竟是很重要的事情，还是先说出来比较好。"

"什么事呀？"

我把手里的海苔放回盘子里。到底是什么重要的事情？爸爸从没有在说话前做过这么长的铺垫。完全猜不到他到底想说什么。此刻的爸爸眉头紧皱，神色凝重。看来不是什么好事情。

"小优，这次春假可能要你做一个决定。"

爸爸一动不动地盯着我。

"做一个决定？"

"你马上就是五年级学生了，对吧？"

"嗯。"

"既然都已经是高年级学生了，那有件事我得征求一下你的意见。"

虽然很开心爸爸认可我是大孩子了，但看到爸爸僵硬的表情，我兴奋的心情顿时烟消云散。我往旁边偷瞟了一眼，梨花姐姐正若无其事地盯着盘子。这让我更不安了。

"爸爸要去巴西了。"

"巴西？"

我听过这个国家的名字。老师在社会课上说过，那是一个位于南美洲的国家，离日本十分遥远。是打算春假期间去那边吗？为什么要去那么远的地方？而且为什么用这种沉重的表情告诉我？

"小优，你怎么打算？"

"什么怎么打算？不是大家一起去旅游吗？难道要丢下我一个

人在家？"

我对爸爸的怪异问题提出反问。

"不，这次不是去旅游。"

除了旅游，还有其他什么事情能出国吗？我不解地歪起头。

"小秀要去巴西工作了哦。不只是春假，而是要一直待在那边。"

梨花姐姐终于插话。

"不用你说，让我亲口告诉她。"

爸爸语气平静地打断了梨花姐姐，接着轻轻地吐了口气，缓缓地开口：

"因为工作调动，爸爸暂时要去巴西的分公司工作一段时间，所以接下来可能要离开日本，去那边生活了。在分公司的业务走上正轨前，我可能要一直待在那边，大概要三到五年的时间。"

尽管爸爸说话的语速十分缓慢，但我一时间还是没办法反应过来。我的喉咙干渴难耐，本想喝口茶解渴，但眼下完全顾不上这些。

"意思是，接下来要搬家吗？"

"可以这么说吧，小优怎么想？"

"什么怎么想？"

"你愿意和爸爸一起去巴西生活吗？"

爸爸看着我的眼睛说道。

在国外生活什么的，完全无法想象。这意味着我要转到另一个小学，在陌生的地方说陌生的语言吗？如果可以的话，我当然会选择不去。

"如果不去会怎么样？"

"那就会跟爸爸分开。"

"我不要,我才不要和爸爸分开!"

我明确地说道。虽然不想离开日本,但我也不能接受一个人在这里生活。我毕竟还是个孩子,怎么能把我一个人丢下,爸爸是疯了吗?

"我一个人什么都做不了啊,我绝对不要这样!"

我的话音刚落——

"我会留在日本哦。"

梨花姐姐插话道。

"欸?"

"我是说,我不去巴西哦。"

梨花姐姐的话让我有些摸不着头脑。爸爸必须要去巴西工作,而梨花姐姐却要留在日本,这到底是怎么回事?

"小优有两个选择哦,要么跟爸爸一起去巴西生活,要么和我一起留在这里,继续过以前的生活。只能选一个哦。"

尽管梨花姐姐和爸爸解释得很清楚,但我还是无法理解。于是我问了句"什么意思?"。

"爸爸要和梨花姐姐分开了,意思是我们不再是夫妻了。所以,现在需要你选择,是跟爸爸一起生活,还是跟梨花姐姐一起生活。"

爸爸如此说道。

"完全不懂你们在说什么。"

明天开始就进入春假了,今晚本该能享用一顿快乐的晚餐,结果两人突然在这里说什么呢?我使劲儿地摇了摇头,脑子里一片雾水,甚至有点怀疑自己是不是在做梦。

"抱歉啊,事情变成这样。爸爸和梨花姐姐商量了很多次,但还是找不到解决方法,所以我想让你做一个无悔的选择。"

我仍然摸不着头脑,只知道现在被迫地要做一个悲伤的决定。我的泪水夺眶而出。

"很难选,对吧?爸爸当然想永远和你一起生活哦,毕竟你是我的亲生女儿啊。虽然巴西很远,但跟爸爸一起去那边才是最好的选择哦。"

听完爸爸说的话,梨花姐姐厉声反驳:

"亲生女儿怎么了?少用这种狡猾的借口。我也很爱优子啊。优子,去巴西会很辛苦哦,怎么想都是留在这里更好。"

我爱爸爸,但也爱梨花姐姐,尽管我们在一起生活的时间并不长。自从梨花姐姐出现后,每一天都是开心的。现在要我从中选择一个,我一点也不想面对。

"这要我怎么选嘛!"

我泪如泉涌。脑中和眼前变得一片模糊。根本不知道如何是好。我既不想失去爸爸,也不想失去梨花姐姐。光是想想,都会觉得悲伤。

"巴西也有很多日本人哦,虽然很远,但也没有那么不方便,你很快就会适应的。"

爸爸给我递了条毛巾,轻声劝说道。

"巴西是个温暖而有趣的国家哦。"

"那我们三个人一起去巴西怎么样?"

虽然很不想离开日本,但如果是三个人一起去,或许不会那么艰难。我用毛巾擦了把脸,如此提议道。

"我才不要去什么巴西,那里的语言、饮食……所有东西都和这里截然不同,而且治安也不太好。优子要是去了那边啊,就看不到现在看的动画片了哦,那边的电视节目也不讲日语,而且三年时间太长了，等回到日本，优子都上中学了呢。"

梨花姐姐没有看向我和爸爸，只是静静地陈述着自己的理由。

"那真的很讨厌呢……爸爸，你就不能选择不去巴西吗？"

"那恐怕不行，如果拒绝的话，我就没办法在公司待了。工作本来就是身不由己的。"

爸爸语气坚定地说道。我知道他的工作要求很严格，校园运动会的时候，他也因为工作没能来参加。爸爸总说，工作就是身不由己的。

"爸爸也不想去呀，但是，如果有你陪着的话，我还是能坚持下来的。"

"真的吗？"

"真的哦，而且啊，三年不长也不短，虽然一开始会觉得很不习惯，但过段时间你就会很喜欢那里了，而且也会成为一段宝贵的经历。"

爸爸说的似乎很有道理。在国外生活或许并没有那么艰辛。我甚至开始认为，也许去了那边会觉得很开心。然而——

"但这样你就必须要和朋友分开了哦。"

梨花姐姐打破了我的幻想。

"朋友？"

"没错，你会再也见不到美奈和小奏哦。"

"不是吧？"

那我绝对不要！对我来说，美奈和小奏是无可替代的。三人在一起的时光愉快而美好。而且我们有交换日记的约定，绝不能半途中断。

"等你回来，你就上初中了，这样你们不就没机会见面了？"

梨花姐姐看向窗户的方向，以冰冷的声音说道。

"怎么这样……那可怎么办啊？"

"小优，这事非常重要，要考虑清楚哦。关键不在于电视、朋友什么的，而在于你心里是怎么想的。"

我想过一如既往的生活，仅此而已。我不敢想象没有爸爸的生活，同样地，也不想离开好朋友们。

"如果去巴西，你的生活会和现在完全不同哦。但如果和我一起留在这里，你可以继续过现在这种生活。"

听完梨花姐姐的话，爸爸低声抗议："你怎么能这么说话？"

接着，沉默降临。没有人去碰桌上的手卷寿司。那盆寿司米饭逐渐变得干燥，失去光泽。刺身的颜色也逐渐变得暗淡。一场意料之外的巨大变化即将来临。想到这里，鱿鱼和金枪鱼顿时失去了诱惑力。

整个春假，我每天都在思考如何抉择，甚至还去图书馆翻看了关于巴西的书。书中照片里的巴西比我想象中的要繁华，里面高楼林立，人们穿着时尚的服装，看起来快乐而充满朝气，但里面没有一个日本人。爸爸说那里和日本的差别并不大，但从照片看来，完全是两个世界。

国外的生活说不定会很有趣。尝试一段截然不同的生活也能成为人生的宝贵经历。有时候我会想，去了那边总会有办法适应。但有时候又会想，我肯定没办法习惯。英文我只会说"谢谢"和"你好"，这样是不可能交得到朋友的。在一个语言不通的国家生活实在太过孤单，爸爸外出工作期间，我该如何生活？想到这些，我又会倍感不安。无论我怎么思考，都得不出正确答案。

我把这件事告诉了小奏和美奈，结果小奏说："我绝对不要你走，我们可是好朋友哦，不要离开我们。"美奈则泪眼汪汪地说："你要离开什么的，光是想想都会觉得很难过。"于是，我们一起约定，三个人永远不分开。

对啊，我还有好朋友呢。我绝对不要离开美奈和小奏。根本无法想象离开她们的日子。那时候的我，真心地这么想。

爸爸或者梨花姐姐，这是一个两难的抉择。但如果从巴西和日本当中选一个，答案很简单。

"我不想转学。"

三月三十日，我对爸爸如此说道。

"这样啊。"

"我不想离开朋友们，虽然我也很想和爸爸一起生活，但我舍不得现在的学校、朋友，还有这个家。"

说着，我眼眶里的眼泪簌簌滚落。

"知道了知道了，小优，对不起啊。"

爸爸说完，用力地抱紧了我。

"不管走到哪儿，我始终是你的爸爸。"

爸爸重复说着这些理所当然的话。而我却深信：尽管现在很难过，但也只是分开三年。虽然爸爸和梨花姐姐离婚了，但总有一天，我们可以回到从前的生活。

四月五日，爸爸要去巴西了，我和梨花姐姐到机场为他送行。我使劲儿地挥着手，即便爸爸的背影早已消失在视野中，我也仍呆呆地望着登机口。

起初担心自己会因为爸爸的离开伤心到难以自拔，但回去的路上，梨花姐姐特意带我去看电影、购物，还去家庭餐厅吃晚饭，我的心情也因此得到了缓解。

第二天。

和美奈、小奏玩耍过后，回到家中，梨花姐姐为我做了煎肉饼。

那是我最爱吃的肉饼。可和梨花姐姐并排坐在一起吃的时候，我的眼泪却不自觉地滚落，内心无比难过。

虽然以前也时常单独和梨花姐姐一起吃晚饭，但起码爸爸晚上会回家，而且他从来没有像这样离开这么久。我终于意识到，今后再也不可能和爸爸一起吃晚饭了。不管有什么话想倾诉，他也不可能回来倾听了。

见我突然号啕大哭，梨花姐姐慌乱地重复着"求你了，别哭了"。

"给你准备了果冻，还有蛋糕哦。"

"接下来带你去做很多开心的事情。明天去水族馆吧，还有游乐园！"

"对了，等你上五年级，肯定需要新衣服，对吧？我们去买衣服吧。"

梨花姐姐绞尽脑汁安慰我，但没有一样能让我提起兴趣。我只想让爸爸回来。我的愿望只有这一个。

✳

不应该让我来选择的。爸爸和梨花姐姐应该自己做好决定，然后想办法让我接受。虽说已经升入小学高年级，可我毕竟才十岁，根本无法做出正确、无悔的判断。

当时的我把朋友摆在了第一位。在亲生父亲与朋友之间，我选择了后者。结果有了现在的境遇。我对现在的生活并没有什么不满,也不想去否定现在。就算当初跟随爸爸去巴西,也不一定会幸福。而且多亏了梨花姐姐,我遇见了很多美好的事。

但是,朋友并不是绝对的。不知从何时起,我和美奈、小奏变成了只会相互送贺年卡的关系。朋友没了还可以继续找,但养育我的亲生父亲只有一个。

如果非要排先后顺序,那我应该做出正确的排位。即便自己的选择会带来痛苦,也不至于为当初的错误选择感到后悔。

虽然被朋友无视,但我不能因此影响学习。虽说我和萌绘还有史奈是好朋友,但她们并不能保证我的未来。期末必须得考个好成绩。我挺直背脊,翻开英语单词本。

11

暑假期间,萌绘一次也没有联系过我。史奈倒是时常给我发信息,还一起去吃过几次晚饭。

"可能是因为考完试马上放假,感觉这个暑假很漫长啊。"

暑假最后一天,史奈上完补习班后,顺道来我家做客。

"是啊。"

我和史奈吃着从便利店买来的巧克力。兴许是因为天热的缘故,巧克力变得很软,刚含入嘴里就迅速融化。

萌绘给人感觉性格单纯,不太容易记仇。在班上同学看来,这次是我做了过分的事情激怒了她。我们相互僵持着,互不理睬地度过了暑假。虽然已经上了几天学,但课间休息时教室一直很吵,我始终没有机会接近萌绘。

"不过,没想到你竟然能那么淡定。"

史奈边吃着曲奇饼，边说道。她似乎很喜欢在学习的时候摄取糖分，带来的点心全是甜食。

"是吗？"

"是啊，就算萌绘生气了，你也一脸不在乎的样子呢。"

"我没有不在乎啊。那我到底应该怎么做才对？"

我并不抵触道歉，如果道歉可以缓和关系，多少次我都愿意。但这样似乎只会让萌绘更为反感，所以我只好什么也不做。

"也不是非要怎么做。即便被萌绘无视，被班上的同学远离，你也一副毫不在意的样子，不是吗？我是觉得你这点很厉害。"

"其实我很在意啊。只是刚好要考试了……"

"亏你还能静下心来学习，真佩服。要换成是我，一旦和朋友闹别扭，我就没办法安心地学习。"

身为女子排球队的队长，性格坚定果敢的史奈竟然还有这样的一面。该感到吃惊的应该是我才对。

"算了，也没什么啦。萌绘在一次校园开放活动中结识了一位外校的男生，现在似乎相处得很不错呢。"

"很像萌绘的风格，对吧？"史奈笑着说道。

"这样啊，那真是太好了。"

我打心底这么想。因为有了男朋友后，萌绘的心情肯定会很好，这样她身边的人也会更轻松。

"所以，浜坂那件事已经不重要啦，第二学期你们肯定能和好如初的。"

我也不希望总被同班同学孤立，我也想和萌绘做回好朋友。正当我满怀希望地回了句"希望如此吧"。

"哇，欢迎光临。"

森宫叔叔冷不丁地探出头。

"喂，你好歹敲一下门啊。"

"啊，抱歉，回来在玄关处发现了其他人的鞋子，而且还听到了谈话声，我猜到是你朋友来了，所以有点慌。"

森宫叔叔微微耸了耸肩。

"打扰了，我是优子的同班同学佐伯。"

史奈站起身，礼貌地自报姓名。

"你好你好啊，我是优子的爸爸森宫。"

森宫叔叔低头回应道。兴许是直接从玄关走过来的，他仍然穿着工作装，手里提着公文包。

"这个自我介绍好奇怪啊，你们是父女，肯定同姓啊。"

"啊，也是啊，我女儿承蒙你的照顾了。"

"受照顾的是我才对。"

史奈轻轻地点了点头。

"对了，佐伯同学，你还没吃晚饭吧？啊，得备点丰盛的饭菜才行，糟糕了。"

森宫叔叔第一次见到我的朋友，一时间慌了神。

"不，不用劳神了。"

"都已经七点了，你肯定饿了吧，对了，我们点外卖吧。"

"啊，不用了，我马上回去了。"

"不不，别客气，我马上就准备好了。"

"没客气，是真的不用了。"

"就是啊，史奈家也准备了晚饭，没必要强留她啦。"

见我和史奈坚持拒绝，森宫叔叔满怀疑虑地确认："真的不用准备晚饭吗？"

"是的，不用准备哦。"

我果断地回答道。森宫叔叔回了句"这样啊"，顺手松了松领带。

"见到女儿的朋友来家里做客，我还想着必须得盛情款待一番呢，原来不用啊。啊，对了，佐伯同学，你朋友去你家做客的时候，你父亲都是怎么做的呢？突然担任高中生的父亲，我有点摸不清要领。"

森宫叔叔朝史奈问道。

"我爸爸……怎么说呢，我爸爸还没见过我的朋友呢。"

史奈轻笑着回答道。

"这样啊，父亲确实很少露面呢。仔细想想，我上高中的时候，我班上也没有哪个同学见过我父亲。"

"是啊，所以啊，你赶紧出去吧，不用管我们，你去干自己的事情就行了。"

我推着森宫叔叔的背，催促他赶紧离开。

"真的吗？那我先走了哦。不过，好歹要泡杯茶吧。仔细想想，我不但是父亲，还要兼顾母亲的角色呢。"

"不用啦，我们买了果汁。"

"不，这可不行，万一佐伯同学回头跟别人说，来森宫家里做客，连茶都喝不到一杯，那可就伤脑筋了。稍微等我一下哦。"

森宫叔叔说完，走出了房间。史奈忍不住噗嗤大笑起来。

"真的好有趣啊，你的……爸爸？"

"嗯，算是爸爸吧。他性格有点怪，你不要往心里去哦。"

我无奈地叹了口气。

"怎么会。对了，森宫先生是东大毕业的，对吧？完全看不出来呢。给人感觉很有趣。"

"他头脑是聪明，但就是性格有点古怪。"

"哈哈哈，竟然被女儿这么说，看来经常遭嫌弃啊。不过，没想到森宫先生还挺帅的。"

史奈坏笑着说道。

"你想多了，只是因为他个子高，身材挺拔，乍看之下有点帅而已。其实仔细看脸你会发现，他的五官很普通，也就路人水平而已。"

"欸？你的审美还挺严格的嘛。你不会对他有好感吗？"

"怎么可能。"

森宫叔叔毕竟很年轻，身边的人也半开玩笑似的问过这种问题。但可能因为森宫叔叔性格有点怪，加上他是以父亲的身份出现在我的世界，我从没有把他当成一个男性看待。而且虽然他当我的爸爸有点年轻，但好歹也已经三十多岁了。

"优子啊，我光上茶会不会让人觉得很小气啊？上点什么作为茶点比较好呢？"

正当我和史奈聊着天，森宫叔叔突然在门外小声问道。

"这种事情你悄悄做就行了吧，干吗来问我啊？都被我朋友听到了。"

我无奈地回答道。史奈则傻呵呵地大笑起来。

第二学期的开学典礼当天，在通往教室的楼梯上，我在前边不远处发现了萌绘的身影。我说了声"早上好"，若无其事地凑到她身旁。

本以为到了新学期，萌绘会忘记之前的不愉快，谁知她只是对我冷冷地笑了笑。

"咦？她还在记仇啊？边想着，我边向她搭话。

"暑假过得怎么样？有没有去专科学校看看？"

然而萌绘只是略带为难地点点头，继而匆忙地走进了教室。

史奈还说到了新学期她肯定会不计前嫌，看来事情并没有这么简单啊。想到这里，我跟着萌绘走进了教室。

"出现了！"

"优子今天也好漂亮啊。"

矢桥同学和墨田同学高亢的谈话声传入耳中。

两人向来行事夸张，打扮出格——夏天时常穿长袖制服衬衫，搭配制服短裙，裙摆刻意折得很短；还会偷偷戴手链、项链，画眼线，贴假睫毛。虽然违反了校规，但还没有到不良少女的程度。她们偶尔会帮忙活跃班级气氛，有时候也会很有趣。不过，因为两人时常口无遮拦，说话毒舌，为了不得罪她们，班上同学都十分小心地避让着她们。

"优子，你又变漂亮了呢。"

"这么说，暑假肯定交了男朋友咯，这次又是谁呢？"

两人笑着朝我搭话。

明明萌绘还没有理我，她们居然主动找我聊天。不过两人素来喜欢攻击别人。每当发生什么争执，她们总要去凑个热闹，并且时常在一旁煽风点火。这次恐怕也只是闲来无聊，故意半玩味似的调侃我吧。即便我想反驳，恐怕也敌不过二人的唇枪舌剑。于是我只好苦笑着快速走到自己的座位坐下。

"真是够淡定的啊。不过也是，虽然被女生讨厌，但还有男生的支持嘛。"

墨田同学说着，往上撩了撩那头经过染色的头发。头发有多处损伤的痕迹，甚至有些褪色了。

"优子，你的下个目标是谁呀？"

"还是先问一下比较好，免得到时候撞车就麻烦了。毕竟你是那种重色轻友的人。"

两人拍着手大笑起来。周围的人或是跟着哄堂大笑，或是露出一副事不关己的表情。

正当我打算辩解说"没有这回事"，向井老师突然走进了教室。老师站上讲台的瞬间，教室里立马鸦雀无声，之前的喧闹像没发生过一般。

反正我和她们关系也不是很好，即便被挖苦，我也不会受伤。只是，难得迎来新学期，气氛就这样被破坏了，心情好沉重。

"新学期怎么样？"

我把挂面和煎蛋端到桌上后，森宫叔叔问道。

"没怎么样啊。"

"又来了！一般这么说都代表发生了什么吧。"

森宫叔叔边把海苔和葱放入一个装有酱汁的容器里，边不满地说道。

"森宫叔叔，你之前也这么说过吧。"

"是啊，绝对不可能什么事也没发生。"

"你们公司每天也会有很多麻烦事吗？"

我泡完茶后，坐到了座位上。

"那是当然了。要是什么事也没有，那公司离倒闭就不远了。好，做好了！佐料的味道已经渗透进去了，还是第一次晚上吃挂面呢。"

在煮好的香菇里加入鹌鹑蛋后,森宫叔叔双手合十,说了声"我要开动了"。

"最近不是刚开学吗,发生什么了?不可能没有状况吧?"

"怎么说呢……"

我把混有葱和海苔的酱汁倒入挂面里,含糊地回答道。

"听你的语气,肯定是发生什么了。"

森宫叔叔露出坏笑。

"并不是什么很愉快的事情哦。"

"肯定遇到什么麻烦了吧,这是高中女生常有的事情。"

"既然知道是麻烦,那你笑什么啊。"

"欸?我笑了吗?"

森宫叔叔拍了拍自己的脸。

"你明明一直都在笑。"

"抱歉抱歉,好,我调整一下表情。那么,到底发生了什么?"

"也不是什么大不了的问题啦,只是好像被部分女生讨厌了,感觉她们在故意挖苦我。"

我把今天发生的事情一五一十地告诉了森宫叔叔。与其让他胡乱猜想,不如老实地说出来。而且兴许是因为和没有血缘关系的父母生活久了的缘故,我从小就会尽量和家人分享校园发生的事情。或许是因为在没有血缘关系的父母面前更没有顾虑,又或许正因为没有血缘关系,有些事情不说出来就无法传达。不管和哪个父母一起生活,我都会尽量如实回答对方提出的问题。

"欸?为什么会被讨厌啊?我家优子明明不是那种惹人讨厌的人啊。"

刚才还一直面露坏笑的森宫叔叔这次不满地皱起了眉头。

"或许吧,是第一学期发生的事情了。"

"第一学期?好久远的事情啊。之前怎么没听你说?"

"我这不是马上就告诉你嘛。"

我说完浜坂同学那件事后——

"哇,还真有这种事。"

森宫叔叔两眼发亮,津津有味地倾听着。

"喂,干吗这么激动啊?"

"你不觉得这种像漫画一样的故事情节很有趣吗?"

"你女儿可是在学校被讨厌了,哪里有趣了?"

"虽然被讨厌了,但你并没有觉得困扰,对吧?"

"怎么说呢……"

面对森宫叔叔的提问,我暗自思考了一下。我确实没有感到困扰,但这种事真的很烦人,而且让人心情阴郁。

"不过,几乎每个地方都存在矢桥和墨田这种女生。"

森宫叔叔"呲溜"地吃了口挂面,以高傲的口吻说道。

"是吗?"

"我们公司也有这种人,自以为很了不起,成天对别人指手画脚,自己却不想被别人讨厌。不对,她们觉得自己压根儿不会被讨厌。"

墨田同学和矢桥同学都喜欢高调地发表自己的见解。"是啊。"我轻轻点头附和道。

"那些家伙都以为自己很有发言权和影响力,其实完全是他们想多了。"

"森宫叔叔,你也有过类似的经历吗?"

"算是吧,我们公司有个叫矢守的女职员,明明比我小五岁,成天叫我森宫森宫。她以为自己受上司待见,就算不严守礼节也不会被怪罪。"

"这么说来,墨田同学和矢桥同学也是,就算是对不熟的人,也都是直呼其名。"

说完,我吃了口挂面。

"对吧,这是那类女人的共同点。然后啊,她们还经常喜欢炫耀自己去国外旅游啊,登山啊,去各种地方游玩啊。觉得自己很了不起的样子。今天那人还对我说,'森宫,你肯定没参加过夏日祭典吧,超有趣哦。'"

兴许是说人坏话容易感到饥饿。森宫叔叔每气愤地说一句,就用力地吸一口面条。我盯着慢慢被吸入森宫叔叔嘴里的面条。

"森宫叔叔应该没参加过吧?"

我好奇地问道。

"嗯,别说什么夏日祭典了,我连音乐会都没去看过。"

森宫叔叔得意地回答道。

"哦,这样啊。"

"矢桥和墨田暑假期间肯定也去参加了什么祭典,压根儿就没有复习功课吧。"

"有没有去参加祭典我不知道……啊,不过我听到她们在同学面前炫耀说,暑假去参加了一个全是外国人的派对。"

今天课间休息时,两人一直在谈论派对的事情,而且一直反复大声炫耀说外国人崇尚自由,待在一起气氛非常棒。

"没错没错,矢守也是这样,一直强调自己有外国朋友什么的!而且还故意挖苦我说,'森宫你肯定没有外国朋友吧。'我好想说,你也只是勾搭上了那个英语会话学校的老师而已吧。"

"想说什么就说啦。对了，森宫叔叔，你有外国朋友吗？"

"怎么可能有，连日本朋友都没几个。"

森宫叔叔不以为然地回答道。和森宫叔叔倾诉过后，我内心轻松了不少。

"这样啊。"

"没错，而且她还时常挖苦我说，'你都是一个人去拉面店什么的，对吧？'这有什么好得意的？二十岁以后，没有一个人去过店里才叫稀奇。我向来都是一个人去拉面店的。"

倾听着森宫叔叔内心的不满，我逐渐认识到他的交际圈有多么狭窄。"好啦好啦。"我安慰似的附和道。

"那个墨田和矢桥说白了就是嫉妒吧。我家优子那么可爱。就算她们参加过什么祭典，有所谓的外国朋友，不管是外在还是内在，都比不上我家优子。"

本以为他已经发泄完，谁知他又不以为然地说出这串语不惊人死不休的话。

"别说了，有点过了吧。"

"欸？"

"你这有点过了吧。我很可爱什么的，在外面可不能这么说。"

面对我的警告，森宫叔叔难为情似的笑了笑。"啊，我知道了！"接着他"啪"地捶了一下手。

"干吗，这次又怎么了？"

"是挂面的错。"

"你说什么？"

"我看你没什么精神，肯定是晚饭的缘故，没错。你看，我们这三天晚饭吃的都是面。"

"话是这么说没错……"

挂面是森宫叔叔中元节收到的礼物,而且大热天吃起来也方便,所以最近一直在吃面。但我最近遇到的烦心事真的跟面没有半点关系。

"我也没有很没精神啊。"

"区区墨田怎么可能影响到你,肯定是因为夏日倦怠症。听说真正的夏日倦怠症会在夏末的时候出现。"

森宫叔叔边津津有味地吃着面条,边回应道。

"可我很喜欢吃挂面啊。"

挂面很细,容易吞咽,是我最喜欢的一种面。

"那就多吃点,长得结实点。等你体能变得超强,她们就不是你的对手,墨田、矢桥、矢守也就不敢挖苦你了。"

"都说你夸得有点过了,真的别再这样说了。"

我明明很生气,森宫叔叔却嬉皮笑脸地说"谁让我是你爸爸呢",然后继续吃起碗里的面。

"而且矢守小姐跟我也没关系吧。"

"也对啊,矢守是我的敌人。真希望那个矢守还是矢什么的能被调走,比如调去火星什么的。"

"你们还在火星设了分公司?"

"怎么可能。"

哎呀呀。森宫叔叔的毒舌也只是小学生水平呢。不过,和森宫叔叔一吐为快后,心情舒畅了许多,感觉多少挂面都能吃得下。

第二天,校园的氛围一如往常。萌绘依然是一副尴尬的表情。

史奈虽然私下说"你被一群麻烦的家伙盯上了呢",但在墨田同学等人面前,还是刻意与我保持距离。

到了中午,墨田同学邀请萌绘和史奈一起吃午餐,我只好一个人前往食堂。我也想过邀请一个人一起用餐,但眼下这关头,只怕会给人添麻烦。而且离开教室我反倒觉得轻松。

走进食堂,里面谈笑声此起彼伏,但都与二班教室内的事情无关。毕竟都已经是高中生了,食堂也有很多人独自一人吃午饭。独行的压力相比初中要小很多。我和史奈还有萌绘很合得来,三人在一块很开心。但偶尔独自一人,不用刻意迎合话题的感觉也不错。

我悠闲地边看从志愿指导室拿来的大学介绍手册,边吃着鸡蛋盖饭。本来带了面包,谁知被酱汁的香味吸引,最后决定点了份现做的鸡蛋盖饭。香浓的酱汁搭配松软的鸡蛋。在学校食堂的菜单中,盖饭是最美味的。

不知道园田短大的食堂是怎么样的。大学的餐点应该会更美味吧。边想着这些,我边翻看起短大的介绍手册。食堂照片看起来就跟时尚餐厅一样。大学果然不一样啊。正当我呆呆地盯着手册,突然感觉有一股熟悉的气息在靠近。

"你在干什么?"

我循声望去,向井老师正站在我面前。

"没……没干什么……"

我做了什么引人注目的事情吗?我在脑海中回忆起最近的行为。

"没什么?那你为什么一个人在这里吃午饭?"

向井老师的语气一如既往的平稳,边说着,她边坐在了我面前的座位上。

"没什么特别的理由……"

"嘴上这么说，实际上肯定发生了什么吧？"

"没有啊。"

为了缓解内心的紧张，我喝了口水。

"一开始我就看出来你和田所同学吵架了，没想到到现在还没和好。"

"是啊。"

"虽然女生之间吵架有点麻烦，但你们这样也太久了吧？"

"也……也是啊。"

"如果是单纯的吵架倒还好，你们这情况似乎有点复杂啊。"

"没事的，只是单纯的吵架而已，常有的事啦。"

为了强调这并不是什么大事，我强硬地挤出一丝笑容。

向井老师窥探似的盯着我的脸，接着问："你不会觉得困扰吗？"

"不会。"

我用力地点了点头。确实没什么好困扰的。可以的话，我也希望能快点平息我们之间的矛盾。但有时候我又会想，在一个集体里生活，这些是在所难免的。

"看来还真是。不过，在这种情况下能做到坦然面对，可不是件容易的事。"

"可能因为我平常习惯了和别人一起生活吧。"

我半开玩笑似的说道。不过，在我迄今为止的生活中，并没有经历什么摩擦。梨花姐姐、泉原叔叔、森宫叔叔——虽然离开爸爸后，我和这几个没有血缘关系的人一起生活过，但从没起过争执。

"朋友在高中生活中占很重要的比重哦。"

老师严肃地回应了我的话。

"是啊。"

至于朋友重不重要，一时间我也得不出答案。但我从没想过怠慢朋友，而且没有朋友也确实会很孤单。

"这明明是你自己的事情，你却看起来事不关己的样子，真的没事吗？"

"没事。"

"希望如此。"

"嗯，我真的没有感到困扰……这种事情交给时间解决好了。现在还不是妥协的时候，您就不用管了。不对，那个，您就好好看着吧。"

我连忙在最后补充了一句。

"你真的很强大呢。"

老师一动不动地盯着我说道。

我刚踏入教室，墨田同学和矢桥同学便相继投来坏笑。

"听说优子和向井老师一起吃午餐了呢。"

消息传得还真是快。看来有很多人唯恐天下不乱，就想趁机在一旁煽风点火。

"只是碰巧在食堂碰到，顺便打个招呼而已。"

我边走向自己的座位，边回答道。

"你该不会是向老师打小报告了吧？不过，真是遗憾，班主任是个女的。"

"就是就是，如果是个男的，说不定还会站在你那边，可向井是个老太婆。对了，优子前段时间被一个高一男生表白了，对吧？还真是受欢迎啊。"

矢桥同学的话音刚落，其他女生便跟着嘲讽"好厉害啊""真有本事"之类的。

"才没有。"

我依然若无其事地从桌子里拿出教科书。要是无视她们，必然又会想方设法挖苦我。我只能稍微地回应一声。

"优子好喜欢男人啊。听说她妈妈改嫁过两次，真是有其母必有其女啊。"

墨田同学毫不避讳地说道。大概是从我初中的同校生那儿听来的吧。我从来不会主动提及自己的成长经历，但也从不隐瞒，所以学校还是有些人知道我换了好几次父母的事情。

"改嫁两次？好厉害。不过，她妈妈现在不在了吧？"

"那真的很麻烦，这样都搞不清谁才是自己的亲生父亲了。"

墨田同学和矢桥同学你一言我一语地讥笑道。但周围的人突然不再吱声，教室里变得无比安静。

肯定是因为两人触及到了别人家庭问题的缘故吧。大家或是低头不语，或是装作忙其他事情。大家似乎都约定俗成地认为，谈及别人的家事是禁忌。我倒觉得无所谓，即便被人调侃父母的问题，我也觉得不痛不痒。

"她现在是跟一个年轻的父亲一起生活吧？好恶心啊。"

"说不定两人都能有一腿，好可怕。"

两人完全没有意识到周围的寂静，依旧口无遮拦地议论着。尽管我装作没有听到的样子，但周围的同学可都听得一清二楚。总之，事实还是要澄清一下。

我在座位上抬起头，看向墨田同学。我知道此刻大家都在看着我。啊，明明不是什么大不了的事情，没必要这样关注我吧。这可能就是频繁换父母的弊端吧。我当即开口做起了单方面的说明。

"那个……改嫁过几次的妈妈是我第二任妈妈,我们并没有血缘关系。然后,我当然知道自己的亲生父亲是谁。我妈妈在我很小的时候就去世了,爸爸去了国外,所以才没陪在我身边。我确实有两个妈妈,三个爸爸。然后,我要说什么来着?啊,对对。我现在的爸爸。虽然外面都说我们年龄差距不大,但他好歹也已经三十七岁了。而且他是个性格古怪的人,我们是不可能发展成恋爱关系的。但他是个好人,每天悉心照顾我这个没有血缘关系的女儿……事实就是这样。"

我说完后,教室里开始传来"好厉害啊""原来是这样啊"之类的私语声。矢桥同学和墨田同学则有些吃惊。事情似乎变得更夸张了。

"没什么大不了的。只是换了几次父母而已,我并没有觉得困扰。"

"好看得开啊。"某人的惊叹声传入耳中。

"感觉森宫很有底气啊。"

"果然家庭发生过重大变故的人都会变成这样。"

后座的男生开始窃窃私语。

或许正如向井老师说的,现在的我内心确实比较强大。但这跟更换父母并没有直接的关系。爸爸离开后,和梨花姐姐生活的那段时间,自由而快乐,但并不轻松。那时候,为了生活,我必须要努力,要坚强。

12

"啊,这个月只剩八百日元了,离发薪日还有五天呢。"

梨花姐姐一边在包包和钱包里搜找着零钱，一边为难地说道。

"那是因为梨花姐姐花了很多冤枉钱啊，明明知道最后会变成这样。"

我也帮忙在梨花姐姐挂在衣柜里的裙子口袋里找了找。梨花姐姐平时什么东西都爱往口袋里塞，有时候能从她的衣服口袋里掏出几枚硬币来。

"我到底在哪儿花了冤枉钱来着？"

梨花姐姐一本正经地思考起来。我无奈地叹了口气。

"上周你不是买了个包包嘛，明明有个差不多的。"

"那个灰色的？"

"没错，那个灰色的，外面带有口袋的包包。"

"完全不一样啊，我没有过类似的包包啊。设计和尺寸跟我之前的都不一样呢。"

梨花姐姐辩解道。但在我看来，她已经有好几个类似的包包了。为什么非要买那么多只是在颜色或者外形上有些许差别的包包呢？

"还有，你不是还给我买了件开襟毛衣吗？去年已经买了一件，而且今年也没有长高很多，明明可以穿旧的。"

梨花姐姐几乎每个月都会给我买衣服。但是，毕竟我已经五年级了，身高的增长速度不会像以前那么快了。

"优子，你不会是认真的吧？"

梨花姐姐停止寻找硬币，一动不动地盯着我的脸。

"当然是认真的啊。"

"你是女孩子，可不能这么想。衣服不是因为旧了、小了、穿不下了才添新的哦，而是要紧跟今年的潮流。必须要保持时尚，以前不是跟你讲过嘛。"

"这些我不懂，反正穿去年的衣服不会死，但是没吃的就会死。总之，下个月禁止买衣服。"

我极力强调道。

"你明明才五年级，怎么说话这么老成啊。好好，知道啦。"

梨花姐姐坚定地答应完，开始看起了电视。明明都没有钱了，梨花姐姐居然还能这么若无其事。哪怕再找出一百日元也好啊。我继续把头钻进衣柜里，挨个翻找着梨花姐姐的包包。

"啊，有封信还放在这儿没寄出去，梨花姐姐，得快点寄出去呀。"

我从里侧的包包里翻出一封信，连忙递给梨花姐姐。

"啊，对啊，忘了，嗯，明天寄出去。"

"抓紧时间哦，马上都要写下一封了。"

"抱歉抱歉。"

"不知道有没有收到呢……最近没有半点回音。"

"不清楚呢，小秀工作很忙，而且信寄到巴西也要很久。"

梨花姐姐边看着电视，边说道。

升入小学五年级前的春假期间，爸爸离开了日本，至今已经七个月了。自从爸爸去了那边后，我每星期都会写一封信，把在学校发生的事情，和梨花姐姐的生活状况，以及所有想说的话，都写进信里，每星期寄出去的信能有好几页。但是我不知道怎么把信寄往巴西，只好拜托梨花姐姐代劳。梨花姐姐每次都说"知道了"，然后把信塞进包包的夹层里，偶尔会忘记帮我寄出去。这可能影响不大，但我从来没有收到过爸爸的回信。梨花姐姐总是用

"大人不怎么爱写信啦""可能还没习惯巴西的生活，没空写信吧"之类的理由安慰我。爸爸那么在乎我，如今忙到连回信的时间都没有，也未免太过辛苦。或许国外的生活就是这么艰辛吧。连留在日本的我和梨花姐姐，也不得不每天为了小家的生活而忙碌。

自爸爸离开大约两个月后，梨花姐姐以"光靠这点抚养费根本活不下去"为由开始工作赚钱。又过了一个月，因为"付不起房租，现在的房子两人住太大"，我们搬入了一间更小的公寓里。明明离以前的房子才步行五分钟的距离，但完全是一个不同的家。房间只有两个，阳台和客厅都很小。而且房子非常旧，外墙是灰色的，楼梯上的水泥墙都裂开了。刚看到的时候，我下意识地想说"好讨厌这里啊"，但想到梨花姐姐那么努力地工作养活我，我这么说未免太不懂事。

梨花姐姐说"房租只要原来的一半"，本以为搬家后，生活会轻松一点，但现实并非如此。梨花姐姐是那种存不住钱的人。所以，我们开始生活后的第一个夏天，存款就被花光了，从秋天开始，就过上了每天感叹"这个月好拮据啊"的生活。

"啊，找到了，五十日元！"
我从放有信件的包包口袋里找到一枚硬币，激动得大叫起来。
"哇，太棒了！这么说，这八百五十日元是我们这个月的全部财产了。"
梨花姐姐接过我找到的五十日元硬币，惊叹了一声"啊，有钱了"，接着打开了电热地毯的开关。
"虽然多了五十日元，但接下来还是每天只能花一百七十日元。"
我把电热地毯的温度调低了些，愁眉苦脸地说道。十一月中旬已过，天气逐渐变得寒冷，但这点程度勉强能够忍受。

"一百七十日元啊，会很艰难吗？"

"当然艰难啊。家里还有米，米饭还是能吃到的，只是菜……我去问问房东，看能不能给我们点蔬菜，然后用剩下的钱买点蛋和鸡肉，勉强撑过去吧。"

"我早上想吃面包呢。"

都这种状况了，梨花姐姐还在说这种任性的话。

"那我们去要点面包皮吧，商店街面包店的老板经常会用袋子装满满一袋面包皮，可以免费拿到哦。"

"欸？什么都不买，别人会免费给我们？"

梨花姐姐皱起眉头说道。

"因为没钱，也是没办法啊。我去问房东，看能不能给我们点蔬菜，梨花姐姐负责去要面包皮。"

"啊，好讨厌贫穷啊。尤其是这么冷的天，让人觉得更凄惨了。"

梨花姐姐嘴上虽然这么说，但实际并没有放在心上，所以才会每个月雷打不动地乱花钱。而且她开始当我妈妈的时候就是这样，梨花姐姐是那种不管过哪种生活，都可以乐得自在的人。

"虽然觉得卖保险这个工作有点不好听，但我觉得挺适合我的。可以跟各种人打交道，非常适合我这种和蔼可亲的人。"

刚开始工作的时候，梨花姐姐斗志昂扬地发表了此番豪言壮语。

13

公寓后长有茂盛草木的建筑——这栋古老而宽敞的大平房是房东的住处。房东年纪比我爷爷奶奶还要大，听说丈夫早年过世，独自一个人生活了很多年。除了搬家当天去打过招呼，平日我也常以交房租等为由，前去看望她老人家。

初次见面那天，房东怜悯地说："年轻母亲带着个孩子，不容易呢。"我当时还担心，梨花姐姐那么年轻，会不会被房东发现我们其实没有血缘关系。而且还天真地认为，有血缘关系的大人和孩子才能被称为亲子。

所以，搬过去的那个月月底，前往房东的住处交房租的时候，我试探性地问她："我妈妈很年轻，对吧？"

结果房东豪爽地大笑着回道：

"你的妈妈虽然打扮得很年轻，但其实年纪也不小了吧？"

梨花姐姐当时三十岁，年纪也不算很大。但受房东的影响，我也跟着笑着调侃："因为她喜欢化妆，而且很时髦嘛。"和房东交谈过后，我被她豪迈的性格感染，顿时觉得什么问题都显得微不足道。

大概是因为房东一个人生活太过孤独，每次我去她家，她都非常开心。虽然她嘴上说"老了，耳朵不好使"，但每次我还没来得及按门铃，她就先打开了门。而且每次还送我从菜地里摘来的蔬菜，或者熟人送她的日式点心之类的。

兴许是因为再也见不到爷爷奶奶，我非常喜欢往房东家里跑。

答应梨花姐姐去房东家要蔬菜的第二天，一放学，我就连忙往房东家赶。

"天变冷了呢。公寓的房子住得还好吧？有点破旧，肯定漏风吧？"

房东把我带到客厅，给我泡了杯热茶。

"没事的，我们有电热地毯呢。"

我吃起了房东给我的仙贝。巨大的酱油味仙贝在我的齿间发出清脆的"咔嚓"声。房东笑着说:"优子的牙真是好呢。"

"今天打算把菜园关了,年纪大了,也做不动了。"

房东边说着,边从土间*把用报纸卷好的白菜和萝卜拿了过来。

"这样啊?好可惜啊,我可以帮忙的。"

"你还要上学呀,而且种太多也吃不完,每次都剩好多。"

"那可以送给叔叔呀。"

房东的儿子儿媳住在开车大约十五分钟的地方。我见过几次。

"这样也不是个办法啊,幸好能送给你,真是帮大忙了。"

房东说完,开始摩擦起自己的腿。前段时间就听她说膝盖有点痛,每次站起来或者跨门槛的时候都十分辛苦。

"我做了煮白菜和豆腐块,还有腌萝卜,回去的时候带点尝尝。"

"嗯,谢谢奶奶,真是太好了。"

还没等我开口,房东就主动送了我蔬菜。看来没必要提梨花姐姐没钱的事了。不过,我必须要告诉她,这白菜和萝卜对我来说有多难得。

"我们这个月只剩八百五十日元了,昨天妈妈还在说,接下来吃饭都是个问题呢。"

我笑着说道。结果房东却回答:

"幸好你家没钱。"

"为什么这么说呀?"

"因为你家要是有钱的话,什么都能自己买,也就不稀罕我这寒酸的白菜萝卜了。"

---

* 土间指传统日本建筑内没有铺地板或只铺了三合土的区域。

"这样啊。"

原来没钱还有那么一点点好处啊。

"对了,我带波奇去散步了。"

听到玄关处传来的声音,我站起身。

波奇是房东家养的中型犬。自从房东腿脚不便,不方便外出后,每当我来到房东家,波奇就会汪汪地催促我带它出去散步。

"好,谢谢你啊,真是帮大忙了。"

"那我走了哦。"

"要注意保暖哦。"

"嗯。"

我戴上房东之前送我的围巾,牵着波奇出门了。

走出房东家,拐入主道,走过一段下坡路,再沿着河岸往前走。这是我和波奇平日的散步路线。我大约每周会带它出来一次。

"它跟我一样,已经年纪大了。"

正如房东说的,波奇已经不再玩闹,也不撒泼,只是静静地往前走着。我和波奇走路的步调几乎一致。

"哇,有好多落叶啊。"

河岸的道路上铺满了落叶。

"秋天也快结束了吗……"

不管我说什么,波奇都只会发出低沉的"咕呜"声。但我感觉它能听懂我的话,所以散步途中,我会尝试着和它聊天。

"看啊,这么快就出现晚霞了,明明才刚过五点呢。"

树叶开始凋零,夜色逐渐变得漫长,景色开始变得单调,风也逐渐变得刺骨。随处可以感觉到冬天来临的征兆。

"接下来会变得更冷吗?"

我在能够眺望到河川的长凳前坐下。每次散步,我和波奇都会在这里看一会儿晚霞,这早已成了约定俗成的事情。太阳徐徐逼近的水面,泛着耀眼的光芒。

"小沙,跑起来,赶紧回去做晚饭。"

"今天爸爸会很早回来吗?"

"是哦。"

"太好了。"

一对刚购完物的母子从我身后快速经过,两人的谈话声传入我的耳中。

"抱抱。"

"你明明还走得动吧?"

"就要抱抱。"

经不住小孩子的再三恳求,妈妈抱起了孩子,抱怨着"哇,好重"。在夕阳下行走的人们,为什么都萦绕着温暖的氛围?

梨花姐姐曾说:"冬天更能让人体会到贫穷的辛酸。"但在我看来,冬天还能让人体会到孤身一人的寂寞。

夜幕降临得更早,和朋友玩耍的时间也更短了。美奈今天要上补习班,小奏今天要给她爸爸过生日,没办法出来玩。

我爸爸的生日在九月。不知道今年爸爸是不是一个人庆祝生日呢?我不时地会想起爸爸。每当想起,各种回忆便涌至脑海:送别时机场的景色,我回答留在日本时爸爸的神情,一起去动物园时的情景,入学典礼的回忆,还有更小的时候,数次把我举高的爸爸健硕的手臂。

记忆一旦涌出,就再也无法控制。好想回到爸爸还在身边的日子,真的好想。正因为知道无法实现,所以我才只能哭泣,只能隐藏起自己的心情。

主动提出带波奇散步,是为了报答房东对我的照顾,顺便还能锻炼身体。但散步最大的好处在于,可以像这样和波奇坐在这里,静静地流泪。如果独自一人在家中流泪,我恐怕会慢慢地变得自闭吧。可如果强忍泪水,总有一天我会崩溃。但如果像这样,在广阔的天空下,对着河川静静地哭泣,感觉泪水和回忆都能随着河水一起流走。

我并没有很不幸。和梨花姐姐一起生活很开心。但我始终会觉得孤单,而且很想爸爸。这种心情是无法轻易地消除的。

徐徐逼近水面的橘色光芒变得更浓厚了,波奇高声地吠了一声。

"啊,该回去了呢。"

待太晚的话,房东会担心的。

我最终选择的不是爸爸,而是梨花姐姐。就算我跟随爸爸去了巴西,也会有不一样的孤单困扰着我吧。现在能做的,只有过好眼前的生活。流完泪后,感觉一件事告一段落。现在可不是哭的时候,我重新振作起来。

"好,我们回去吧。"

我站起来,波奇再次颇有气势地吠了一声。

14

十二月中旬过后,几乎每天都是阴天,很难见到太阳。明明是上午,天空却阴沉沉的。我拿着结业仪式上发放的成绩单,直接从学校前往房东家。

"欸?优子好聪明啊。"

房东看完成绩单，和蔼地夸奖道。

"是吗？"

相比最后给爸爸看的那份成绩单，这次少了五个优，而且算术还得了个加油。虽然老师说学习是自己的事情，但如果可以分享喜悦的人减少了，学习热情也会相应打折扣。

"可我的成绩在逐渐退步。"

我回应道。

"成绩单只是老师随手圈选的啦，并不能代表什么。"

房东笑着说完，继续阅读起评语栏。

"我看看，对待图书馆的工作认真负责，做事勤奋努力，对待朋友温柔友善，学习认真……都是套话呢。"

"是啊。"

我边喝着房东给我泡的热可可，边点头附和。

去年之前，我还会为老师给我写的评语傻傻地高兴一番。但升入五年级后，我才开始发现，其实每个人的评语都十分相似。

这次老师写给我的评语，和五月第一学期的评语十分相近，只是把口号负责人改成了图书馆负责人而已。可我和五月时的性格根本不一样。不过班上有三十八个学生，也难免会写出相似的评语吧。

"真希望老师能写得用心点呢。如果是优子的话，我想想啊，应该写：对身边的人有礼貌，经常帮母亲做家务，还帮房东家遛狗，性格爽朗，长相可爱……"

听完房东的话，我害羞得满脸通红。

"这么夸我，有点恶心哦。"

"这是事实嘛，可能这就是父母视角吧。"

见我羞红了脸，房东大笑起来。

"父母视角？"

是指梨花姐姐吗？突然冒出一个陌生的词汇，我露出疑惑的表情。

"没错，父母视角，指的是父母太爱自己的孩子，把孩子想得过度优秀。话虽如此，可我跟你也没有血缘关系呢。"

房东边吃着苹果，边说道。

自打有血缘关系的爸爸离开以来，他就再也没有出现过。但是，如果这就叫父母视角，那梨花姐姐有过之而无不及。

"啊，好好吃。"

我津津有味地吃起了房东为我削的苹果。苹果肉质虽硬，但嚼起来香脆可口，而且甘甜多汁。

"冬天能窝在被炉里吃水果，真是奢侈呢。"

"虽然身体到处是毛病，但幸好牙齿还是很健康的。"房东边说，边嚼着苹果。

"对了对了，明年我就要去养老院了。"

房东像突然想起什么似的说道。

我一时间没能理解去养老院的意思，咽下口中的苹果后，不解地提问：

"养老院是干什么的？"

"养老院就是老人住的地方呀。老了腿脚不好，行动越来越不方便，去年骨折一次后，虽然治好了，但还是有越来越多的事情没办法自己打理。"

小学的时候我去养老院参加过一次交流会。里面有很多老人，当时还一起唱歌，做了一些简单的游戏。

"养老院不是白天去晚上回来吗？"

"不是哦，我打算就住那儿了。那里有医生、护工，还有人做饭，比在这里一个人生活要轻松很多。"

房东愉快地说道。她的腿确实是有些不方便了，必须要拄着拐杖才能走动，出门也非常辛苦，但做饭、交谈都十分利索，看起来还是十分健朗的。

"其实不用去养老院呀，阿姨不是偶尔会来看你吗？而且买东西什么的，随时可以叫我帮忙呀。"

我提议道。

"比起亲生儿女，还是让养老院的人照顾更轻松。"

房东回道。

"真的吗？"

房东看起来不像是在撒谎或者逞强的样子。可是，相比让儿女照顾，宁可去养老院这种观点，怎么想都有点奇怪。

"真的哦。因为养老院里有很多专业照顾老人的护工。而且让儿女照顾总会心有不安，如果换别人照顾，这种负担就少多啦。"

"这样啊……"

相比亲生儿女，让陌生人照顾更好。这种想法我不敢苟同。

"对了。"说着，房东"嘿哟"一声从座位上起身，拉开抽屉。

"这个必须要交给你。"

房东慢腾腾地坐下，递给我一个信封。信封里被塞得满满的。

"这是给你的。"

"我可以打开吗？"

"当然可以。"

见房东点头应允，我连忙打开信封，发现里面是一沓钱，而且全都是一万日元的纸钞。

"这是什么?"

我从来没有见过这么多钱,吓得连忙看向房东。

"不认得吗?这是钱啊,里面有二十万日元。"

房东若无其事地回答道。听到她说出的金额,我吓得惊呼。

"二十万?"

"是哦。"

"为什么要拿这么多钱出来?而且还是给我?"

"我希望你能收下。既然要离开了,我得把这里清理干净才行。"

房东边喝着茶,边说道。

"就算要清理,也不能把钱也清理了吧?而且这钱我不能收。"

我封好了信封。虽说我家现在很缺钱,但这么一大笔钱,我无论如何都不能收。

"这是我去养老院前的一点心意,你收下便是了。"

"不行!妈妈会骂我的。"

"当然不能交给你那个年轻妈妈,你要向妈妈保密。这是给你的。"

"这样做是不对的。绝对不行。"

我坚持不肯收下,但房东也不妥协。

"用不用是你的自由,但是这钱你必须得收下。"

"可是……"

"有钱防身总是好的。"

"那您怎么不自己留着啊。"

我说完,房东哈哈大笑起来。

"是啊,不过这已经是你的了。在你有困难或者感到无助的时候,这笔钱或许能帮上你。等到你需要用钱的时候,它就能派上用场了。你就当是个护身符吧。"

房东强硬地把信封塞给了我。

"这事就这么定了。赶紧把信封放进书包里。对了,马上就进入寒假了。"

房东开始切入了另一个话题。

寒假期间,我到房东家帮忙打扫卫生。听说养老院很多地方都住满了,房东要去的那家养老院离这里非常远。波奇也即将被带到房东儿子家收养。

看着房东家一点点被打扫干净,我顿时觉得:是时候让自己变得强大一点了。

第三学期眨眼间便结束。冬去春来,我很快便升入了六年级。我必须要学着厚脸皮地去要面包皮,还要提醒梨花姐姐每个月要有计划地生活。现在可没有闲情对着河川流泪。

新年过后,房东的儿子儿媳要送她去养老院了,我也跟着去送别。

"优子要保重哦。"

"奶奶你也保重……"

明明有很多话想说,却哽咽在喉,怎么也说不出来。

"别露出这种表情嘛。"

"可是,一想到再也见不到你……"

"什么叫见不到呀,我还活着呢,只要活着,我就会为你祈祷,默默地支持你的。"

房东说完,握紧了我的手。那双手粗糙、满是皱纹,但十分温暖。我迟迟不肯松开。

尽管她不是我的亲奶奶，可离别依然那么辛酸。我明明发过誓不再哭鼻子，可泪水还是不争气地掉了下来。

房东、爸爸、爷爷、奶奶，越来越多的人，只能在回忆里遇见。但我不能总活在过去。连那么年迈的房东都要开始新的生活，我也不能一直执着于写信给那个从没有过回音的爸爸。即便是父女，既然离开了，也就结束了。现在需要做的是过好眼前的生活，珍惜身边的人。目送着房东乘坐的车子逐渐远去，我暗自下定决心。

❈

当时房东给我的二十万日元，我到现在都没有花出去。可能因为还没有遇到过什么特别困扰的事情吧。

15

"今晚吃什么？"

做完作业后，我走进客厅，朝森宫叔叔问道。房间里飘散着大蒜的味道。

"吃饺子啊，饺子馅里放了很多大蒜和葱哦。"

森宫叔叔在厨房里开心地回答道。

"刚刚煎好的，赶紧端到桌上去。"

"又不是周末，干吗吃饺子啊……明天还要上学呢。"

我接过盛有饺子的盘子，端到了桌上。香脆的煎饺虽然好吃，但口味太重。

"在你的夏日倦怠症恢复前，我们要经常吃饺子哦。我一次性包了五十个呢。"

"不是吧，话说，我才没有什么倦怠症。"

三大盘饺子在桌上摆齐后，"好了好了，趁热吃吧！"森宫叔叔双手合十，朝我催促道。

看着盘子里堆满的饺子，我还没吃就觉得已经饱了。

"里面放的大蒜和葱是平时的双倍，绝对能治愈夏日倦怠症。"

森宫叔叔往嘴里塞了个饺子，如此说道。

"吃这么多大蒜，口气肯定会很重吧……"

"也没什么吧？里面也有很多蔬菜的，其实没那么重口味，很好吃的。"

见森宫叔叔已经吃起了第二个，我也跟着夹了一个。虽然味道很重，但吃起来十分爽口。

"确实还挺好吃的。"

我说完，森宫叔叔连忙点头附和："对吧对吧。"

"味道不错，而且还能补充体力，饺子简直是最棒的美食。只要吃完这些，什么墨田、矢桥、矢守都能统统被击退。"

"都说了，矢守小姐跟我没关系。而且我是因为夏乏，又不是因为被人在背后挖苦。"

说着，我突然想起在教室阐明身世的事情。当时大家脸上充满了同情和好奇。我本打算若无其事地把自己的经历讲出来，结果发现，太难。

"喂喂，有时间在这里伤感，不如赶紧吃饺子。"

森宫叔叔打断了我的思考，往我的盘子里夹了一个饺子。小小的饺子味道十分清爽，感觉多少个都能吃下。我赶紧把饺子塞入嘴里。

"就算吃完饺子变精神了，问题还是不能解决啊。"

"但是，比起有气无力，精神抖擞的状态会更有胜算吧？"

"有精神当然是好事，但弄得一嘴的大蒜味，说不定会更遭人嫌吧，万一班上同学见到我都躲开怎么办？"

我嗅了嗅夹起的饺子，虽然很有食欲，但大蒜和葱的味道真的很刺鼻。

"那你就自觉地离他们远点不就行了，而且这样你还可以理所当然地认为，他们是因为口气的问题才远离你，而不是因为身世啊、性格什么的，这样反倒轻松了。"

"这是哪门子歪理，我才不要因为口气的问题被人远离。"

"这样就能把所有的问题都归结到大蒜上了。仔细想想，大蒜不但能帮你补充体力，还能顺带当挡箭牌呢，真是万能的食品啊。"

森宫叔叔有一搭没一搭地调侃着。"啊，好想喝点啤酒啊，我可以喝点吗？"说完，森宫叔叔朝冰箱走去。

森宫叔叔平时很少喝酒。他说："万一你突然出现点什么状况，必须要开车怎么办？电视剧里不是经常会出现一个母亲半夜带着孩子去医院，焦急地喊'快开门，孩子发烧了'的桥段嘛。"

万一真出现紧急状况，还有救护车呢，再说我已经是高中生了。那种大半夜要跑医院的大部分都是婴儿吧。尽管我这么说，森宫叔叔仍然夸张地表示："如果没有半点自我牺牲精神，那就当不了父母。"话虽如此，但每次有饺子、关东煮之类的下酒菜的时候，他一样照喝不误。之前的话像没说过一样。

"喝吧，想喝就喝。"

我说完——

"那我就不客气了。"

森宫叔叔往玻璃杯里倒了一杯啤酒。

"果然饺子就应该配啤酒。啊,你要不要喝点?"

"我肯定不能喝酒啊。"

"也是啊,是我糊涂了。"

森宫叔叔说完,仰头咕咚咕咚灌了几口啤酒,接着又夹了一个饺子。

受他气势的感染,我也跟着往嘴里塞了个饺子。反正都吃了,现在吃多少个都一样了。吃完喝点牛奶的话,应该能盖过那股味道吧。

"果然像饺子、春卷之类的用面皮包裹起来的料理,吃起来还是很有气氛啊。"

饺子已经吃到第三盘了。这么快就吃了三十个吗……不过森宫叔叔依然津津有味地边吃边闲扯着。

"吃饺子还要什么气氛,你喝醉了吧?"

"怎么可能。我女儿都有可能因为一嘴的大蒜味被同学们孤立了,我怎么能喝醉?我的意思是,不管是饺子还是春卷,都不能把里面填得满满的,要留点缝隙,这样才更好吃。"

"这样啊。"

不管有没有喝醉,森宫叔叔都喜欢胡乱扯一些和食物相关的话题。不就是吃顿饺子嘛,还要考虑气氛什么的,也不嫌麻烦。我无奈地点头应和。

"要有缝隙才能煎出这种香脆的口感。"

"哦,那好厉害啊。"

饺子馅里的白菜和韭菜切得非常细,轻嚼几下就能轻松咽下去。蔬菜的水分也去除得很到位,即便凉了,也不会干瘪变味。暂且不论气氛，亲手包的饺子就是美味。本打算说这些的，但我怕森宫叔叔接下来又会扯个没完，还是决定咽了回去。

"因为个头小，不知不觉吃了好多呢。"

我夹起最后一个饺子。口气什么的早就被我抛之脑后了。

"竟然两个人一起吃了五十个饺子，太可怕了。"

森宫叔叔满足地仰头喝完最后一点啤酒。

"光吃饺子就觉得很饱了。"

"对吧，这样明天就能轻松取胜了。"

"希望如此吧。"

"不用担心啦，要是明天在学校过得很辛苦，我会再给你做饺子的。我已经把明天的食材都买好了。"

森宫叔叔笑眯眯地说道。

饺子虽然好吃，但也不能连着吃两天吧。为了明天能吃到其他食物，希望明天班上的气氛能有所好转。我边暗自祈祷，边往杯子里倒了点牛奶。

第二天，我刚走进教室，林同学和水野同学就迫不及待地向我搭话。

"喂喂，听说很帅哦？"

"什么很帅？"

"你爸爸啊，像漫画里的人物一样。"

"昨天放学后，我们一起聊了这个话题哦。"

这突然是怎么了？平日不怎么有交集的两个人竟然主动找我聊天。我一头雾水地走向自己的座位。

"你爸爸还会给你做饭，对吧？"

"听说他对朋友也很友好,非常绅士。"

这是在说森宫叔叔吗?到底从哪儿听来的小道消息?正当我感到纳闷——

"我把前段时间去你家的事情告诉他们了。"

坐在稍远位置上的史奈对我说道。

"这样啊,可是,他一点也不帅啊。"

我耸了耸肩。

"真的吗?不过,好羡慕你啊,养父年轻又温柔。"

水野同学径自展开遐想,以憧憬的语气说道。

"我爸爸其实性格很怪,神经大条,而且做事马虎,根本没有漫画里那么完美。而且啊,他昨天做了几盘饺子,我吃了很多,现在嘴里可能还会有股大蒜味,你们最好别靠近我……虽然我已经喝过牛奶了。"

我如实地告知她们。谁知林同学笑着调侃:"哪有人这样讲自己啊,你也很怪呢,肯定是一起生活久了,性格会变得相像吧。"

"才不像,我们一点都不像。"

我可不想被拿来和森宫叔叔相提并论。正当我极力否定,墨田同学和矢桥同学走了进来。两人现身的瞬间,教室气氛骤变。

"先这样……"

"回聊。"

刚刚还有说有笑,一看到两人进来,林同学和水野同学逃也似的回到了自己的座位上。

高中生活里的难题可不是靠吃一顿饺子就能轻松解决的。不过幸好在昨晚睡前和今早喝了牛奶,暂时没人因为口气的问题远离我。

这天，矢桥同学和墨田同学不在的时候，几个对我身世颇感兴趣的同学多次主动找我聊天，听完我的描述，同情地回应"看来你也挺辛苦的啊"，等等。萌绘也主动搭话说："史奈居然见过了，太狡猾了，我也要见见你爸爸。"中午我依然是独自用餐，放学后也是一个人回家。不过气氛的确缓和了一些。看来我的身世问题帮了不少忙。

16

"今天的晚饭也吃饺子吗？"

看着桌上的几盘饺子，我差点发出尖叫声。

"是啊，昨天不是说过了嘛。必须要继续为你补充体力才行啊。"

森宫叔叔麻利地整理着桌子，脸上露出理所当然的表情。

"欸？两天连着吃饺子，有点可怕啊。"

"优子啊，连续吃两天饺子就怕成这样了？这样还怎么去克服其他困难嘛。"

"是是，我吃就是了。"

不就吃个饺子嘛，说得这么夸张。在森宫叔叔还没来得及发表长篇大论前，我赶紧坐到了座位上。

"好，我要开动了。"

"我要开动了……咦？里面的馅……不是饺子。"

我吃了一个饺子，接着疑惑地歪起头。我说怎么今天没闻到大蒜和葱的味道，原来里面包的是紫苏和芝士。

"没错，我今天试着做了点口味清爽的饺子。"

森宫叔叔得意地说道。

"原来如此，啊，这个是土豆沙拉馅的。"

我咬开第二个饺子，看了看里面的馅。

"开心吧？一共有三种饺子。还有一种是虾和菠菜馅的。"

"难怪今天厨房没有那股臭味，不过，用鸡脯肉、虾、土豆做馅，这还能叫饺子吗？"

我接下来吃了一口虾馅饺子。弹软的虾非常好吃，但没有昨晚的饺子那么震撼。

"都是用饺子皮包的，当然是饺子了。"

"欸？可是，里面没有大蒜也能补充体力吗？"

我也不是想吃大蒜，只是出于好奇，想确认一下。

"当然可以了，毕竟它长得跟饺子一样。人和食物都是九分看长相啊。"

森宫叔叔边说着，边往嘴里塞了个饺子。不过，兴许因为这不是真的饺子，他今天没有想喝啤酒的冲动。

"哼，该不会是你在公司被人说满嘴的大蒜味吧？"

虽然虾和鸡脯肉馅的饺子也很好吃，但没有传统的饺子那么让人有食欲。才第二天，森宫叔叔就放弃了之前的做法，未免有些奇怪。我刚问完——

"被你发现了？"

森宫叔叔缩了缩脖子。

"信誓旦旦地说要为我补充体力，结果害了自己吧。"

我几乎能想象，被人说满嘴蒜味后，森宫叔叔惊慌失措的样子。可无奈之前答应过我第二天再吃饺子，于是只好做了个改良版饺子，借此糊弄过去，非常符合森宫叔叔的处事风格。

"你在学校没人因为口气的事情避开你吗？"

"因为我本来就被孤立了啊。"

我嫌弃似的回道。

"这样啊,真羡慕你啊,能被大家孤立。我在公司一直被认为是那种工作能力很强的精英,结果今天突然满嘴的大蒜味,大家都惊呆了。"

森宫叔叔幽幽地说道。

那个……这就是她们口中的绅士、温柔的养父?反差的地方实在太多了,我只好简单地回应一句"哦,这样啊"。

"对了,昨天的饺子有效果了吗?"

"哪有什么效果。"

我往盘子里夹了个虾肉饺子。土豆沙拉嚼起来很费劲,鸡脯肉有点吃腻了。果然改良版饺子里,还是虾肉馅的最好吃。

"这样啊,看来明天只能做回能量饺子了。"

"再做那种饺子的话,你会被公司的人嫌弃哦。你看,怎么说来着,你不是公司的精英嘛。"

我刚说完——

"那也是没办法,为了女儿,牺牲一点自己的好感度算什么。"

森宫叔叔十分认真地回道。

"我对你的好感度可不感兴趣。不过,要是成天满嘴大蒜的味道,我会更惹人嫌的。"

"可是,如果事情没好转,我也只能继续给你补充体力了啊,难道还有其他办法?"

"那倒没有,这种事情只能交给时间来解决了。"

再说了,校园发生的摩擦并不是靠努力就能加速解决的,只能等待教室的氛围慢慢缓和。

"那就偷偷地积攒能量,等待时机成熟吧。"

"没必要偷偷努力啦,今天已经有几个朋友和我聊天了。"

"是吗?"

"算是吧。"

我轻轻点头。结果森宫叔叔激动地大喊:

"看吧!饺子奏效了!"

"跟饺子没关系吧。"

并不是因为我补充了能量,事态才会发生改变。只是因为大家厌烦了孤立我。萌绘似乎怒气也消了,墨田同学她们也清楚了我的身世,不好再挖苦什么。

"只要再过个十来天,应该就能恢复到原来的样子了吧。"

"这样啊。"

"所以,没必要再吃饺子了。"

"真的吗?要是吃饺子的话,十天可以缩短到三天哦。"

"还是算了吧。"

没错,没必要着急。一个人悠闲地度过休息时间,一个人放学回家。这种生活并不痛苦,也不孤单。我知道这种状况需要改善,但独自一人的时候,意外地心情很平静。平时在学校都是和朋友黏在一起,回到家又要和家人共处。这次彻底被孤立后,大脑和内心像卸下了重担,无比轻松。正当我想着这些时——

"优子,吃点土豆沙拉馅的。"

说着,森宫叔叔往我盘子里夹了许多相同形状的饺子。

"为什么啊?"

"感觉土豆沙拉不适合用来做饺子馅,嚼起来很累,而且我不喜欢吃加热后的沙拉。"

森宫叔叔愁眉苦脸地说道。

"我也一样啊。"

"不过,女孩子一般都喜欢吃沙拉吧,交给你了。"

这借口也太牵强了吧。怎么能在女儿面前厚脸皮到这种程度?但某种程度上,我很羡慕。

"好吧,知道了。"

我已经无力再反驳,只好边喝茶,边使劲儿把土豆沙拉馅饺子往嘴里塞。

接下来的一段日子,我吃过加有无味大蒜的饺子,趁着周六,又吃了加有大量大蒜的饺子,结果胃有点沉重,后来改吃蔬菜和芝士馅的饺子。就在我和饺子斗争的期间,墨田同学交到了一个大学生男朋友,矢桥同学等人开始成天谈论这个话题,大家对我逐渐失去了兴趣。在九月末的时候,萌绘和史奈终于开始一起邀请我回家了。

"把事情弄得这么大,抱歉。"

走出校园后,萌绘向我道歉。

"也不是你的错啦。"

确实不是她的错。同龄人待在一起,即便没有人犯错,也会毫无缘由地发生一些摩擦。

后来,我们略显生硬地闲聊着,一起朝车站走去。久违地和朋友一起回家的感觉,真好。不知为何,即便是聊一些无关紧要的话题,我们也能说得很起劲儿。我变得更愿意分享自己的事情,也更愿意倾听她们的事。

其实,就算不吃饺子,矛盾也一样会慢慢化解。不管我采取何种行动，事态都会逐渐往终结的方向靠拢。

总之，必须得先摆脱饺子的束缚才行。如今的森宫叔叔早就把补充能量的事抛之脑后，每天沉迷于研究新款改良饺子。现在不管是传统饺子还是改良饺子，我都吃怕了。

第二天。

放学后，我和萌绘还有史奈一起走到车站，接着自己乘巴士回家。下车后，就在我快要走到家门口的时候，突然发现浜坂同学正站在公寓前。

"你怎么在这里？浜坂同学的家也在这附近？"

虽然常在巴士上遇到同校的学生，但大家都在中途就下了车。只有我一个人会坐到这一站。面对我充满诧异的提问，浜坂同学回答道：

"我家就住在学校附近，我是骑自行车到这边来的。"

说着，他指了指停在入口绿化带附近的自行车。

"骑自行车……你好快啊，竟然比我还先到。"

"还好吧，毕竟避开了车站的人潮，也不用像巴士一样每站都停，而且还不用绕远路。"

"欸？骑自行车果然不错呢。对了，你来这里做什么？"

"就是……有点话想对你说。"

浜坂同学说完，接着又补充了一句"虽然也不是什么很重要的事情"。

"这样啊……啊，既然如此，那我们去邮政局后面的小公园说吧。那边应该有椅子，站着说也挺累的。"

虽然这边不会有高中同学经过，但很有可能会被森宫叔叔撞见。万一被他看到，指不定又会坏笑着说些奇怪的话。为了避免这种情况发生，我才提议去公园。

临近六点的公园已经看不到孩童玩耍的身影，十分寂静。明明前段时间，这个点还很亮，现在已经是昏沉沉的了。一旦入秋，冬天就来得格外快。

"公园一个人都没有，好安静啊。"

浜坂同学拂了拂长椅上的灰尘，顺势坐下。

"是啊。"

我也跟着坐在了他旁边。到底要说什么呢？肯定不是表白吧。完全猜不透。

"那个……我听三宅说了，一切都是因为我。"

"因为你？"

我完全一头雾水，不解地反问道。

"你看，那个……墨田那些人不是一直说你闲话吗，田所也和你闹矛盾……"

"啊，那件事啊，已经没事了啦。"

"没事了？为什么又没事了？"

"你怎么问题这么多……"

"毕竟是因我而起，我比较在意。"

已经过去的事情，本不想再旧事重提，但浜坂同学坚持要我告诉他，我也只好把萌绘委托我传话的事一五一十地说了。现在重新聊起来，我顿时觉得那段闹别扭的经历有些滑稽。

"什么啊，我说干吗把我叫到美术室，原来是为了这事。"

浜坂同学露出一副"终于弄清真相"的表情，在一旁附和"原来如此""哦，是这样啊"之类的。

"不过,萌绘已经有男朋友了,我们也和好如初了。这事已经过去了。"

我刚说完——

"既然田所拜托你了,那你直接跟我说就好了啊,为什么要隐瞒啊?"

浜坂同学一脸不可思议的样子。咦?这种事情不是应该本人说更好吗?

"我觉得你们肯定不会交往……而且我怕说了你会生气……"

"虽然不会交往,不过有人对自己有好感,我干吗要生气呢?"

"这样啊,说得也是呢。"

他说得有道理。不过是传句话说"我朋友喜欢你",并没有什么过分的。

"而且啊,如果你告诉我的话,我会找田所好好谈的。"

"也是啊……"

或许是我做错了吧。我对浜坂同学说了声"抱歉"。也许是我夺走了萌绘传达心意的机会,以及浜坂同学知晓萌绘心意的机会。

"啊,我不是在怪你哦。我是看你前段时间好像遇到了麻烦,后来听说是因为我,所以有点惊讶而已。"

浜坂同学见我若有所思,连忙解释道。

"其实不是因为你啦。"

"希望如此吧。我还自以为是地说什么只要告诉我,问题就能得到解决,其实说不定到头来反倒会给你添更多的麻烦。"

"没有哦,是我自己把事情搞砸的。"

"可能因为你不太会和别人打交道吧。"

"欸?我觉得我很会为人处世啊……"

听完我的话——

"不是吧?"

浜坂同学皱起了眉头。

"没骗你哦。你看,我的父母都换过好多个了,但我都能与他们和睦相处。"

"哪里,完全没看出来。"

浜坂同学傻呵呵地笑了起来。昏暗的公园无比寂静,他的笑声也逐渐消散在空气中。

"好奇怪啊,我明明觉得自己跟谁都能合得来啊。"

梨花姐姐、泉原叔叔、森宫叔叔,我和每个养父母都相处得十分融洽。难道这不算擅长为人处世?

"虽然我也不是很清楚,不过我猜,每个养父母都对你很好吧?"

"是啊。"

"所以啊,就算你不擅长和别人打交道,你也能和他们相处得很好。有很多个养父母也是一件不错的事情呢。"

"是吗?"

从来没有人会羡慕这种事情。正常来说,和亲生父母在一起才是最好的吧?

"我差不多该回去了。这会儿我老妈肯定在边做饭,边抱怨我这么晚还不回家。"

"啊,嗯。"

浜坂同学站起身,我也跟着站了起来。

"为了这种事情特意把你叫出来,真是抱歉啊。"

"没事,谢谢你能来,那我们明天学校见。"

"嗯,明天见。"

走出公园，浜坂同学跨上自行车。

"路上小心，不过你家也就在附近呢。"

"是啊，你才应该路上小心。"

目送浜坂同学骑着自行车离去后，我也急忙往家里赶去。森宫叔叔这会儿肯定还在做饺子。昨天他还说"既然你都没事了，那我也就不用再做饺子了"。结果如今他仍沉迷于"探索新品改良饺子"。

然而，进家门的那一刻，扑面而来的不是饺子的味道，而是咖喱的香味。

"咦？今天不用吃饺子了吗？"

森宫叔叔正在厨房做咖喱炒什锦。

"嗯，今晚吃咖喱炒什锦。"

"为什么？"

终于不用吃饺子了，不过没想到那个刻板的森宫叔叔今天竟然挑战起了新菜品。

"有什么好惊讶的，我早就会做了啊。赶紧去洗手、换衣服，收拾好桌子。"

森宫叔叔端起炒锅，慌忙催促道。

"知道了知道了，你不说我也会做的。"

好啰嗦啊。我板着脸往洗手间走去。

今晚吃加有大量番茄和洋葱的咖喱炒什锦。清淡的作料香味让人顿时食欲大增。

"咖喱炒什锦不用煮，非常省事。好了，赶紧吃吧。"

森宫叔叔走到餐桌前，对我说道。

"这样啊。嗯，那我开动了。"

好久没有吃到不带面皮的东西了,我开始狼吞虎咽起来。终于不用猜里面是什么馅了,真好。

"啊,好好吃。整体很清淡,但里面有很多种味道。"

"对吧,因为我加了很多番茄酱、咖喱粉和辣酱油啊。"

森宫叔叔也津津有味地吃了起来。

"终于放弃探索新品饺子了?"

"是啊,你都已经恢复精神了,再吃饺子有点奇怪吧。万一精力过剩,天知道你们年轻人会干出什么来。"

"我哪有精力过剩,不过,心情确实轻松了不少。"

有朋友的陪伴,高中生活多了很多乐趣。不知是因为回到了原来和睦的校园生活,还是因为久违地吃到饺子以外的晚饭,今晚的我胃口大增,一口接一口地吃着碗里的咖喱炒什锦。

"我大概五年内都不想再吃饺子了。不过,要是你哪天觉得很累,我还是会为你做的。"

我也不想再看到饺子了。说五年有点夸张,起码半年内不想再吃了。

"我已经没事啦。"

为避免近段时间再吃到饺子,我坚定地说道。

"我想也是,看你表情明朗了不少。"

"有吗?"

"虽然有可能是因为不用再吃饺子了。"

森宫叔叔笑着说道。

"才不是呢!"我立马反驳,接着把和浜坂同学谈话的事情告诉了他。虽然我也确实厌烦了饺子,但我还是非常感激森宫叔叔的一番好意。

"欸？浜坂是个不错的小伙嘛。"

听我讲述完，森宫叔叔随即发表了自己的感想。

"嗯，确实。"

"浜坂说得没错，如果你直接跟他本人讲，或许事情就不会变得这么麻烦了。"

"也是。我自以为那样会让浜坂同学感到困扰，甚至断定他们肯定不会交往。明明这些根本不是我能决定的。"

我边回想浜坂同学说过的话，边说道。这是他们两个人的事情，应该把权利交给当事人。

"没错，因为我家优子也有高傲的一面呢。"

森宫叔叔附和道。

"你什么意思嘛！"我不满地抱怨起来。什么叫高傲啊，哪有这样说别人的。

"你有时候会固执地认为自己做得很对啊。"

"才没有！我才不想被你这么说。"

我不满地反驳道。

"这种不好听的话，也只有父母才能说啊，所以只有我说咯。"

森宫叔叔露出自以为是的表情。

"我哪里高傲了？"

"比如啊，我本来想用那种可以直接丢进洗衣机的洗衣胶囊，结果你说要省钱，最后买了洗衣粉。还有，我觉得淘米很麻烦，于是想买那种免洗的米，结果你说太贵，最后买了普通的，对吧？"

森宫叔叔得意地一一列举道。

"这哪叫高傲啊，明明就是节约。"

"我们又不缺那点钱，稍微奢侈点也没什么吧？那些东西那么方便，为什么不用？不能乱花钱，不能偷懒，要节约！这些不都是你定的嘛。啊，真是高傲。"

森宫叔叔边愉快地数落我高傲，边吃着碗里的咖喱。

"那你就去买免洗米啊。"

我赌气似的说道。

"我才不买，还是要洗的米口感更好。"

森宫叔叔若无其事地回道。

"你到底想说什么嘛。"

"你觉得浪费可耻，而我更愿意用钱去省时间。可能是因为观念存在差异吧。"

"嗯，或许吧。"

我也不是什么都想着节约，再说也没严重到高傲的程度吧。不过，我也能理解森宫叔叔想要表达的意思。

在我的观念里，排在第一位的并不是朋友。如果不清楚什么是最重要的，那就优先做正确的事好了。但我没有权利去决定什么是正确的。

"那下次买洗衣胶囊好了。"

我的话音刚落——

"太好了，我早就想用了。只要丢进洗衣机就行，简直太省事了。"

森宫叔叔激动地说道。不对啊，明明每次都是我洗衣服啊。

"那确实不错呢。"

任由森宫叔叔在那激昂地发表着言论，我自顾自地吃着咖喱。

今晚的咖喱辣度刚刚好。里面不仅有洋葱，还搭配了香菇、胡萝卜、菠菜、青椒、茄子，而且全都被切得很碎。

"森宫叔叔很喜欢花工夫去研究东西呢。"

听完我的话，森宫叔叔不解地反问："什么意思？"

"意思就是说，今晚的咖喱很好吃。"

"对吧，吃饺子讲究气氛，但这道咖喱炒什锦讲究食材的均衡搭配……"

又来了。即便是咖喱炒什锦，森宫叔叔也能发表一番长篇大论。我无心再听他的那套歪理，闷头专心吃着咖喱。虽然咖喱有点辣，但洋葱、胡萝卜味道很甜，非常好吃。肯定是因为翻炒得十分到位。不管是沮丧还是开心的时候，都有人温暖地为我做好饭菜。没有什么能比这更让我充满力量的了。

17

十月中旬一过，秋意陡然变浓。闷热感彻底退去，即便穿着冬装，也依然觉得寒冷。

今年似乎过得比去年更快。可能因为有毕业、考试之类的等着我吧。今年的冬天比以往更加阴沉、寒冷。即便如此，学校的活动依然照常地进行着，第二学期末还要举办合唱祭。

从中学时代起，每年的合唱祭都非常盛大。尤其升入高年级后，各班为了争夺最优秀奖，可谓下足了苦功。

在人前唱歌是件很羞耻的事情，而且大部分人都不会很认真地对待音乐课。可为什么一提到合唱，大家都那么积极呢？是因为一起唱歌能让人忘却青春期那些复杂的感情吗？

"钢琴手就由森宫同学担任吧。"

学习委员田原同学在放学前的班会上宣布完，周围随即响起热烈的掌声。升入高中后,伴奏者基本都是固定的。合唱的伴奏比想象中要难,而且会弹奏高中生风格曲目的人非常少,因此几乎每次都是选同一批人。

我从初三开始一直担任合唱祭的钢琴手。我只在初中的时候学过三年钢琴,虽然起步很晚,但那段时间我每天勤奋练习,在不知不觉间,水平有了很大进步。大约学习半年后,我开始能自主弹一些中学合唱用的曲目了。现在家里只有一架电子钢琴,而且我已经习惯了轻巧的琴键,接下来必须要用音乐室的三角钢琴好好练练。

"放学后,菊池老师要和伴奏者开个会,待会儿去音乐室一趟。"

班会结束后,向井老师递给我一份乐谱。

我所在的二班演唱的是《一个早晨》*,是去年三年级的学生演唱过的曲目——开头十分柔缓,后面逐渐加强,是首激昂有力的歌曲,非常适合用来合唱。

啊,好想快点弹一下试试。看到乐谱,旋律自动地在脑海中流淌,我已经迫不及待地想弹奏一遍。

"能胜任吧?考试将近,最近学业也忙。"

"能,我会加油的。"

合唱祭在十一月二十日举办,还有一个月。时间充沛,我应该能弹好的。

"这样啊,那行。但是学习也不能落下哦。"

向井老师严厉地叮嘱道。

放学后,高三各班的伴奏者纷纷来到音乐室集合。合唱祭开

---

* 合唱曲目,由片冈辉作词,平吉毅州作曲。

始前的这段时间，菊池老师会提供几次钢琴方面的指导。合唱那边初期会注重练习高难度部分，不用配合钢琴伴奏，所以可以分开练习。

虽然重新分过班，但今年的伴奏阵容依然和去年一样。分别是一班的久保田同学，三班的岛西同学，四班的多田同学，六班的河合同学。

"听说五班选定了早濑同学，还没过来吗？"

菊池老师向我们问道。

早濑同学？完全没听过这个名字呢。去年我记得是一位叫宫古的同学，今年要换了吗？

等了几分钟，早濑同学还是没有来。菊池老师也等得有些不耐烦了。

"好奇怪啊，谁能去帮忙叫一下吗？"

老师的话音刚落——

"他应该回去了。"

三班的岛西同学低声回答道。

"咦？没有人通知他吗？"

"应该通知了吧，不过他今天有钢琴课。"

"这样啊，看来他比较注重学习呢。没事，今天只是对练习做一些简单的说明。"

菊池老师语气平淡地说完，给每个人发了一份资料。在合唱祭开始前，每天放学后都要练习钢琴。等全体人员都熟练后，再一对一地进行指导。安排表上，我的名字每三四天就会出现一次。

"总之，三天后我还会再次召集大家的，加油练习，直到弹顺畅为止哦。"

菊池老师说完，便宣布解散。

"喂！"

耳边冷不丁地响起说话声，我猛地抬头，发现森宫叔叔已经站在了那里。

"哇，吓死我了。"

一回到家，我就钻进房间闷头练习钢琴。看到森宫叔叔，我慌忙摘下耳机。

"都叫了你几百次了，晚饭做好了，都凉透了。"

森宫叔叔板着脸说道。

"抱歉抱歉。"

也太夸张了吧。我看了一眼时钟，已经八点了。我竟然没有意识到森宫叔叔回来，也没听到做饭的声音，一直沉迷在钢琴的世界里。

"又到了噩梦般的合唱祭的季节呢。"

我走到桌前。森宫叔叔不满地抱怨道。

"好啦，别这么说嘛。啊，好好吃。"

今晚森宫叔叔做的菌菇饭、锡箔纸烤鲑鱼和味噌汤。秋天的食材大部分都很香。我深吸了一口气，双手合十，说了句"我要开动了"。

"合唱祭要持续到什么时候？我看你一直窝在房间里，敲门也没回应，真希望它快点结束。"

森宫叔叔边在菌菇饭上洒细碎的香葱，边说道。

"合唱祭在十一月二十日举办，只要练习一个月就行了。"

"哇，好久啊。这么说你要暗无天日地练习三十天。啊，你要不也加点葱？"

"啊，嗯。不要这么说啦。你上高中的时候，学校的合唱祭肯定也很热闹吧？"

我边端过盛有葱的容器，边说道。森宫叔叔不管吃什么都喜欢放点佐料，家里时常会备点切得很碎的香葱。

"合唱祭啊，三年级学生大部分都是随便应付一下吧，毕竟马上要升学考试了。"

"真的吗？大家肯定都准备得很认真，只是你没注意到吧。"

按照森宫叔叔这性格，肯定高中时代也不怎么合群。我当即反驳道。

"无所谓啊，反正我不是很喜欢唱歌。"

森宫叔叔若无其事地回答道。

"感觉你……好可怜啊……"

"喂，能不能别用这种怜悯的眼神看着我？"

森宫叔叔不满地说完，又次往饭里加了点葱。

放有香菇、炸鲑鱼、羊栖菜的饭，食材全都沾上了香浓酱汁的味道，米粒上也散发着菌菇的香味。如果再撒点新鲜的香葱，会让味道更为突出。我也跟着在米饭里撒了很多香葱。

"加点香葱后，感觉多少都能吃下。好，赶紧吃完，争取在睡觉前再练会儿钢琴。"

合唱祭即将来临。白天能用音乐室的三角钢琴进行练习，最后要为大家的演唱进行伴奏。想到这里，我就无比激动。

我慌忙地往嘴里扒着饭。森宫叔叔则在一旁长长地叹了口气。

三天后的伴奏练习上，早濑同学终于现身，六人全部到齐。

听久保田同学说,早濑同学很小就开始练钢琴,目标是考上音大*。所以起初我以为他是个热爱钢琴、长相斯文、做事专注的男生。然而眼前的早濑同学体格壮硕,手脚粗大,看起来像一名游泳健将或者篮球运动员。听说宫古同学不小心手指骨折,他是第一次担任合唱伴奏。那样粗壮的手指能弹奏出怎样的曲子来呢?我好奇地打量起早濑同学的手。

"今天我想看看大家弹得怎么样,弹错也没事,尽管发挥。相互聆听各自的演奏也能让自己有所收获。一班的久保田同学,你能来弹一下试试吗?"

在菊池老师的点名下,久保田同学坐到了钢琴前。

一班的合唱曲目是《虹》**。轻快而细腻的旋律从久保田同学纤细的指尖流出。久保田同学从小学一年级就开始学习钢琴,实力超群,经过三天的练习,已经能完美地弹奏出整首曲子了。

"有些地方音弱了点,不过弹得非常不错。下一个,森宫同学。"

正当我为久保田同学的演奏鼓掌,菊池老师叫出了我的名字。虽然我也能顺利弹完整首曲子,但在久保田同学后面,难免会显得逊色。兴许是这种自卑感作怪,我呆呆地行了个礼后,便开始了演奏。

电子钢琴的按键和三角钢琴的按键完全不一样,我明明像往常一样弹奏,手指却总容易在表面打滑。《一个早晨》的转调非常多,而且曲调会有多次变化,光是为了确保按对琴键,我就已经废了九牛二虎之力,根本无暇顾及感情的切换。最关键的是,因为习惯了电子钢琴的轻盈按键,我手指的力道不够,好几个音都

---

* 即东京音乐大学。

** 合唱曲目,由森山直太朗和御徒町凧作词作曲。

弹得很弱。

曲毕之后，菊池老师发表了自己的看法："不错，毕竟才第三天。"

相比久保田同学的"弹得非常不错"，我这显然意味着不是很好，必须得加倍练习才行。我低头说了声"抱歉"。

排在我后面的岛西同学已经能记住乐谱，并且流畅地弹奏出来，而且强弱、缓急鲜明，完全变成了自己的曲子。四班要挑战福音音乐，多田同学有点找不准节奏，弹得非常艰辛，不过整体发挥依然出色，听起来也非常舒服。啊，大家都好厉害啊。正当我暗自感慨，菊池老师叫出了早濑同学的名字。他到底会弹奏出怎样的曲子呢？就在我做好准备洗耳恭听的时候，早濑同学没有带乐谱，直接坐在了钢琴前。因为椅子有点高，他维持着弓腰的姿势立马开始了弹奏。

早濑同学弹出第一个音的瞬间，音乐室的气氛立马变得不一样了。早濑同学的手指在琴键上悠然地敲击着。每个音都铿锵有力，尽管也夹杂着弱音，但仍足够响彻整个音乐室。粗而长的手指每敲击一次琴键，清脆的乐音便随之流出。从第一小节开始，我就被他的演奏深深吸引了。

完全是钢琴独奏啊。整体音色十分厚重，如同管弦乐演奏般，有种在听合唱的错觉。回音仿佛直击胸腔，让人为之折服。这是何等优秀。整个人都被带入了曲子的世界，完全没有听过如此优秀的演奏。

"哇，好厉害，太厉害了！"

我产生了在音乐厅倾听钢琴演奏的错觉，演奏完毕后，我不由自主地鼓掌，同时对身边的久保田同学发表自己的想法。

后来六班的河合同学也弹奏了一曲，但我完全没有听进去。

我的耳内仍然回响着早濑同学弹奏的旋律。

"明天开始两人一组在这里练习，按照安排表上的日期到这里集合。如果临时有事，可以私下调整。你们还可以弹得更好，加油。"

菊池老师最后叮嘱道。

还可以弹得更好。即便是那种程度，对早濑同学来说，仍算不上是完美的演奏吗？既然如此，那经过打磨后的演奏，该会是何等动人？好想听听看呢。

"早濑同学的钢琴弹得好好啊。"

放学后，前往车站的路上，我对身边的久保田同学感慨道。

"是啊。"

"其实有很多钢琴高手，只是我不知道而已。"

临近十一月的天空，还未到五点就开始染上绯红的晚霞。寒冷的空气开始扩散，我把冰冷的手揣进口袋。

"听说早濑同学一直都是自己练琴，从来没有参与过合唱祭的伴奏。今年是因为宫古同学手指骨折，他才百般不情愿地参加了。"

久保田同学说道。

"原来是这样啊。"

"初二之前，我们一直是在同一个音乐培训班学习。但是早濑同学学到一半就超过了老师的水平，后来就转到了另一个培训班，乘电车大约需要一个小时的路程。"

"欸？好厉害啊。"

"你也很厉害啊。"

"哪里厉害了？"

听到久保田同学的话语，我不解地歪起头。

"你没在学钢琴吧?而且能在家里只有电子钢琴的情况下,弹奏出伴奏的曲子,你比早濑同学还厉害呢。"

"毕竟我中学的时候学过啊,而且拿到乐谱后,我就一直在用电子钢琴练习,我爸爸都嫌弃我了。"

听完我的话,久保田同学摇晃着那头美丽的长发,笑着说:"练琴还会遭嫌弃,你爸爸真怪啊。"

昨天森宫叔叔也不满地抱怨:"啊,吵死了,耳朵都要出毛病了。"我明明是戴着耳机在弹,不可能听得到外面,他这明显是故意找借口。看来他似乎看不惯我每天沉迷练琴,对其他事情完全心不在焉的态度。今天就久违地做顿晚饭吧。

"我先去超市买点东西再回去。"我向久保田同学打了声招呼,在车站前与她道别。

我为什么会弹钢琴呢?不只是久保田同学,大家都觉得很不可思议。或许是因为钢琴给人感觉是富家子弟的专利。对于多次更换父母,到了月底只能厚着脸皮去要面包皮的我来说,钢琴或许是一种遥远的乐器。

但是,从初一到初三,我几乎每天都沉浸在钢琴的世界里。

18

升入小学六年级后,身边越来越多的朋友开始学钢琴。小奏请了钢琴家教,美奈也开始上雅马哈音乐培训班。我在美奈家听过她俩弹钢琴。不同于口风琴,钢琴的音色铿锵有力。琴键包含高低音,只要动动手指,就能弹奏出不同的曲调。当时的我难以按捺自己想弹钢琴的欲望。

"好想学钢琴呢。"

和梨花姐姐一起吃晚饭的时候,我轻声嘀咕道。尽管知道钢琴是非常昂贵的东西,但我并没有想那么多。眼下才刚进入八月初,可能是因为最近都吃着汤配煎肉饼的奢侈晚饭,一时间忘记了自家的经济状况吧。

"钢琴?"

梨花姐姐停下舀汤的动作,反问道。

"嗯,美奈和小奏都在学钢琴,我听了她们弹的,好厉害呢。我也好想试试啊。"

"欸?钢琴吗……"

猜想梨花姐姐可能需要考虑一段时间。

"不过,我们家可能有点难呢。"我补充了一句。

"为什么?"

"因为钢琴很大呀,我们家肯定放不下。而且弹钢琴很吵,还需要租一间有隔音设备的公寓或者独栋的房子。"

"这样啊。"

这并不是买一架钢琴就能解决的问题,还需要搬家、购买各种物件,我只能选择放弃。我也知道,这对我来说是遥不可及的东西,所以,后来我就再也没提过钢琴的事情。

但是,大约一个月后——

"钢琴的事情我会想办法哦。"

梨花姐姐突然有一天这样告诉我。

"想办法?"我很是惊讶。

"我会想办法让你学钢琴的。"

梨花姐姐用缓慢的语调向我说道。看样子她并不像在开玩笑。

"可这样我们就得搬家了，而且钢琴那么贵……"

"虽然也有可以在公寓弹的便宜电子钢琴，但还是接触真正的钢琴会比较好呢，我绝对会让你如愿的。"

"还是算了吧。"

这对梨花姐姐来说一定不是件容易的事情。再说我也不是非弹钢琴不可。我连忙摇头。

"不用在意那么多啦，你想弹钢琴，对吧？"

"算了，我有口风琴。"

"喂，谁会用口风琴代替钢琴啊。虽然需要点时间，但我一定会搞定的。"

尽管我坚持说不要，但梨花姐姐依然坚定地如此告知我。

钢琴、能弹钢琴的房子，这些都不是轻易就能得手的东西。梨花姐姐要如何解决？每天光是为了温饱就已经竭尽全力了，我完全想不出能有什么解决方法。

但是，自那天后，梨花姐姐时不时地就会念叨"马上就有钢琴了哦""再等等就有钢琴了哦"之类的话。

大约半年过后，小学毕业那天，晚饭后，梨花姐姐边吃着蛋糕，边对我说：

"恭喜毕业，送你一架钢琴作为贺礼，虽然有点晚了。"

"钢琴？"

我环视了一圈，哪儿也没看到钢琴的影子。梨花姐姐到底在说什么啊？正当我一头雾水——

"不在这里哦，我打算把一个能弹钢琴的大房子一起送给你。"

梨花姐姐笑着说道。

"大房子？我们要搬家吗？"

"没错。不过，离这里乘车大约十分钟的距离，依然在中学学区内，放心吧。"

钢琴和大房子？到底什么情况？我完全摸不着头脑。

"事不宜迟，我们明天就搬家。"

梨花姐姐得意洋洋地说道。

第二天一大早，就有四个搬家公司的人来到了我们的公寓。上次搬家也只是请了梨花姐姐的一个男性朋友过来帮忙，这次阵容真够大的啊。

甚至还有女工作人员帮忙收拾餐具和衣物。大家自顾自地忙碌着，我只能在一旁不知所措。

还没来得及帮忙，狭小房间里的物品很快便被收拾完。载有搬家物品的卡车离开后，一辆出租车随即驶来。我们似乎要乘坐这辆出租车前往新家。

突如其来的搬家，突然出现的工作人员，莫名坐上的出租车——这一切都太过突然，我甚至忘了钢琴的事情。只要能继续和好朋友们上同一所学校，搬家也没什么可难过的。虽然已经习惯了那间破旧公寓里的生活，但房东已经离开，我也没什么好留恋的。不过，竟然能有条件搬家，莫非梨花姐姐背着我存钱了？可我从来没见过她有存钱的迹象啊。到底什么情况？尽管我感到不可思议，但我清楚梨花姐姐是个大胆、行事风格独特的人。对她来说，这种事情有如家常便饭。尽管我有很多疑虑，但还是跟着她上了出租车。

车子往山手的方向大约行驶了十分钟。我们进入了一处被称为幽静住宅街的区域，四周的房子都十分豪华。这一带的公寓也能出租吗？能住进新房子当然是好事，但如果因为这个，饮食和日常生活要变得更拮据，那我宁愿不要。正当我想着这些，出租车在一处风格别致的气派住宅前停了下来。

"好了，我们到了，快下来。"

"到了？这里吗？"

"没错，就是这里哦。新家、钢琴都有了，而且从中学开始，你就有个新爸爸了。"

下车后，梨花姐姐在我耳边悄声说道。

钢琴、房子……还有……欸？爸爸？什么情况？有个新爸爸是什么意思？

无视身旁一头雾水的我，梨花姐姐毫不犹豫地走进了房子里。一个人待在这儿恐怕会迷路，我只好先跟着梨花姐姐走了进去。

停车场上停放着两辆大车。庭院里铺着大片砂石，还种有高雅的绿化树木。住宅被围墙包围着，穿过门后，就完全看不到外面了。莫非我接下来要住在这里了？我怀着难以理解的心情，数次环顾四周。穿过庭院，推开玄关的门，一位优雅的阿姨出面迎接，带领我们走向客厅。客厅十分宽敞，足足有原来居住的整套公寓那么大。虽然装修风格简易，但即便是我也能看出，里面的灯具、窗帘、赏叶植物以及装饰的画作，全都价格不菲。

"欢迎光临，优子。"

客厅的巨大皮革沙发上坐着一位叔叔，看到我后，他起身和我打了个招呼。夹杂着些许银丝的头发，银框眼镜，国字型脸，宽厚的肩膀，壮硕的体格，浅驼色的对襟毛衣——这位叔叔应该有五十多岁了吧。总之，在当时的我看来，他的年纪有点大。

现在我知道，这个人就是梨花姐姐口中的新爸爸。但这到底是怎么回事？为什么会变成这样？我完全摸不着头脑。

我满心不安地看向梨花姐姐。

"泉原茂雄先生上周让我入户了，意思是我们结婚了。所以，他今后就是你的爸爸了哦。"

梨花姐姐简单地说明之后，喊了句"啊，搬家好累啊"，接着一屁股坐到了沙发上。

"优子也坐下吧，马上给你们上红茶。"

泉原叔叔用手示意我坐下。我乖乖地坐在了梨花姐姐身旁。深茶色的沙发大而柔软，坐进去的瞬间，仿佛整个人都陷了进去。

等待片刻后，刚刚为我们引路的阿姨端来了红茶。奢华的茶杯描有雅致的花纹图案。茶托上还放着饼干。

"她叫吉见，负责做饭、打扫和其他杂事，为人非常亲切，优子有事可以尽管吩咐她哦。"

阿姨为我们上茶期间，泉原叔叔趁机向我介绍道。

也就是女佣的意思吗？不过吉见阿姨完全不像童话故事里的那种女佣，看上去只是个普通的中年女性，如今要我这个中学生使唤她做家务，简直想都不敢想。

我静静地喝着红茶，梨花姐姐则滔滔不绝地聊着搬家话题，以及我的学校离这里走路只要十五分钟的事情。泉原叔叔只是在一旁简单地附和。我已经迫不及待地想确认这到底是怎么回事，到底发生了什么。但是，这时候插嘴似乎有些不合时宜，我只能等和梨花姐姐独处的时候再问清楚了。

聊完天后，泉原叔叔带我们在房子里参观了一圈。二楼是泉原叔叔的卧室，以及放有很多藏书的书房。"当成自己的房间使用吧。"说着，他示意我走进了最里侧的房间，房间里已经摆放好了桌子和床，窗前挂着带有粉色小花图案的窗帘。

"希望你能喜欢。"

泉原叔叔说道。

我都还没答应要住在这里，也还没认可这位叔叔做我的爸爸，可他们却已经为我准备好了房间。除此之外，还有很多事情他们已经私下做好了决定。我都不知道自己应该高兴地接受，还是不识相地拒绝。

一楼客厅的旁边是厨房和餐厅，走廊对面是和室*，隔壁有一个带有厚重房门的房间。

"这里面有一架钢琴。"

泉原叔叔说着，推开了房门。

"房间里有隔音设备，你可以挑你喜欢的时间段，尽情地在里面弹。"

房间的正中央放置着一架深红色的三角钢琴，庄严的琴身散发着耀眼的光芒。看到它的瞬间，我顿时把之前的不安和疑问抛到了九霄云外。

"哇啊……"

我发出了惊叹的声音。

"要去弹一下试试吗？"

泉原叔叔打开了琴盖。

"我不会弹呢。"

我边说着，边轻轻抚了抚琴键。不同于电子钢琴，三角钢琴的琴键很重，按下去的瞬间，发出清脆悦耳的声音。从我的指尖

---

* 和室指日本特有的传统房间。

流淌出的钢琴音色，比想象中还要动听。

"那个……到底怎么回事？怎么回事？怎么回事？"

在房子里参观一圈后，我刚和梨花姐姐一起走进为我准备的房间，便迫不及待地问道。

"哈哈哈，吓到了吧？"

梨花姐姐坐到床上，露出了恶作剧般的笑容。

"哪有空被吓到，我都不知道发生了什么。"

实在无法想象这是自己的房间。我坐在房间的角落里，对梨花姐姐抱怨道。

"意思就是，接下来你每天都可以弹钢琴了哦。"

"钢琴？"

"没错，你不是一直很想弹吗？"

梨花姐姐神色淡然地说道。难道她没有意识到现在变化的重点不在于钢琴吗？

"我指的不是钢琴，而是那个人。那个泉原叔叔是什么人？你们结婚是怎么回事？为什么我们要住在这里？"

我把心头的疑问一股脑儿地列了出来。好不容易小学毕业，没想到会接连发生这么多令人出乎意料的事情，我无论如何都没办法冷静。

"别一下子提这么多问题嘛。那个……泉原叔叔是我工作的保险公司的常客，他是一家小型不动产公司的社长，然后他有一次提到家里有钢琴……而且他为人稳重、和善，我觉得还不错，就跟他结婚了。虽然还没举办婚礼，不过他已经让我先入户了。"

梨花姐姐云淡风轻地向我讲述着如同电视剧情般的经过。

"结婚……你和泉原叔叔原先是恋人吗？"

泉原叔叔实际只有四十九岁，比我想象中的要年轻，但也比刚满三十二岁的梨花姐姐年长许多，两人怎么看也不像夫妻。

"非要说的话，也算恋人吧。不过，这世间还有一种东西叫相亲啦。并不是只有恋人才能结婚呀。"

"那么那个人很喜欢你咯？"

我也听说过相亲结婚这个词，但在这之前，梨花姐姐没有半点在交往的迹象。现在她突然告诉我结婚了，而且还是和一个老大叔，我怎么都没办法想通。

"说不上喜欢，但他为人不坏。"

听完梨花姐姐的话，我不由得惊呼："就因为他人不坏就跟他结婚？"

"你怎么了啊？他人挺好的，结婚也没什么吧？别这么反感嘛。我可是一心想实现你弹钢琴的梦想呢。"

梨花姐姐鼓着脸颊说道。

"钢琴？"

"没错，钢琴。你不是一直很想要吗？"

我确实很想拥有一架钢琴，但也不应该通过这种方式得到啊。为了一架钢琴，不惜改变现有的生活，甚至还要接受一个新的父亲，值得吗？

"我虽然说过想要……但也不至于为了这个去跟别人结婚吧。"

"结个婚而已，并没有什么大不了的呀。再说了，那个对衣服、包包都不感兴趣的优子突然告诉我说想弹钢琴，我当然会想尽一切办法帮你实现呀。"

梨花姐姐说到这里，突然话锋一转。

"不要管这些无聊的事情啦,总之,我想早点让你弹上钢琴,明天就开始尽情地弹,好吗?让我也听一听哦。"

说着,梨花姐姐露出了满意的笑容。

即便是梨花姐姐,我也是耗费了半年的时间才和她处好关系。现在突然让我认一个陌生人做爸爸,这让我如何接受?我到底要怎样面对这突如其来的变化?

可我毕竟还是个孩子。就像爸爸离开我远赴国外一样,我只能接受。父母决定的事情,我只能顺从。小孩就是这样的。当时的我感触良多。

或许这就叫骤变吧。

从搬到泉原叔叔家的第二天起,生活发生了翻天覆地的变化。以前早饭都只是随便吃点烤面包,而现在是大家围坐在一起,慢慢地享受吉见阿姨烹制的米饭、味噌汤、烤鱼、腌菜等营养均衡的丰盛料理。就连晒衣服之类的家务活也全由吉见阿姨代劳,完全不用自己动手。

辞职后,梨花姐姐变得无所事事,而我也不再需要帮忙做什么。房间每天都被打扫得干干净净,洗过的衣服也有人帮忙叠好放在床上,餐食也有人负责搭配好。吉见阿姨每天要等收拾完晚饭的餐具后才回家。

什么事都交给阿姨,我心里有些过意不去。用完餐后,我偶尔会帮忙把餐具拿到厨房,或者帮忙擦拭餐桌。但每次吉见阿姨都会委婉地说:"这是我的工作,你坐着就好哦。"

两个星期后,我终于意识到帮忙只会妨碍吉见阿姨,于是只好乖乖坐着。但内心有一个声音告诉我:绝对不能沉迷于这种生活。

因为转变实在太过巨大，我每天都过着忐忑不安的生活。尽管这里的生活很奢侈，却没有之前那么自由。虽然没有人对我要求什么，但我就是觉得太过拘谨。而能够消除这些不安情绪的，唯有钢琴。

从我搬来的第二天起，泉原叔叔就开始为我请钢琴家教。每周上两次课。如此一来，我不得不每天练习。这毕竟是梨花姐姐不惜牺牲自己的生活换来的钢琴。我必须要倍加努力地练好。而就在我全心投入钢琴期间，那些无法释怀的情绪也被我抛之脑后。

我很快便意识到，泉原叔叔确实如梨花姐姐说的那样，是个好人。他只会偶尔关心地问一句"在这里还习惯吗？"，从来不会摆父亲的架子，而且也大方地接受我称呼他为"叔叔"。

虽然早饭会一起吃，但泉原叔叔工作很忙，经常是在我睡着后才回家，周末也经常在公司加班。兴许是因为在一起相处的时间太少，即便过去了很多天，我们的关系依然没有太大变化。

新任爸爸稳重善良。生活富足，吃喝不愁，而且还能弹钢琴。虽然对于突然出现的爸爸，以及新住宅怀有抵触情绪，但眼下的状态没有什么可不满的，我如此说服自己。虽然没办法当成像在某个亲戚家借宿一样，但我的身心已经接受了这种生活。

就在新生活持续了三个多月的某个春末，我半夜醒来，打算去一楼的厨房喝水，突然发现钢琴房里亮着灯。我本以为是自己忘记了关灯，可走到房间前，发现门微微打开着，里面发出窸窣的声音。

怎么回事？我纳闷地推开门，发现泉原叔叔正在里面观察着钢琴盖。

"叔叔，你在做什么？"

听到我的声音，泉原叔叔有点惊讶，带着略显难为情的表情看向我。

"没什么……我在调音。"

"调音？"

"嗯，稍微调一下。"

钢琴的盖子被打开，能看到里面的零件。

"叔叔居然还会调音，好厉害啊。"

还以为这事需要请专门的调音师呢。我打心底感到佩服。

"哪里，我也是外行人，只是学学样子，试着做做，我喜欢没事修修东西……这钢琴是我前妻小时候用的，非常古老了，我怕音会有点不准。"

明明是自己的钢琴，泉原叔叔却像做了坏事似的，边慌忙收拾身边的工具，边说道。

"叔叔也会弹钢琴吗？"

"不，一点也不会。自打前妻去世后，就没人会弹了。现在你能愿意用它，它也会很开心的。"

先前听梨花姐姐提起过，泉原叔叔的妻子很早以前就病逝了。但我还是第一次从泉原叔叔口中听到关于他妻子的事情，正当我犹豫不知该如何回应时——

"啊，抱歉，听到这是逝者的钢琴，你心情一定很不好吧。"

"怎么会，我只是在想，这么重要的钢琴，给我弹真的合适吗……"

"当然，你愿意弹，我非常感激。"

"那就好，可是，叔叔，听到钢琴声，你会不会想起阿姨，然后勾起你的伤心往事呢？"

"不会，毕竟已经是十多年前的事了。"

泉原叔叔语气平稳地说道。

我妈妈也在十多年前去世，可我没有半点关于她的记忆，所以也无从回忆。但一想到我永远也见不到自己的亲生母亲，我仍然会感到悲伤。

"过去十年就能忘记吗？"

"不，忘记是不可能的，因为没有什么会比失去至亲更痛苦。但是随着时间的流逝，新生活总会到来的，想到这里，怎么说呢，突然有了生活的勇气……好，今天就先到这儿吧。"

泉原叔叔说完便合上了钢琴盖。

叔叔的妻子到底是个怎样的人呢？对我的到来，叔叔到底是怎么想的呢？本想再深入地聊一会儿，但泉原叔叔并无此意。

"好了，很晚了，赶紧去睡觉吧，明天还要上学呢。"

听到这番话，我也不好再问什么，只好乖乖地回了房间。

梨花姐姐来这里的第一个月，时不时地感慨"简直就是天国啊"，过了三个月后，变成了"好难过啊""好憋屈啊"。

"啊，无聊得快要死掉了。"

九月中旬某个周日的午后，梨花姐姐坐在客厅的沙发上边吃着饼干，边抱怨道。

"哪有人是无聊死的。"

喝了一口吉见阿姨端来的冰茶，我回道。

"竟然会无所事事到这种程度，不觉得不可思议吗？我几乎每天都像这样坐在沙发上喝喝红茶，你还好，起码能去学校。"

梨花姐姐不满地皱起眉头。

"要不你发展一点兴趣，比如学点什么。"

"那不可能。"

梨花姐姐说完，在我耳边悄悄地提议："要不我们俩逃跑吧？"

"什么意思啊，你要跟泉原叔叔离婚吗？"

"嗯，也可以考虑。"

"那钢琴怎么办？你不是说很想让我弹吗？"

"这不用愁啊，泉原叔叔那么有钱，就算离婚了，起码买钢琴的钱还是会给我们的吧？"

"你太胡来了。"

梨花姐姐经常会若无其事地说出一些惊人的话语。我生气地皱着眉头。

"可是，你不是不喜欢泉原叔叔吗？就算我们离婚了，你也不会难过吧。"

梨花姐姐盘腿坐在沙发上。她每次坐在沙发上都要念叨"这沙发太软了，坐起来一点也不舒服"，然后还没到五分钟，就开始盘腿坐。

"我不喜欢也不讨厌，但我觉得泉原叔叔是个好人。"

对于突然出现的爸爸，我也说不清是喜欢还是讨厌。但我知道他不是坏人。正如梨花姐姐之前说的，这是我对泉原叔叔唯一的认知。

"或许吧，但这样下去，我会废掉的。"

"那就想个办法别让自己颓废下去不就行了。"

尽管知道不太可能，但我依然抱着些许希望提议道。

"感觉你说话的语气很像在说教呢，是受现在生活的影响吗？我们一起离开，再次过属于我们两个人的生活吧？这样或许会更开心。嗯，就这么办。"

梨花姐姐像突然想到什么好主意似的，砰的捶了一下手。

"我才不要。"

"为什么啊？你不想再过穷日子吗？"

"穷不穷无所谓，但是我喜欢这个家里的钢琴。嗯，我想在这里弹钢琴。"

听完我的话，梨花姐姐要小性子似的抱怨"哪里的钢琴都一样啊"，接着叹了口气。

当天吃晚饭的时候，梨花姐姐打算在炸竹筴鱼上浇酱汁。

"啊，炸竹筴鱼要直接吃哦。"

吉见阿姨立马阻止了她。

梨花姐姐装作没有听到的样子，坚持浇了很多酱汁。吉见阿姨在一旁轻声嘀咕："看来说什么都没用。"

第二天，我从学校回来后，家里不见梨花姐姐的影子。

她该不会真的走了吧？我的内心充满不安。但一切似乎又在我的意料之中。那个一有想法就要立马付诸行动的梨花姐姐，怎么可能怀着不满继续在这里生活？不同于每月底为温饱奔波的辛劳，这个家同样存在着相应的烦恼。可梨花姐姐之前那么努力地从我的亲生父亲那儿争取到了我，等她冷静一段时间后，肯定会再次回到我身边的。我如此坚信。

"优子，抱歉啊。"

梨花姐姐离开后的第二天早晨，泉原叔叔默默地在我面前垂下头。

"如果你有什么烦恼，或者有什么想做的事情，尽管告诉我。"

"我没事的。"

我轻声回答。

"那你会留在这儿，对吧？"

泉原叔叔朝我投来担忧的眼神。我只好点头答应。

梨花姐姐从离开后的第二天起，每天傍晚都会雷打不动地来找我。

她每次来都劝我"跟我一起走吧""没有你，我活不下去哦"。但每次我提议"那你回来啊"，她都严肃地回绝"那不可能"。虽说已经离开了，但梨花姐姐几乎每天都会过来，只是早上和晚上不在而已。每天傍晚听着梨花姐姐在耳边各种唠叨，我丝毫不觉得孤单，甚至感觉生活并没有任何改变。

只是，自从梨花姐姐离开后，泉原叔叔每天回来得更早了，而且周末在家的时间也更多了。不过，我们之间的接触并没有因此变多。他从不会找我聊什么，也不会邀请我出门。

梨花姐姐竭尽全力完成了我的心愿，她用态度和言语让我体会到了"我对她很重要"。但事实上，这份爱越强烈，反而越会变得脆弱。

在这个家弹奏状态绝佳的钢琴，不时有人在隔壁房间侧耳倾听。这是当时能够抚慰我受伤心灵的唯一途径。

19

合唱祭的伴奏练习两人一组进行，但我没能和早濑同学分到一组。可我实在是太想再次听他弹奏了，于是我申请和多田同学调换练习日期。结果多田同学说"和早濑同学一起练会显得差距很大，我可不想那样"，然后轻易地答应了我。

各自练习两天后，终于开始练习伴奏。我到达音乐室的时候，早濑同学已经在那里等候，但他没有在练习，也没有看乐谱，只是呆呆地看着墙上作曲家的肖像画。

"你好啊。"

我走近后，打了声招呼。"嗯。"早濑同学只是扭头看了我一眼，接着立刻将目光挪回到肖像画上。

他是从什么时候开始弹钢琴的？平常在进行怎样的练习？喜欢的曲子是什么？我的脑海中冒出了无数个疑问，但早濑同学仍旧专注地眺望着肖像画，我根本无从打听。

"嗯，也只有罗西尼看起来还行吧？"

打量完墙上的肖像画后，早濑同学终于开了口。

"你在说什么？"

罗西尼——曾经在课上学过——是一名音乐教师兼知名歌剧作曲家。这个人怎么了？

"你看，大部分人的肖像画都很难看。贝多芬看起来一脸不悦的样子，巴赫和亨德尔给人感觉很高傲。总之，个个都绷着脸，对吧？"

"哦，是吗……"

他到底想说什么啊？我不解地歪起头。

"不过，你看这个。只有罗西尼像在微笑。嘴角和眼角都带着笑意。"

说着，早濑同学指了指罗西尼圆润的脸。

"真的呢。"

小时候听人说肖像画的眼睛到了晚上会动,所以我从来没敢仔细观察肖像画上的脸。不过,仔细一看,肖像画上的罗西尼看起来确实心情很好的样子。

"我喜欢这个人。"

早濑同学继而说道。

喜欢罗西尼?莫非早濑同学也会弹奏歌剧?我还没来得及发问——

"抱歉抱歉,班会拖了会儿时间,好了,我们开始吧。"

菊池老师突然走进音乐室,我们的谈话也就此打断。

"那从二班的森宫同学开始吧。"

"好的。"

我坐到钢琴前,把乐谱放在乐谱架上,朝琴键扫视了一圈后,吐了口气。我能弹好的。暗自给自己鼓完劲后,我开始了自己的弹奏。

《一个早晨》是一首开头柔缓,后面气势逐渐加强的曲子。为了不使旋律过于激昂、节奏过快,我边在脑海中想象着歌声,边认真地弹奏着。虽然手指不会像第一次那样打滑,但曲调的变化还是很难拿捏。即便如此,我还是饱含情感地完成了演奏。

"基本能够顺利地弹完了呢。"

弹奏结束后,菊池老师来到我身旁,如此点评道。

"谢谢老师。"

"虽然这次没有弹错,但后面的部分有些音弹得太轻了,这些地方需要再改善一下。"

"好的。"

"还有,转调后的音弹得慢了点,就是这一小节……"

倾听菊池老师建议期间,我偷偷朝早濑同学瞟了一眼。

不知道他觉得我弹得怎么样呢?会不会觉得我弹得太烂,不堪入耳？此刻的早濑同学正若无其事地望着窗外，丝毫窥探不出他的想法。

"好了，接下来是早濑同学。"

老师说完，早濑同学坐到了钢琴前。和上次一样，他没做任何准备，直接开始弹奏。不用调整呼吸，也没有活动肩膀，早濑同学将手放到琴键上的下一秒，悦耳的琴声随之响起。

早濑同学的演奏从头到尾都称得上是压轴表演。不仅没有错误，也没有颤音和滑音。每个音都演绎得十分生动。本以为上次的弹奏已经算得上是成品，没想到这次更生动、更细腻，听得我内心为之颤动。

"早濑同学弹得好好啊。"

走出音乐室后，我对早濑同学说道。他的演奏非常有震撼力。

"那个……你……"

"我是二班的森宫。"

"森宫同学也很厉害啊。"

哪里厉害了？和早濑同学相比，我也就算得上初级水平。我连忙摇头。

"别安慰我了，我这水平还得继续练习。"

"是吗？开始大家不都弹了一遍吗？我觉得你弹得最好。"

听到早濑同学不切实际的评价，我不由得笑了起来。

"可当时只有我一个人弹错了啊。"

"先不说弹没弹错，那毕竟不是自己的钢琴，你却能很快适应，第一个音就非常柔缓。"

"适应？"

并排走着才发现，早濑同学个子很高。我稍稍抬头看向他，反问道。

"没错,一般人如果弹陌生的钢琴,开始会很难发挥。"

"这样啊……"

一定是因为我家用的是电子钢琴吧。毕竟手感完全不一样,所以我对音乐室的钢琴才没有很排斥。

"我很喜欢你弹的钢琴。"

"欸?"

"我说,我很喜欢你弹的钢琴。"

早濑同学若无其事地说道。我瞬间脸红到了脖子根,心跳速度比被人表白的时候还要剧烈。

如果我练习使用的不是电子钢琴,而是三角钢琴,结果又会怎样呢?吃晚饭的时候,我的脑海中仍会不时想起早濑同学说的话。如果我每天用真正的钢琴练习,水平会变得更高超吗?会不会演奏出足以让早濑同学说喜欢的乐曲?想到这里——

"啊,好想要一架钢琴啊。"

我不由得轻声嘀咕道。

"钢琴?"

"没错,钢琴。"

"啊,真正的钢琴吗?等我哪天薪水上去了,给你买三四架都不成问题。"

听完对面森宫叔叔说的话,我猛地惊醒过来。我刚才的话实在是太失礼了。

"不不不,不用,电子钢琴够了,嗯,我喜欢那架钢琴。"

我慌忙否定。

"又来了，电子钢琴跟真正的钢琴区别很大吧？当然是真正的钢琴比较好用啊。"

森宫叔叔喝完碗里的味噌汤后，对我说道。

"反正声音都一样的啦。而且电子钢琴也有它的好处呀，按键很轻，弹着不会累，只要戴上耳机，晚上也能弹。"

"为什么要把电子钢琴说得这么好啊？你明明很想要真正的钢琴。"

"没有想要啊，能给我买电子钢琴，我就已经很感激了。只是因为合唱祭前频繁能听到钢琴声，所以突然冒出了这个想法而已。要是真买了钢琴，放家里会很占地方，而且声音那么大，容易吵到邻居……"

我极力列举出无须买钢琴的理由。

"知道了啦。"

森宫叔叔长长地叹了口气。

"啊，抱歉，说这么多，是不是更让你反感了……"

"优子啊，你只是把想要的东西说出来了而已，为什么要这么拼命地解释呢？"

森宫叔叔平静地说道。

"因为……现在森宫叔叔已经为我做了很多了……"

"很多？我为你做了什么啊？"

"你给了我家，还供我吃喝，甚至没让我受半点苦……"

"这是理所当然的啊，让孩子过上安逸的生活是父母的义务啊。我可不希望你说这种话。"

听完森宫叔叔的话，我默默地垂下头。我并不是因为客气，或者介意我们不是亲生父女关系。相识三年的森宫叔叔给予了我衣食无忧的生活，可我已经不小了，我不能把这些当成理所当然。

"抱歉,啊,我刚刚好像说得有点过了……别哭啊,优子。"

在森宫叔叔的提醒下,我才意识到自己在掉眼泪。

我并没有觉得难过,只是突然意识到我们一直在相互尊敬的氛围中生活了那么长时间,一下子没能控制好自己的情绪。

"我没事的。"

尽管嘴上这么说,但我刚一张嘴,泪水变得更肆虐了,我只能拼命地摇头。

第二天早晨,我刚走进客厅,就听到森宫叔叔以轻松的语调说:"早啊,面包烤好了哦。"

"谢谢。哇,看起来好好吃。"

我边说着,边坐到了桌前。明明跟昨天一样的早饭,我刚刚的反应是不是有点浮夸了?想到这儿,我顿时有点后悔。

开始吃早饭了,可能觉得太安静了会显得尴尬,森宫叔叔开始有一搭没一搭地闲扯着,比如"今天天气不错,不对,还是有点冷呢""车站前的超市在举办北海道美食展哦"之类的。我也跟着频繁地附和"这样啊""那应该很好玩"之类的。

"已经十一月了啊,一年真是转瞬即逝啊。"

"是啊。"

"感觉时间过得越来越快了。"

"是啊,真让人震惊。"

"合唱祭也快到了,好期待啊。"

森宫叔叔说完,耸了耸肩。

"还好意思说期待,明明平时老念叨我练钢琴太吵。"要换作平时的我,一定会这么说吧。但今天我只是点头附和:"嗯,马上到了呢。"

一旦挑明彼此在小心翼翼地谈话,双方便不再会调侃或开玩笑。为避免气氛尴尬而不断寻找话题的感觉,真的好难过。我慌忙结束早饭时间,开始收拾东西。尽管很难下咽,我仍然慌忙地往嘴里塞了一大口面包。

"到底怎么了啊?魂不守舍的样子。"

午休的时候,史奈不解地问道。

"有吗?"

"当然了,上英语课的时候,你都没意识到自己被点名了。"

萌绘也边吃着饭团,边说道。

"嗯,我跟森宫叔叔发生了点矛盾,最近有些不愉快。"

我如实地回答道。

上课期间,我数次回想起昨晚的事情。真的好后悔,要是当时不说想要钢琴这种话,也就不至于这么尴尬了。但一直维持这种表面平和的关系或许也并不是好事。各种想法在我的脑海中交杂着。

"森宫叔叔……是你爸爸,对吧?"

史奈问道。

"没错,就是跟我爸爸闹别扭了。"

我回答完,史奈和萌绘相互看了一眼,接着笑出了声。

"很奇怪吧,都高中生了,居然还会和爸爸闹别扭。"

我轻轻地叹了口气。

如果是亲生父亲,我们到现在也相处十八年了。事到如今,也不至于为了这点小事闹不愉快。正因为有坚不可摧的羁绊,才不会轻易地起摩擦。

"不不不，应该是相反吧。"

萌绘笑着说道。

"相反？"

"我的意思是说，把和爸爸闹别扭这件事放在心上的行为很奇怪。我要是不高兴了，连话都不会跟我爸讲的。"

萌绘板着脸说道。

"我也是，只有在有必要的时候才跟我爸说话。每次跟那个人说话，都会对我讲一大堆的狗屁道理，啊，真的很可怕。"

史奈也假装害怕似的颤抖了几下。

"为什么？明明是你们的亲爸爸啊？"

"是啊，亲爸爸都是很邋遢、很烦人的。"

萌绘朝我吐了吐舌头。

"邋遢、烦人？"

家里有这种人确实很伤脑筋。我疑惑地问道："不是吧？"

"虽然也不算邋遢，但真的很烦人。为了避免和老爸碰见，我晚上一般都窝在房间不出来，这办法特好使。"

史奈也跟着说道。

"那你们的爸爸好可怜啊……"

如果知道自己的女儿在背后这么说自己，一定会很伤心吧。正当我轻声嘀咕着——

"真羡慕优子啊，森宫先生既不讨厌也不顽固，而且还很年轻。"

史奈羡慕似的说道。

"就是。对了，要不我们交换家长一个月？"

萌绘也表示赞同。

"不是吧，你是认真的吗？"

"认真的啊，我也巴不得换呢。高中毕业后，我就打算不住家里了。因为那个人总喜欢找机会念叨一些烦人的话。"

"史奈家还算好的吧。我爸才让人受不了，大冬天的，洗完澡还穿一条内裤在家晃悠，很变态，对吧？"

"我懂，那些人压根儿就没意识到自己是大叔。真希望他们能考虑一下周围人的感受。"

一周后，我们依旧过着略显拘谨的生活。

尽管气氛比先前缓和了一些，但我仍在每天的晚饭时间辛苦地寻找着话题，森宫叔叔也在极力维持着平和的气氛。两人小心翼翼的样子总显得有些别扭。

距离合唱祭还有两周的某顿晚饭后，吃完森宫叔叔买的泡芙，我开始悠闲地喝起了红茶。

"优子，你不是要练琴吗？不用一直坐在这里陪我的。"

森宫叔叔说道。

"我没有故意坐在这里啊，我已经弹得很熟练了，现在可以有点闲暇时间了。"

"那就好。"

"森宫叔叔才是，没必要特意为我买点心吧。"

"只是刚好出差的地方有卖，我就顺便买了点。"

"是吗？可你昨天买了蛋糕卷，前天买了布丁……"

其实我是想说没必要特意每天跑去买点心，但说完这句话后，我又有点担心自己的语气是否显得有些嫌弃。

结果森宫叔叔只是微笑着回应："我都没意识到呢，可能最近老去蛋糕店附近出差吧。"

啊，这感觉是怎么回事？不同于开始和森宫叔叔生活时的尴尬感，这是另一种感觉上的别扭。到底该如何化解？我总不能像前段时间被班上女生无视时那样，交由时间去解决。毕竟这个家只有我和森宫叔叔，两个人每天要面对彼此，总不能什么都不做。既然如此，那就把话说明白，分析清楚什么才应该是正常的父女关系。不行，那好可怕。要是真说出来，恐怕以后没办法一起生活了，再说我们俩也不知道什么是真正的父女关系。这种算不上严重隔阂，却又着实存在的小摩擦，压得人喘不过气来。到底要到什么时候，以何种方式化解呢？还是说，并非亲生父女的我们，此后要一直背着这沉重的包袱生活下去？

喝完红茶，我回到自己的房间，开始练习弹奏《一个早晨》。

钢琴声依然清脆悦耳。尽管我怀着沉重的心情，熟悉的旋律依然流畅地从指尖流出。

合唱祭的练习已经进入中间阶段，从三天前开始，合唱和钢琴演奏开始集合练习。和着钢琴伴奏的美妙歌声，让我忍不住想停下来仔细倾听。这一定是经过刻苦训练的结果吧。每个音都完美地重合在了一起。

"哇，优子，你的钢琴弹得好棒啊。"

"配合你的钢琴伴奏，简直跟CD一样好听啊。"

大家纷纷夸赞起我拙劣的演奏。

都说乐器弹奏出的音调能反映出一个人的内心，但也许没有人能够听出当中的细微差别。只要中规中矩地按照乐谱弹奏，大家都会觉得很好。

总之，加紧练习吧。为避免临场出错，必须要让手指完全记住每个音符。

我暗自对自己说完,继续重复起《一个早晨》的练习。

距离合唱祭十天前,我准备前往音乐室参加第五次伴奏练习。这次本应是和岛西同学一组,可不知为何,等我抵达音乐室,发现早濑同学已经在那里等候。

"咦?早濑同学,你是今天练习吗?"

"嗯,我跟岛西换了下时间。"

听到我的提问,早濑同学略带歉意地回答道。

"这样啊。"

"你不喜欢跟我练吗?"

"没有啊,怎么会。"

我连忙摇头。能有机会听早濑同学的演奏,我怎么会讨厌。

"那就好,因为其他伴奏者好像都讨厌我。"

"为什么啊?"

"每次和我一组练习,他们似乎都很想跟别人换。"

肯定是因为早濑同学钢琴弹得太好了吧。他们和我不同,很多人都是正儿八经地在学钢琴。和这么优秀的人一组,内心难免接受不了。

"你想多了啦,大家没有讨厌你啊。"

"是吗?除了我之外,其他人都是从高一开始就担任合唱伴奏,只有我是高三的时候参加的,对他们来说,我完全就是门外汉,虽然我从小学钢琴,但对于伴奏,完全没有什么经验。"

早濑同学的语气不像是在开玩笑。虽然他弹的钢琴铿锵有力,但内心并非如此。可能是五官深邃、略显成熟的缘故,早濑同学给人一种很难接近的感觉。但实际接触会发现,他其实并没有什么架子。

"好了,开始弹吧,练习也进入最终阶段了。"

菊池老师走了进来,对我们催促道。

与之前相反,今天由早濑同学先开始演奏。他的表现一如既往得精彩。为什么早濑同学能把钢琴弹奏得如此动人心弦呢?《大地赞颂》*是一首充满能量、平稳而光芒四射的曲子,旁听期间,我感觉自己也被光芒笼罩着。

相反,我演奏时始终无法集中精神。每当我试着融入这首曲子,脑中总莫名地冒出许多杂念。一坐在钢琴前,我便不自觉地想起那晚和森宫叔叔的对话。我越想拂开这些杂乱的思绪,它们就越是挥之不去。以至于直到演奏结束,我都没能投入进去。

"虽然没有出现错误,但整体有点不流畅。"

兴许是不想打击我的自信心,菊池老师评价完后,又加了一句,"不过,为合唱伴奏绰绰有余了。"

走出音乐室——

"真少见啊,你弹钢琴居然会乱了分寸。"

早濑同学对我说道。

"是吗?"

"以前常听人说'心不在焉',今天终于明白这是什么意思了。"早濑同学感慨似的说道。

"我弹得有这么差吗?"我很是惊讶。

"倒也不差。不过,你最近怎么了?"

"没什么,只是,最近和我爸爸闹了点别扭……"

---

* 合唱曲目,由大木惇夫作词,佐藤真作曲。

"因为和你爸爸闹别扭,所以内心没办法平静?"

早濑同学似乎很惊讶,压低声音问道。先前史奈和萌绘也嘲笑过我。或许对于高中生来说,因为和爸爸闹别扭而心情阴郁是件奇怪的事情。

"很奇怪,对吧?"

"是啊,和父母闹别扭不是家常便饭吗?我几乎每天都会和我妈吵架。"

从北教学楼的音乐室回到西教学楼的高三教室,必须要穿过一栋教学楼,距离有点远。我们边倾听着沿途各教室传出的歌声,边往前走着。

"那是因为你和你妈妈本质上是相互信任的,而且能够绝对地包容彼此吧?"

"怎么说呢,总之,我很不擅长应对我妈。"

"这世上还有这种人?"

这次轮到我发出惊讶的声音。

"当然有了,而且还很多好嘛。"

"真的吗?你说的那个妈妈,是你的亲妈吗?"

尽管觉得有些失礼,我还是问出了口。"这是什么问题啊?当然是亲生的啊。"早濑同学爽朗地笑了起来。

"我们有血缘关系,长得也很像,但不知为何,就是合不来。我妈总觉得自己是对的,跟她在一块儿真的很累。"

听完早濑同学的话,我皱起了眉头。

就像史奈和萌绘一样,她们之所以能毫不在意地抱怨父母,就是因为双方之间拥有绝对的爱。但或许也存在例外吧。

"还以为亲子之间不管怎么吵架,关系都不会差到哪里去呢。"

"你在生活中一定被保护得很好吧,居然连这种话也信。"

"是吗?"

"当然了啊,我还是第一次看到有高中生因为和爸爸闹别扭影响心情的。不过话说回来,你们为什么吵架啊?"

"怎么说呢,我家只有一架电子钢琴,有一天我说想要真正的钢琴,然后气氛就变僵了……"

我不想向早濑同学解释我和森宫叔叔没有血缘关系的事情,只好单纯地把原因说了出来。

"你一直都在弹电子钢琴吗?"

"嗯,是啊。"

或许在早濑同学眼里,电子钢琴根本算不上乐器。为了掩饰内心的尴尬,我"嘿嘿"地轻笑了一声。

"我第一次听你演奏的时候,还以为你肯定在家用非常好的钢琴练过呢。居然那么容易就习惯了音乐室的三角钢琴,而且弹得非常动听。这是只有平时用上乘乐器练习的人才能达到的境界。"

"哦……"

突然得到早濑同学的夸奖,我一时间不知该如何回应,只好含糊地附和了一声。

"我没弹过电子钢琴,不过我知道那是非常不错的乐器。"

"怎么说呢……"

"你这是什么反应?你不是一直在弹吗?"

"嗯,是啊。"

倘若真接触电子钢琴,早濑同学一定会觉得那就是个玩具吧。我只好再次"嘿嘿"地笑了笑。

距离合唱祭只有四天的那个中午,我被向井老师叫了出去。

我隐约猜到了。昨天的英语考试只得了六十分，今天的社会单元测试也只考了五十分不到。最近的小测试成绩都非常不理想。兴许是受家里尴尬气氛的影响吧，最近不管做什么都没办法集中精力。

"森宫，虽说是小测试，可你的成绩也退步太多了吧？"

刚走进志愿指导室，老师便严厉地责备道。

"嗯……对不起。"

我坐到椅子上，惭愧地向老师道歉。英语小测试是复习之前的内容，班上大部分同学都考到了八十分以上，我之前的考试也从没有低于过八十分。我也由此清楚地认识到，不管是多简单的考试，不复习是考不出好成绩的。

"而且你最近上课也是心不在焉的样子。"

"是……吗？"

被警告是在所难免的事情，只是没想到，会到"心不在焉"的程度。我无奈地露出苦笑。

"是因为伴奏练习吗？"

"不是，跟那个没关系。"

我连忙否定。倒不如说，是钢琴拯救了我。如果没有伴奏练习，我在家会更加坐立难安。

"那是因为什么？我看你最近跟朋友相处得挺愉快，和班上同学也经常会交流。"

没想到我在教室里的表现全被老师观察得一清二楚。

"这次考得这么差，不可能没有原因吧？"

老师的语气有些犀利。

"原因啊……"

我边在脑海中组织答案，边看向志愿指导室的书架。上面摆放着各种参考书和入学指南等。合唱祭结束后，升学考试也就不远了，这时候成绩可不能退步。

"居然会弄得成绩退步这么大，看来很严重啊。"

"呃……"

"到底是因为什么？"

"那个……其实，只是因为和我爸爸闹了点别扭。"

见老师穷追不舍，我只好如实回答。听完我的答案，向井老师露出不可思议的表情。

"闹别扭？和你爸爸？"

"嗯，啊，不对，也不能说闹别扭。"

为避免让老师误以为我和森宫叔叔发生了什么严重的问题，我把之前的事情一五一十地说了出来。

"原来是这样啊，看来你爸爸还是很关心你的嘛。不过有点奇怪啊，你明明跟朋友吵架都不会放在心上的。"

"是啊……如果换成家人，反倒很难办。互相都会很尴尬。"

"可是，你不是称呼你爸爸为森宫叔叔吗？"

"嗯，是啊，森宫叔叔，因为他给我的感觉不像爸爸。"

泉原叔叔和森宫叔叔都没有强硬地要求我叫他们爸爸。长大到一定程度后，我开始觉得叫一个陌生人"爸爸"十分别扭。倒不是因为不认可对方的父亲身份，只是打心底觉得，只有那个陪伴过自己幼年时光的人才配得上"爸爸"的称呼。

"我也不清楚正常的父女关系该是怎样的，但你也没必要非得追求正常的父女关系吧？"

明白我成绩下滑的原因后，向井老师以爽快的语气说道。

"嗯……"

"毕竟住在一起,会在意对方也很正常啊。这不仅仅是因为客气,更多的是彼此珍惜。"

"也是啊。"

"这种事情以后还会时有发生。家人其实和朋友一样,也是在不断摩擦,分享想法,不断磨合产生感情的。"

"是这样吗?"

"森宫,你总是喜欢和别人保持距离,其实真诚地和一个人打交道,麻烦是必不可少的。每天都这样平淡无奇,不觉得无聊吗?"

突然想起来,去年进行志愿面谈的时候,老师还说我对志愿的事情考虑得很细致。现在的我却被家庭的事情而牵扰了吗?

"不过,之前跟同学起争执的时候,我看你都没怎么放在心上,没想到这次却因为和爸爸闹矛盾,导致考试成绩退步,看来你平时在家里过得很安逸啊。"

向井老师微微笑了笑。

"这可不好说……和班上同学闹别扭的时候,他天天让我吃饺子呢。"

"饺子?"

"嗯,我爸爸对食物有很多奇怪的讲究,比如没精神的时候要吃饺子,开学典礼要吃猪排盖饭,夏天每天要吃果冻。咦?虽然我当时硬着头皮吃了下去,但为了避免尴尬,我并没有表现得很生气。森宫叔叔该不会觉得我很喜欢吃,所以才经常做吧?"

听完我说的话,老师噗嗤地笑出了声。

"真是一对有趣的父女。"

"呃,哪里。"

我也跟着笑了起来。回想起过往的日常，我突然觉得很开心。

"难得有这么一个好爸爸，这时候成绩更不应该下滑了。"

老师收起方才的笑脸，恢复了往日的威严。

"总之，继续加油学习。考试可不会等你。"

"我知道了。"

我用力地点了点头。

当天晚上，吃完晚饭后，正当我准备收拾桌子，森宫叔叔突然说："你坐着吧。"

"什么？"

莫非还要上蛋糕？我一头雾水地坐回座位上。

"这个给你。"

森宫叔叔郑重地朝我递出一样东西。

"这是什么？"

我接过来，发现是一本银行存折。为什么要给我这种东西？

"打开看看。"

森宫叔叔在我对面坐下，催促道。

"可以打开看吗？"

"嗯。"

从来没有见过别人的存折。我怀着像是做坏事的心情，小心翼翼地翻开。看到里面的存款金额，我下意识地大喊：

"一千八百九十六万日元？森宫叔叔，你原来是有钱人啊？"

"是啊，毕竟我从一流大学毕业，进入了一流企业，每天勤勤恳恳地工作。"

森宫叔叔"嘿嘿"地傻笑起来。

"好厉害啊。"

"厉害吧。"

"可为什么突然给我看这个?"

现在我知道森宫叔叔有钱了,可他为什么要特意告诉我这个?我把存折递回到森宫叔叔手上,不解地问道。

"还用问吗?我打算拿这里面的钱去买架钢琴,顺便打算换个有隔音设备的房子。"

森宫叔叔回答道。

"什么意思?"

"没听懂吗?我的意思是要买钢琴和公寓啊。"

"不是吧?"

"真的啦,梨花没钱都那么努力地满足你的愿望,我毕竟还算有钱,给你买架钢琴是理所当然的啊。"

"哪里理所当然了?"

就算有钱,也不能我想要什么就给什么啊。我坚持说搬家太麻烦,不想要钢琴了。结果森宫叔叔悄声问我:

"可这样下去,你会不会觉得我是最逊的那个?"

"最逊的?什么意思?"

"意思就是,相比你其他的父母,我会不会显得很不合格?"

"突然说什么呢。"

突然递本存折给我,接着又说些莫名其妙的话。无视一头雾水的我,森宫叔叔继续自顾自地说了起来。

"水户先生毕竟和你有血缘关系,得分肯定很高。你们不仅长得那么像,而且他还给你换过尿布,喂过饭,抱过你,教过你说话。他肯定是为你付出最多的人吧。"

"那是因为我那时候还小啊。"

"然后是梨花,她很有行动力,为了你什么都愿意做。明明没有血缘关系,却抛开你父亲,单独和你一起生活。后来知道你想要钢琴,不惜和有钱人结婚。她勇敢热情,作为父母,得分肯定也很高。再说,女人本身就有母性,先天存在优势。"

"什么优势不优势的。"

无视我的话,森宫叔叔继续罗列起自己的那套歪理。

"泉原先生毕竟有钱。虽然我也想说有钱有什么了不起,但教育确实需要花钱。很多东西都是可以用钱满足的。而且他看起来很有威严,那种看似严肃的人,只要稍微温柔一点,就会加很多分吧。"

"所以你到底在审查什么啊?"

"我在聊父母锦标赛的话题啊。不过,我当你父亲的时候,你已经上高中了,都不需要我操心,顶多只能帮忙分担一半家务,根本没地方发挥我身为父亲的才能。虽然我知道自己根本不像个父亲,但你不觉得主要是时机不利,没有机会发挥吗?"

"所以你到底想说什么?"

见森宫叔叔一脸严肃的样子,我一直忍着没敢笑。但听完这番话,我再也没能忍住,笑喷了出来。

"你也太奇怪了吧,父母锦标赛是什么东西?"

"就是比较的意思啊。比如作为父亲,水户先生最优秀。你当泉原优子的那段时间也很开心之类的。"

"你想多了。"

"一般人都会去比较吧,我也一样啊,虽然大学时代的女朋友很可爱,但就性格来说,还是觉得工作后交的女朋友最好。"

"虽然不清楚你的女朋友是什么样的,但对我来说,父母各有各的好，是不能拿来比较的。泉原叔叔虽然会默默地守护我，但相处的时间很短。梨花姐姐虽然拼命地满足了我弹钢琴的愿望，但最后不还是丢下我走了吗？每个人表达爱的方式不同。"

听我说完，森宫叔叔赞同似的点点头，接着问道：

"这么说，第一名还没有确定人选？"

"哪有什么第一名，我从来不排序。"

我果断地反驳道。我从来没有想过这种问题。光是为了和眼下的父母处好生活关系，我就已经筋疲力尽了。这就跟一个孩子被问"你喜欢爸爸还是妈妈"的感觉一样。虽然不是亲生父母，但他们都一样有爱，是无法拿来做比较的。

"这样啊，那就好。"

森宫叔叔终于松了口气，露出安心的笑容。"我去泡点红茶吧，今天买了苹果派。"说着，森宫叔叔朝厨房走去。

"你该不会一直想着这事吧？"

"是啊，我就担心哪天我这父亲的宝座会没了。"

森宫叔叔边泡红茶，边回答道。

"怎么可能？主导权也不在我手上啊，我哪次不是被动地更换父母？"

"说得也是啊。"

森宫叔叔把盛有苹果派的盘子放到我面前。富有光泽的苹果派散发着诱人的黄油香味。

"也就是说，虽然是个半吊子父亲，但只要我不走，我就可以一直稳坐父亲的宝座，对吧？"

森宫叔叔刚坐下，就立马吃起了苹果派。

"嗯，应该是吧。"

"这样啊,那我就放心了。"

和一个没有血缘关系的孩子一起生活,不但花钱、没有自由,还要承受各方面的压力。在我看来,根本没有半点好处。可森宫叔叔却极力维系自己的父亲立场,真是个怪人。

"所以,不用给我买钢琴啦,我很喜欢那架电子钢琴。"

我也跟着吃了一口苹果派。柔软多汁的苹果的香甜顿时在口中蔓延。

"不,钢琴还是要买的,我都给你看存折了,这时候反悔的话,有损我做父亲的威严,而且我也想听听真正钢琴的声音。"

说着,森宫叔叔往嘴里塞了一口苹果派上的苹果。明明一起吃味道更好,为什么非要先挑上面的水果吃呢?

"真的不用买钢琴啦,而且我也讨厌搬家,对了,不如……"

"不如干吗?"

"不如买件外套。"

"外套?"

"嗯,我现在的茶色外套太幼稚了,我想要件灰色的。"

我说完,森宫叔叔皱起了眉头。

"买钢琴的要求起码合理,买外套我就不赞同了。"

"为什么啊?明明外套更便宜啊。"

"不行就是不行,不能你想要什么就给什么。"

"小气鬼。"

"这不是小气不小气的问题,当父亲的必须要偶尔严格一点。"

森宫叔叔得意地说道。

"明明有一千八百多万。"

"都说了不是钱的问题,一味地惯着你对你可没好处。别怪我心狠，我这是为你好。"

真受不了森宫叔叔这得意洋洋的样子。萌绘和史奈说得对，老爸就是很烦人。我再次嘀咕了一句"小气"，继续吃起了盘子里的苹果派。

合唱祭的前一天，各班被分配到体育馆的各个区域，开始了紧张的节前彩排练习。

"男生女生的声音配合得非常好，伴奏也是，整体感非常好。"

听完二班的合唱，菊池老师毫不吝啬地夸奖道。

《一个早晨》这首歌的特点在于歌词强劲而有力，旋律优雅婉转，是一首由低音和高音融合而成的歌曲。到了高三，男生的声音会变得更浑厚，而女生的声音会变得更悠扬。连我这个伴奏者都觉得，体育馆里回荡的歌声无比动听。尽管至今为止担任过多次合唱祭的伴奏，但这是我听到过的最优美的一首歌。

"优子的钢琴也弹得好好啊。"

合唱结束后，林同学对我说道。

"谢谢。"

"是啊是啊，之前还有点卡壳的感觉，现在非常顺畅。"

三宅同学说完，其他男生笑着调侃："话说，你懂钢琴吗？"

"啊，不过，我懂。这两天，森宫弹的钢琴听起来非常舒服，跟唱起来也更容易。"

在学习小提琴的丰内同学对三宅同学的观点表示赞同。其他人也连忙点头附和"这么说来，确实啊"。

本以为没有人能察觉出钢琴发音的微妙差别，但不管会不会弹钢琴，有些东西还是能够传达的。下次我绝对不能心不在焉地演奏了，必须要倾注自己所有的感情才行。

"我听到了你演奏的曲子哦。"

接下来似乎是五班的练习时间，我们刚走出体育馆，早濑同学便上前和我打招呼。

"非常有魄力。"

"是吗？毕竟平时经常用电子钢琴练习嘛。"

我笑着回道。

"也是啊，我之前也去乐器店摸了一下电子钢琴，弹起来不费力，是非常不错的乐器。"

早濑同学说道。

"真的吗？"

"嗯，上大学后，我也要打工去买架电子钢琴。"

早濑同学语气坚定地说道。

电子钢琴按键较轻，音质有一种人工合成的感觉，相比钢琴要显得廉价许多。但不可否认，它的声音听起来非常舒服。

"明天就是合唱祭了吧？"

晚饭后，我在房间练习钢琴，森宫叔叔突然走了进来。

"嗯。"

我摘下耳机，点了点头。

"伴奏应该没问题了吧？"

"还行吧，只要明天上场的时候不紧张就行。"

"好，那我来唱吧。"说着，森宫叔叔摆正了身姿。

"欸？"

"有人唱的话，练习起来更容易吧？"

"是啊,可是,你会唱我们那首歌吗?"

"会啊,你只管弹好了。"

"那首歌叫《一个早晨》哦。"

"嗯,我知道。"

"真的会唱吗?是《一个早晨》哦。"

我再次重复了一遍歌曲的名字。毕竟日常生活中接触合唱曲的机会很少,平时不特意参加活动的人应该没听过才对。森宫叔叔没有理会一脸不可思议的我,自顾自地在一旁调整呼吸。看来他是真打算唱啊。虽然不清楚他到底会不会唱,不过还是姑且弹一遍吧。

我摘掉耳机,把音量调低,开始了伴奏。曲子从三连音开始,为了保持旋律的流畅,我小心地弹奏着前奏部分。刚弹出提示开唱的和音,森宫叔叔便深吸了一口气。

现在,美好的早晨降临,
在世界还未被绚烂的阳光之洪淹没前,
乘着方舟,开始旅行吧!

《一个早晨》开篇就是一连串气势恢宏的歌词,整首歌充满能量。森宫叔叔毫不犹豫地高声歌唱着。本以为他肯定唱不出来,谁知歌声的气势竟然快要盖过琴声了。

高潮部分结束后,转为安静的曲调。我的指尖灵动地在琴键上游走着。

比如含着眼泪告别,鼓起勇气遇见,
述说内心的爱意,偶尔的孤单,
旅行总有很多邂逅。

不仅仅是男生部分，森宫叔叔把主旋律也唱了出来，且声音沉稳，咬字准确而清晰。平日聊天的时候完全没发现，原来森宫叔叔的声音这么好听。他的声音明明不算低，可发音却丝毫不飘，整体沉稳有力，听起来十分舒服。

朝着明日展翅，
朝着未知的大地、未知的新大地前进。
让生活的喜悦蔓延，追逐自由；
前往更广阔的天地，追逐自由。

随着歌曲进入尾声，配乐也逐渐变得深沉，歌词与旋律交融着，歌曲像得到解放般，画上了休止符。

弹完最后的三连音后，我双手离开键盘。森宫叔叔则发出了感叹的声音。

"一个人唱的时候，总觉得这首歌有点夸张，一直在讲旅行。不过配合钢琴伴奏唱起来感觉又很不错，差点都想跟着歌词展翅飞翔了。"

"对吧。话说，我也很惊讶呢。"

"惊讶什么？"

"没想到你唱歌这么厉害，而且连这种歌都会唱。话说回来，你怎么会唱这首歌啊？"

我连忙提出萦绕在脑海的疑问。森宫叔叔难为情似的笑了笑。

"你也在合唱祭的时候唱过这首歌吗？"

"没有。"

"那为什么？这首歌应该很少人听过才对啊？"

"那个……我在网上搜过这首歌,然后练了一下。"

森宫叔叔像个犯了错的小孩似的,微微地耸了耸肩。

"欸……为什么啊?为什么要练习这首歌?"

森宫叔叔全程没看歌词。这首歌曲调变化较多,但他完全没有走音。要知道,这可是一首常人难以驾驭的歌曲。

"怎么说呢,女儿马上要参加合唱祭了,作为父亲,学习一下你们的曲目是理所当然的吧?"

森宫叔叔"嘿嘿"地笑了笑。

"不是吧,我觉得其他父亲可不会这么做。"

"真的吗?其实我练习的时候也隐约有所感觉……但唱着唱着,发现整个人充满了力量,上下班乘电车的时候,我下意识地哼唱了当中的一句,结果被递了好几个白眼。"

"我想也是。"

"看来我是真的有点怪啊。"

不是有点怪,是非常怪。不过,森宫叔叔唱的《一个早晨》真的非常好听。

"对了,本打算合唱祭结束后弹给你听的,不过现在也可以,森宫叔叔,你唱一下你们高中合唱祭的歌曲吧。"

我从抽屉里拿出一本乐谱,放到乐谱架上。

"欸?"

"就是你高三的时候演唱的歌曲啊。"

说完,我开始弹奏前奏部分。

歌曲旋律柔缓而富有感情。不同于气势恢宏的《一个早晨》,这是一首充满怀旧气息的歌曲。

森宫叔叔趁我弹奏前奏的间隙，不住地嘀咕"到底什么情况""欸？不是吧，你怎么知道的"。但等主旋律出来后，他边回忆歌词，边轻声唱了起来。

我们依然不知，为何会偶然重逢，
我们从来不知，何时能再见。
你去了何方，又在何处生活，
遥远的天空下，演绎着两个人的故事。

看完存折的第二天，我给森宫叔叔曾经就读的高中打了个电话。

我以"为了在婚礼上对父亲表示感谢，我想演唱父亲在合唱祭上唱过的歌曲，给他一个惊喜"为由，让校方告诉我森宫叔叔班上当年演唱的歌曲名。但毕竟过去了二十年，而我又不知道森宫叔叔具体在哪个班级，只能含糊地提供"最优秀的班级，有可能是特进班"之类的线索。老师被我的孝心打动，好心地帮我调查了出来。

森宫叔叔高三时演唱的歌曲是中岛美雪的《线》。我很快从乐器店买来了乐谱。这是一首熟悉而柔和的歌曲。只练习了几遍，我便记住了所有的旋律。

纵线是你，横线是我，交织而成的布，
或许有一天能保护谁的伤口。
纵线是你，横线是我，该相遇的线，总会相遇，
人们说，这就是缘分（幸福）。

尽管森宫叔叔歌词回忆得有些吃力，但旋律依然记得很清晰。浑厚的歌声敲打着耳膜，甚至渗进了皮肤。乐谱上说《线》是婚

礼上出现频率较多的歌曲。但是遇到该遇见的人,不仅仅是夫妻和恋人的幸福。听完这首歌,我感慨良多。

"有哪个女儿会偷偷练习爸爸合唱祭时演唱过的歌曲的伴奏啊?"

唱完后,森宫叔叔笑着说道。

听说我通过联系他母校得知歌曲名字后,森宫叔叔惊讶地夸赞"你很有行动力嘛"。

"二十年前上高三,现在有个快结婚的女儿……这么一算,不管是你还是我,结婚都有点早了吧,我该不会被认为是个不务正业的混混吧?"

森宫叔叔开始有点慌。

"没事啦,毕竟过去二十年了,曾经教过你的老师现在肯定都退休了吧。电话里的老师也没有想很多,直接就告诉我了。"

"真的吗?"

"是啊。不过,你嘴上说不喜欢合唱,其实还唱得挺好嘛,真让我大吃一惊。"

我如实地夸奖道。森宫叔叔当即露出开心的笑容。

"还好吧,因为我喜欢中岛美雪啊。突然很想唱了呢,优子,你帮我弹《小麦歌》吧,就是中岛美雪的那首新歌。"

"《小麦歌》?没听过呢。"

"不是吧?那可是晨间剧的主题歌啊。"

森宫叔叔打心底失望似的皱起眉头。

"我又不看晨间剧。"

"那你会弹中岛美雪的哪首歌?"

"她的歌我听过几首,但还没熟悉到能弹出来。要是有乐谱还好说……"

说到这儿,我突然想起来,音乐教科书上有《时代》的乐谱。我记得好像是中岛美雪的歌。

"对了,我应该会弹《时代》。"

"好,那就这首。"

我翻开音乐教科书,森宫叔叔则"啊啊啊"地开始练起了嗓子。看来他这是打算好好地秀一把啊。

"我明天还要参加合唱祭呢,还要不要练习明天的曲子呢?可森宫叔叔看起来干劲儿十足的样子。"

我大声地嘀咕道。

"我明天一大早也要开会,要不要去看一下明天的资料呢?可我必须得陪优子练习。"

森宫叔叔也跟着嘀咕道。

"好了,唱吧,歌就是这样,想唱就唱嘛。"

森宫叔叔接着补充了一句。

是谁说不喜欢合唱来着?我暗自抱怨了一句。不过,我也还没弹够。当然不是独自一人戴耳机练习,而是像这样配合歌声进行。

"也是呢,那我弹了哦。"

"好,来吧。"

"要是觉得很难跟上,一定要跟我说哦。"

后来,在相互争论中,我们把这首歌重复了几遍。弹钢琴总是令人那么愉快。合唱祭前夕,我隐藏起内心的不安,在激昂的气氛中度过。

"好紧张啊。"

"啊，应该不会失声吧。"

一班合唱结束后，我们二班边交头接耳，边往舞台方向走去。合唱领队林同学做了几次深呼吸，指挥官三宅同学的手也在微微颤抖。连墨田同学和矢桥同学也面色紧绷，走路姿势都有些不自然。最后的合唱祭，大家都鼓足了干劲儿。

"没事吧？"

我坐到钢琴前，站在舞台边缘处的史奈用嘴型对我问道。我点头告诉她"没问题"。昨天结尾的时候，我弹了好多遍中岛美雪的歌曲，肯定没问题的。

"接下来是二班的合唱，曲目是……"

主持人的声音传入耳中，大家都摆正站姿。我则看向琴键。今天要弹的是体育馆的钢琴。硕大的三角钢琴散发着岁月的气息。

刚一起生活的时候，森宫叔叔知道我会弹钢琴后，暗自收集了很多电子钢琴的宣传手册。

"我知道让你认可我做父亲有点难，毕竟你这么大了，而我的性格也有点不像父亲，但我还是希望你能接受我。"

森宫叔叔真挚的话语让我顿时放松了下来。

从今往后，我们要一起生活，不是以恋人或朋友，而是以家人的名义。为了得到对方的认可有什么错？相互在意又有什么可奇怪的？我突然有点理解当时森宫叔叔的话了。

无论是泉原叔叔精心为我调试好的三角钢琴，还是森宫叔叔经过细致对比为我购买的电子钢琴，我总是能有幸弹奏到状态最好的钢琴。如今不管面对什么钢琴，我都不会惧怕。

好了，合唱开始了。我朝手指轻轻呼了口气。

20

"明明接下来有圣诞节、除夕这些好玩的节日，结果你要准备考试，萌绘也要陪男朋友去旅游，真没劲。"

进入寒假后的第一个周日，来我家玩耍的史奈唉声叹气地抱怨道。

"你都已经得到指定学校的推荐名额了，当然不用为考试愁啦。啊，森宫叔叔，真的不用了。"

当我们聊得正欢，森宫叔叔突然端来一大盘点心和饮料，送到史奈面前。

"随便吃，这里有蛋糕和红茶，最中间的是焙茶。"

"啊，让您费心了。哇，好多啊。"

"抱歉啊，森宫叔叔本来说周日要加班的，结果临时取消了。"

我愧疚地朝史奈双手合十。本以为森宫叔叔今天不在家，考虑到外面太冷，我特意邀请史奈来我家里玩，谁知他临时取消加班，这下变得有些尴尬。

"没事啦，你爸爸在家我还能吃到点心呢，岂不是赚了？"

听到史奈的客套话，森宫叔叔顿时来劲："这可是我今早特地去买的日式点心和西式点心，佐伯同学不要客气，想吃什么尽管拿。"

森宫叔叔厚脸皮地说完，直接坐在了客厅的地板上。

"喂，你不回房间吗？"

"回啊，但我想跟你们聊一会儿嘛。毕竟女儿的朋友来了，对吧？"

森宫叔叔顺势喝起了自己准备的茶水，接着就刚才擅自偷听到的内容向史奈确认。

"对了，你们刚刚聊到了萌绘，对吧？她是跟男朋友去旅游了？"

"是啊，嗯……"

毕竟这事不方便让长辈知道，史奈只好含糊地点点头。

"这可不好啊，毕竟是高中生啊，跟男朋友去旅游什么的。"

森宫叔叔说完，我不满地板起脸。

"就知道你会这么说，然后呢，你到底想说什么？"

"我只是发表一下意见而已嘛。"

"不用你待在这里瞎掺和，赶紧回你自己的房间。"

"刚送完茶就走，佐伯同学会误以为我是服务员吧。"

"才不会，不要擅自插入我们的话题。"

"你爸很担心你呢。"

见我和森宫叔叔在一旁拌嘴，史奈噗嗤地笑了起来。

"森宫先生很在意胁田同学吧？"

"也没有啦。"

被史奈戳破后，森宫叔叔难为情地挠了挠头。

"怎么没有，最近一直都是这样。自从我和胁田同学开始交往后，他每天都念叨我回来好晚什么的，明明跟以前一样，非要说得那么夸张，真的好烦。每天吃晚饭的时候也要盘问我胁田同学的事情。"

我对史奈抱怨道。

"这很正常啊，交男朋友这种事本来就不能告诉爸爸，我从来不会在我爸面前提西野同学，我爸也相信我没有男朋友。"

"是吗？"

史奈从二年级初开始就和西野同学交往，现在仍然偷偷摸摸地往来。

"要是告诉他们,肯定会成天唠叨,反正没好事。"

"你竟然能藏那么久。"

"老爸都是笨蛋,绝对不会发现的。再说了,一般人都不会把交男友的事情告诉爸爸吧?"

史奈边拆开最中间的点心包装,边说道。

"这样啊……可能因为森宫叔叔不是亲生父亲,所以就大意了吧……"

合唱祭结束后了,我和伴奏者久保田同学及多田同学以庆功为由,约好一起去吃蛋糕。

"合唱祭终于结束了,本想着能松口气,结果还有考试等着。"

多田同学看着眼前的法式千层酥,沉重地说道。

"多田同学上大学后不准备弹钢琴了吗?"

我问道。

"我也考虑过上有音乐专业的大学,但我将来又不想从事和音乐有关的工作,我周围有打算上音乐大学的也只有早濑同学一个吧。"

多田同学回答道。

早濑同学。光是提起这个名字,我就没来由地心跳加速。

这次的合唱祭,二班得了第二名,冠军是早濑同学所在的班级。早濑同学最后压轴出场,前奏刚响起,整个体育馆鸦雀无声,所有人都被带进了音乐的世界。

虽然合唱祭已经结束,但我还想继续听早濑同学的演奏,还想继续和他畅谈。当时的我是这么想的。

"因为他女朋友也考音乐大学啊。"

"欸?"

我的耳朵敏捷地捕捉到了久保田同学爆出的情报。

"早濑同学有个二年级的女朋友哦。"

久保田同学说完——

"啊,我知道,那个人很有艺术家的感觉,对吧?我在钢琴发布会上见过她。"

多田同学也跟着加入谈话。

"啊,这样啊……"

后来的聊天内容变得模糊,我什么也听不进去。虽然没有向早濑同学表白,可我却有种还没来得及表白就惨遭拒绝的感觉。想要继续接近早濑同学的想法落空,我陷入了类似失恋的沮丧情绪。

看来会弹钢琴的女孩子确实更有魅力,两天后,因为合唱祭上的表现,我被三班的胁田同学表白了。

胁田同学在隔壁班,而且也没听班上哪个女生说喜欢他,这样我也能毫无顾忌地跟他交往。而且有了男朋友后,被抛弃的那种落寞感也能得到安抚。我就是抱着这种想法,答应了胁田同学的表白。

虽然起点有些敷衍,但和他交往的感觉并不差。不同于和萌绘与史奈在一起时的感觉,和胁田同学在一起的时候,总感觉热血沸腾。是他给予了我被喜欢的安心感。

"喂,我还在这儿呢,你们说得有点过分了吧。"

在一旁闷声旁听的森宫叔叔皱起了眉头。

"哈哈哈,抱歉,不过,森宫先生,要是你女儿到了高三还没交过男朋友,你不会觉得奇怪吗?和那么多男生一起学习,如果连一个谈恋爱的对象也找不到,那你该担心你家优子是不是有问题了。"

史奈安抚似的说道。

"咦？可是，我高中的时候就没谈过恋爱啊……"

森宫叔叔小声嘀咕道。

"那个……那是因为……时代不同嘛。可能以前的人都像你这样。"

"不对啊，我周围的人基本都有女朋友，是我有问题吗？"

史奈极力地打着圆场。森宫叔叔则一脸不安的样子。

"喂喂喂，梨花小姐为什么会和森宫先生结婚啊？"

森宫叔叔刚走出房间，史奈就悄声地问道。

"干吗问这个……"

"感觉梨花小姐属于那种性格豪放的类型，跟森宫先生差别有点大……"

史奈见过梨花姐姐的照片，也听我说过她和泉原先生以及我亲生父亲结婚的事情。

"这么说来，确实啊，她居然会选择森宫叔叔，确实不可思议。"

虽然只有小时候的记忆，但我的亲生父亲是那种性格爽朗，处处为人着想，十分讨人喜欢的人。泉原叔叔为人大方稳重，但部分原因在于他有钱。相比之下，森宫叔叔性格冒失，偶尔会有点自私，完全找不到优点。

"虽然森宫先生长得还不错，看起来也干干净净的，但实际上肯定不是这样吧。"

史奈吐槽道。

"没错。"

我连忙点头赞同。

21

　　离开泉原叔叔家一年多后,梨花姐姐仍会时不时地来看我。
　　"啊,好累啊。"
　　梨花姐姐刚好在我放学回家的时间出现,像往常一样,在客厅的沙发上坐下。吉见阿姨也会一如既往地为梨花姐姐泡红茶,上点心。所以,不管过多久,我都体会不到梨花姐姐离开的真实感。
　　"工作很累吗?"
　　我在梨花姐姐身边喝着红茶,关心地问道。今天上的是香浓红茶搭配冰块做成的冰茶。来这之前很少有机会喝到红茶,茶叶香气宜人,确实是一种不错的饮品。
　　"没有以前那么忙,就刚刚好,感觉还挺轻松。"
　　"这样啊。"
　　"我好像还是喜欢上班,比每天无所事事地待在这里要开心多了。"
　　梨花姐姐像是怕被吉见阿姨听见似的,压低声音说道。
　　无所事事的压抑感,我也懂。既不用做晚饭,也不用收拾餐具;回到家,干净衣物早已整齐地叠放在被打扫得一尘不染的房间里。我有几次尝试着做家务,但每次都会被吉见阿姨警告:"这样我会丢掉工作的。"
　　这样的生活确实轻松。然而无所事事地生活并不能消除在这里生活的拘束感。
　　"咦?你是不是瘦了?"
　　我对梨花姐姐问道。梨花姐姐虽然打扮得依然时髦而奢华,但拿着杯子的手指似乎比以前更细了。

"看出来了？"

梨花姐姐微微笑了笑。

"嗯，勉强能看出来吧。你还有钱吃饭吗？"

梨花姐姐虽然一个人生活，不用再操心我的生活费，但相比这里吃喝不愁的生活，每天依然过得艰难吧？而且她又不懂得有计划地花钱，肯定到月底又穷得连吃饭的钱都没有。

"当然有啊。我这是在减肥啦。我毕竟离婚了，得继续找新男友啊。"

"这样啊，也是啊。"

很符合梨花姐姐的作风。看来她似乎已经对泉原叔叔死心了。想到这儿，我突然觉得泉原叔叔好可怜。

"要不要跟我一起走？"

梨花姐姐每次回去的时候都要这么问我。我每次都摇头。

"优子，莫非你已经习惯这里的生活了？再也不想过苦日子了？"

"不是啦。"

我从没觉得和梨花姐姐两人生活的日子很辛苦。但是，如果我和梨花姐姐都离开泉原叔叔，那他也太可怜了。

虽然我们只是一起吃早饭，周末偶尔一起吃晚饭，交流的次数并不多，但我知道，泉原叔叔是打心底接受了我和梨花姐姐。

而梨花姐姐是那种愿意追随内心感受的人。像这样稍微保持距离，偶尔看看对方，毫不拘束地聊聊天，也挺好。如今，亲生父亲不知道在哪个角落，连作为母亲的梨花姐姐也离开了，眼下的生活或许有些别扭，但对我来说，刚刚好。

这种生活持续到了我上初三。不知道梨花姐姐是不是因为工作缘故，有时候频繁来看我，有时候一个多月也不见人影。

"梨花姐姐昨天来了。"

每次梨花姐姐来看我，我都会告诉泉原叔叔。他不但不会觉得反感，还会向我打听梨花姐姐的近况。

"是吗？她最近还好吗？"

"嗯，她说来这里有好吃的点心，吃了一些饼干后就回去了。"

听完我说的话，泉原叔叔开心地笑了起来。

"你和梨花聊了什么？"

"嗯，聊了工作上的事情吧。"

"看来她过得还挺顺利啊。"

"嗯，她好像很喜欢现在的工作。"

"那就好。还有呢？"

泉原叔叔一定还喜欢着梨花姐姐。即便没有直接见面，知道梨花姐姐来过这里，他也会很开心。

"还有就是聊我在学校的事情。"

"这样啊，毕竟马上就中考了呢。我也就高中毕业的水平，可能没资格提意见，不过你还是去上上补习班比较好吧？"

"没事的，老师说了，我的成绩足够上目标高中了。"

"那就好，如果有需要，尽管跟我说哦。"

泉原叔叔时常这么跟我说。可能是他觉得对不起我吧。吉见阿姨也经常问我笔记本、文具用品够不够，要不要买参考书之类的。

"我现在在学钢琴呢，要是再去补习班的话，肯定会很忙的，学习我自己可以搞定。"

"嗯，你最近的钢琴水平进步了很多呢。"

"我真的很喜欢那架钢琴。"

听到我的话，泉原叔叔脸红地笑了起来。

刚进入初三第三个学期的时候，梨花姐姐一如既往地在傍晚时分出现，并递给我一张照片。

"你觉得这个人怎么样？"

"为什么问这个……"

那是一张男人的照片。上面的人个子很高，身材纤瘦，但眼睛、鼻子很小，嘴唇很薄，给人一种无法言喻的感觉。我边看着照片，边回答"这人长得一般吧"。

"他可是东大毕业，现在在一家超一流的企业工作哦。"

梨花姐姐自豪地说道。

"他？"

"嘿嘿嘿，是啊。"

"你在跟这个人交往吗？"

这个男人完全不符合梨花姐姐的喜好，我很是惊讶。

"没错，他叫森宫。和我是中学同学。之前在同学会上听说他很有出息，于是我主动找他搭讪，然后就成了。"

就算是东京大学毕业，在一流企业就职，可长相如此平庸，梨花姐姐怎么会看上他？真是不可思议。

"你喜欢他哪一点？"

我不解地问道。

"他很聪明，工作也很努力，而且很有常识。"

梨花姐姐列举了几个冠冕堂皇的理由。

"所以你就喜欢他？"

"而且他为人还算体贴。"

"欸……没想到……"

和梨花姐姐完全是相反的人。我难以理解地嘀咕道。

"然后啊,我打算和这个人结婚。"

梨花姐姐说道。

"不是吧?"

"我是认真的啦。"

"你想清楚了没啊?"

"当然想清楚了,事不过三嘛,这次肯定会很顺利。"

梨花姐姐自信满满地说道。

对梨花姐姐来说,结婚似乎是件非常简单的事情。但这依然不能改变梨花姐姐和照片上男人不相配的事实。

"咦?优子,你不喜欢吗?"

"也不是……"

"水户先生很帅,泉原先生很有钱,照这逻辑,我接下来应该找个头脑聪明的,对吧?还是聪明的人最好啊。"

"你喜欢就行啦。"

不管我怎么说,梨花姐姐都不可能改变自己的决定。反正就算她结婚了,也会不时地来这里看我,我的生活依然没有改变。这样倒也没什么。我当时是这么想的。

但是,就在我初中毕业的那个春假期间,梨花姐姐趁泉原叔叔在的时候来访,当着我和泉原叔叔的面,就她和森宫叔叔结婚,以及想把我带走的事情简单地谈了一遍。完全没想到梨花姐姐会想把我一起带过去生活,我惊得说不出话来。但更让人意外的是,泉原叔叔没有做任何争取,只是点点头,简单地回了句"知道了"。

"你早就知道吗？"

梨花姐姐回去后，我对泉原叔叔问道。

泉原叔叔性格再冷静，听到梨花姐姐再婚，以及要带走我的事情，不可能瞬间就接受了啊。

"嗯，因为我早就听说了……"

泉原叔叔满怀歉意地说道。

本以为梨花姐姐只是来看我，谁知她是来找泉原叔叔交涉的。仔细想想，这种事情确实要找泉原叔叔商量。大人总喜欢不顾小孩的感受，擅自做各种决定。

"我不知道什么样的生活对你来说是最合适的。"

泉原叔叔轻声嘀咕道。

"我也是。"

对我来说，这里的生活并不算自在。即便是现在，我依然没能习惯这里的气氛。我也清楚，这里的生活并不适合我，但我并不想离开这里。

"我们只一起生活了三年，相比之下，梨花和你生活的时间更长，对吧？"

泉原叔叔说完，喝了一口早已凉透的茶水。

"话虽如此……"

"毕竟梨花认识你的亲生父亲，而且参与过你的童年。"

这是什么意思？是否参与童年是决定和谁一起生活的重要因素吗？我没有说话，只是静静地倾听泉原叔叔的话。

"我很在乎你，也希望你能幸福。虽然一起生活的时间很短暂，但你对我来说，就像亲生女儿一样重要。所以，我没有自信能成为比梨花还要优秀的家长。"

泉原叔叔安静地组织着语言。自信？都已经是父母了，还需要这种东西吗？我可从没见过哪个父母是自信满满的。

妈妈去世，爸爸去了国外，梨花姐姐也离开了这里，只有泉原叔叔陪在身边。即便如此，我们也马上要分开了。小学四年级的时候，我起码还有选择的权利。而现在，十五岁了，我似乎连做决定的权利都没有。

"你是怎么打算的？"

泉原叔叔问道。如果我回答想留在这里，他一定会让我继续住下去，并且像以往一样照顾我吧？但我知道这样并不合适。

"其实早就有答案了吧。"

"也是啊。"泉原叔叔安静地点点头。

如果梨花姐姐不再来看我，我在这里的生活将会变得无比压抑。但是，如果离开这里，我可能再也见不到泉原叔叔了。虽然我们一起度过的时间、聊过的话题、积累的回忆并不多，但我知道泉原叔叔心胸宽广。虽然方式很笨拙，但我知道，他一直在守护着我。

到底哪个父母更好？这种问题怎么可能有答案。我也不想和接受我并一起生活的人分别。尽管有过几次相同的经历，我依然忍受不了离别。

"无所谓了。"

我说道。

怎样才更好？我到底想怎么做？这种问题，越想就越复杂。到底谁才是我的家人？如果我一味地想这种问题，内心的某样东西早晚会崩塌。无所谓了。在哪里、和谁生活都一样。如果不这么想，我会活不下去。

22

"最近功课复习得怎么样了？"

一月二日，和胁田同学一起参拜完神社，走进附近的食堂后，他随口问道。

"还行吧。"

我边喝着热腾腾的茶，边点头回答。虽然是间很小的神社，但前来参拜的人非常多，排队期间，整个人冷得发抖。

"你应该能得到推荐名额吧。"

"不知道呢，不过我觉得也不用那么急。"

"这样啊，也是呢。"

已经参加完推荐考试的胁田同学说完，点了一份咖喱饭。

"昨天和今早都吃的过节的食物，好想吃点重口味的东西，你呢？"

"我啊……我就吃饭团吧，今早吃了太多的饼，现在肚子还是饱的。"

因为还不是很饿，我只点了一个梅干饭团。

今早，森宫叔叔又莫名其妙地念叨了一番。

"欸？最近的年轻人都是跟恋人一起去新年参拜啊，明智点的人都会和家人一起去吧？看来日本的世道也变了啊，希望不要惊到神明大人。"

然后他做了超多的饼。

"饼？"

"我吃了五个。"

"没想到你还挺能吃的。"

"是吗？我爸爸不停地塞给我……肯定是想让我吃到肚子鼓起来，然后没办法和你一起去吃饭，他肯定是故意的。"

尽管嘴上这么说，我还是没能抵抗住甜辣竹轮烧的诱惑，又跟着吃了好多，好恨自己的逆天食欲。

"女儿交了男朋友，换哪个父母都不能容忍吧？"

听到胁田同学的话，我很想说其实他不是我的亲生父亲，但我还是咽了下去。并不是有意隐瞒，只是我不想再聊起经历过的种种。胁田同学偶尔会说："你做事细致周到，成长环境肯定很不错。"但每次我都没有过多解释。毕竟学校有部分人知道我的情况，就算我不说，他早晚也会知道，到时候再把详细情况告诉他就行了。

"本来以为咖喱不管怎么做都会很好吃的，看来并非如此。"

胁田同学吃了一口端上来的咖喱，失望地皱起眉头。

"是吗？"

"味道很淡，肉很硬，而且米饭太黏了。"

"可能因为正月，做得太匆忙了吧？"

边说着，我吃了一口自己的饭团。米饭确实太软了，不适合用来做咖喱饭。

"对了对了，听说四班小野田同学的事情了吗？"

"小野田同学？没听说。"

"听说小野田发誓绝对要在毕业前交到女朋友，所以在寒假期间到处表白。"

"欸……"

毕竟我和小野田同学不是很熟，只能随便地附和几句。

"结业仪式时对一班的时田同学，圣诞节时对二班的佐藤同学，除夕时对谁来着？总之，已经表白了三个女生，全都被拒绝了。"

胁田同学笑着说道。

"这样啊。"

"啊，对了，这段时间我看电视上说，这世界上只有日本人能消化掉海苔。"

"欸……"

"你好像不太感兴趣。"

"没有，我也觉得很厉害啦……"

胁田同学一如既往地找各种话题逗我开心。我很感激他的好意，但我的注意力一直被旁边剩了一大半的咖喱饭吸引，没办法专心听他说话。

森宫叔叔虽然经常会抱怨"难吃""味道太重"之类的，但每次都会津津有味地吃完。不管是太辣还是太甜，他都能吃下。现在想来，那也是一种才能啊。当时的我莫名地想着这些。

在不缩着身子就没办法在室外行走的严寒中，第三学期如期而至。明明是最后一个学期，高中生活却不见半点生气。不时有学生请假在家备考。考虑到周围同学的感受，已经得到指定学校推荐名额的学生每天都过得十分低调。

"健康管理可是第一位，虽然学习很重要，但睡眠和营养也都要跟上才行。"

或许是体谅到大家的辛苦，今天的班会上，向井老师比平日话少了许多，只强调了一些重点。老师在说话的时候，下面有人偷偷做参考书的习题，还有人昏昏欲睡。没想到高中生活要在高呼"团结互助"的口号中画上句号，未免有些伤感。好想快点结束升学考试，摆脱现在的氛围。抱有这种想法的，一定不止我一个。

"来,乌冬面好咯。"

晚上,我在房间学习的时候,森宫叔叔突然敲门进来了。

"哇,我还不饿呢。"

"还有十天就考试了,必须要好好补充营养,加油准备考试才行。"

森宫叔叔擅自拿开我书桌上的东西,把盛有乌冬面和茶的托盘放了上来。大碗的乌冬面正冒着热气。

"才刚吃了晚饭呢。"

还不到十点,距离吃晚饭才过去不到两个小时。肚子还很饱,如果再吃点热食,待会儿说不定会很想睡觉。

"夜宵不都是晚饭后吃的嘛。"

"你说的是甜食吧。再说了,真的每个应考生都会吃夜宵吗?"

"当然会吃了,电视和漫画里不是经常会出现母亲给正在学习的孩子送乌冬面的桥段嘛。"

森宫叔叔说着,坐在了地板的坐垫上。

"你以前临近考试的时候也会吃夜宵?"

"不会,就算要吃也只是吃低卡路里营养饼干和香蕉之类的。我母亲对我们很严格,总说学习是自己的事情。"

"我也希望这样呢。"

森宫叔叔昨天给我做了饭团,前天给我做了杂烩粥,可我又没有感冒什么的。自从进入一月份后,他几乎每晚都会在我学习的时候给我送夜宵。

"那可不行,我是个勤劳能干的父亲。"

"可我过了十二点要睡觉的,这样吃下去,我担心自己会变胖……"

"没事啊,胖就胖嘛,考试当天,体型胖点能给周围的人压迫感，让人觉得你很从容。"

"可我们高中只有我一个人考园田短大啊，身边都是些不认识的人，人家怎么知道我胖没胖？"

谁知森宫叔叔开心地回道：

"真不愧是优子，真聪明，自从你开始复习考试后，感觉你脑子灵光了不少。哎呀，光靠学习不可能变化这么大，肯定是因为夜宵的作用。"

"这可不好说，不过，考试科目也只有日语和小论文而已，也没什么好复习的吧。"

大学的历年真题我基本都会做，小论文也让老师帮忙看了几次，已经盖了证明合格的印章。

"优子，复习功课可是没有尽头的哦，不管是多容易考的大学，都要鼓足干劲儿，努力到最后一刻哦。"

"也是。"

"现在可不是浪费时间闲聊的时候，我想一下明天晚饭吃什么再睡，你赶紧趁热吃了哦。"

森宫叔叔说着，走出了房间。

"好，我要开动了……"

虽然不饿，但好歹是森宫叔叔特意为我做的，不吃说不过去。我拿起筷子，尝了一口汤后，开始吃起了乌冬面。面的口感香软滑爽。配料有切碎的油炸豆腐、鱼糕和葱，吃起来味道清爽。

"原来还有这种鱼糕卖啊。"

三块漂浮的鱼糕上写着"必胜"二字。最近很多以考试为主题的商品应运而生。在超市发现这种鱼糕的时候，森宫叔叔肯定激动了一番吧。想象着森宫叔叔在超市买鱼糕的样子，我不禁笑了起来。

"我吃饱了。"

吃完后,我双手合十。虽说这夜宵有点多余,但有人特意为我做饭,我十分感激。

23

升学考试前的最后一个周日,我和胁田同学一起去了附近的商场购物。

"你也需要放松一下,虽然我也只是因为想见你。"

特意来到我家附近车站的胁田同学笑着说道。

"你其实不用来接我的,我可以过去跟你会合呀。"

胁田同学家离商场只有一站的距离,结果特地绕远路来了这里。

"来这里的话,我就能和你一起乘电车了,又能多一些在一起的时间。"

胁田同学毫不犹豫地回答。我只能难为情地轻轻点头附和:"也是啊。"

寒冷的休息日,去商场闲逛正合适。里面没有冬日的冷清,到处都很热闹。在胁田同学的提议下,我们去商场里的电影院看了最新的《星球大战》。好久没在这么大的银幕前看电影了,感觉非常有冲击力。虽然之前没看过,不过《星球大战》的故事情节紧张刺激,从一开始我的眼睛就没有离开过银幕。

"感觉怎么样?"

刚走出电影院,胁田同学立马问道。

"非常有趣。"

我如实地回答。

"太好了,还担心故事情节太单调,会让你觉得无聊呢。"

胁田同学露出了安心的笑容。

我不知道《星球大战》的故事情节单调在哪儿,只知道画面很壮观,每个人物性格鲜明,非常值得一看。会有人觉得这个电影无聊吗?

"还有一部日本电影,我开始还犹豫,不知道选哪个,那个日本电影的导演之前的作品也挺不错的,拍摄的手法也十分独特。不过,在影院看的话,选《星球大战》绝对没错。"

"这样啊。"我点了点头。但下一秒我就开始后悔,或许这时候应该说"你对电影好有研究啊"会更合适。

后来,我们边聊天,边在商场里闲逛。不只是电影,胁田同学对音乐、文学也非常有研究。自从和他交往,我也跟着学到了很多东西。但我始终没办法插话,毕竟我对艺术和文学没有太大兴趣,突然对这样的自己感到好失望。

"啊,有钢琴。"

这一带最大的商场里不仅有电影院,还有餐厅以及各式各样的店铺。路过一家大型乐器店的时候,胁田同学指了指里面。

"真的呢,好多钢琴啊。"

乐器店的入口附近摆放了数架钢琴,一个小学女生正在弹奏《小星星》。

"你也去弹弹吧。"

胁田同学提议道。我连忙摇头。毕竟我的水平还没好到能在大庭广众之下随意发挥的程度,而且也没有小孩那种毫不畏惧的勇气。

"你在合唱祭上弹钢琴的样子明明很帅气。"

"谢谢,但是,还不足以在这种地方弹奏呢。"

我们直接在乐器店里闲逛起来。

"我虽然在三班,但很想唱你们弹的那首歌呢。"

"可岛西同学弹得更好啊。"

"是吗?啊,是吉他,我上大学后,有机会一定要学学。"

胁田同学摸了摸斜靠在货架上的吉他。

"边弹吉他边唱歌应该很爽。"

"是啊,我好想弹杰森·玛耶兹的曲子。"

胁田同学都这么说了,我这时候是不是应该问"谁是杰森·玛耶兹"比较好?但我还是嫌麻烦。

"嗯,不错呢。"

最后我依然选择了点头。

"对吧。"

"嗯,是啊。"

"不知道原声吉他和电吉他哪个好呢,好难选啊。"

"我也不懂呢……咦?"

正当我俩讨论有关吉他的话题,耳边突然传来熟悉的声音——是铿锵有力的钢琴声。

旁边有个男孩匆忙朝那边跑去,我也跟着望向入口附近的方向,有个人正坐在那儿弹钢琴。清脆悦耳的音符交错重叠,形成美妙的和弦。优美的旋律像是要吸引所有人的注意般,不断地扩散。他修长的手指,宽厚的肩膀。是早濑同学。好想再走近点倾听。我连忙朝钢琴的方向跑去。

"我知道这首曲子。"

"真的呢。"

钢琴周围围绕着几个小孩,听到充满魄力的演奏,一个个无比兴奋。早濑同学弹奏的是《面包超人》的主题曲,中间进行了些许改编。我小时候也听过这首歌,这部动画片现在似乎依然很有人气,旁边的小孩激动地喊着:"面包超人、面包超人!"像是为了回应孩子们的呐喊般,早濑同学维持站立的姿势,摇晃起身子,愉快地弹奏着。

明快的旋律很快吸引了不少人前来倾听,其中也有喧闹不停的孩子。所有人都露出柔和的表情。

早濑同学弹完最后一个音后,四周响起热烈的掌声。店员和路人似乎都听得入迷了。

"多谢多谢。"

早濑同学朝周围的人鞠了个躬。

"弹了你们的琴却没有买,抱歉啊。"

他接着向店员道歉。

"那家伙不是我们学校的早濑嘛。"

胁田同学在我身旁说道。

"嗯,他真的好厉害啊。"

"不过我觉得你弹得更好哦。"

"怎么可能。"

如果真这么觉得,那只能说他对音乐方面的鉴赏能力为零。我毫不犹豫地加以否定。

"啊,是森宫同学和胁田啊。"

早濑同学看到我们后,径直朝我们走来。

"哦,早濑,你在这种地方做什么啊?"

"就想试弹一下，这里可以免费弹钢琴，所以我时常会来这边逛逛。"

早濑同学露出了恶作剧般的笑容。

"好厉害啊，到哪儿都能听到早濑同学的演奏，真厉害。"

本想用更贴切一点的词来形容此刻的感觉，但最后我只是词穷地不断重复"好厉害"。

"因为能像这样轻松地弹弹钢琴，确实是件愉快的事情。"

像这样轻松地弹钢琴？那他平时都是怎样弹钢琴的？好想再听听他的演奏。好想再多了解一点关于他的事情。但现实并不允许。"好了，我们该走了。"胁田同学说完，早濑同学回了句"嗯，回见"，接着轻松地转身走进了乐器店深处。

能偶然听到已经是一种幸运了。尽管很想这么说服自己，但刚才的旋律一直在耳中强烈地回响着，让人情不自禁地想再听一遍。早濑同学弹奏的钢琴曲就是这么充满魔力。

九点前回到家后，"优子，过来一下。"森宫叔叔突然叫住了我。

"怎么了？"

"你说呢？这周三要参加升学考试了吧？"

"是啊。"

"这可是考前的最后一个周日，你居然跑出去玩了一整天，太不懂事了。"

森宫叔叔说着，倒了杯热茶，放到我平时吃饭坐的位置上。

"我觉得应该……不对……肯定没问题的。"

森宫叔叔这是示意我坐下吧。我把外套放到沙发上，接着坐到了餐桌前。

"园田短大的录取率是一比三,而且我也在正常地复习功课啊。"

"我也知道,只要不出意外,你肯定能考上。可既然马上要考试了,那就应该坚持努力复习到最后一刻才对啊。"

坐在我对面的森宫叔叔板着脸说道。可我又不是要考东大,既然知道自己肯定能考上,又何必把自己弄得那么辛苦?

"或许吧。"

"这可是你人生中最后一次考前复习的机会了。"

"哦……"

"虽然之后也可能有资格测试什么的,但那些都是有诀窍的,不能相提并论。也就是说,今后可不会再有这种专心闷头备考的机会了。"

"也是啊,但是我已经复习得很到位了,毕竟平时也没有懈怠过啊。"

我觉得自己已经准备得够充分了,于是小声反驳道。

"优子,学习是没有尽头的。"

"话虽如此,可是……"

"结果你却放松了警惕,甚至连功课都不复习了,你这是怎么了?考试可不是点到为止,必须要全力以赴才行啊。"

森宫叔叔用低沉的声音说完,咕嘟地喝了口茶。

莫非他是在责备我?小时候,爷爷奶奶经常为姿势、措辞、打招呼甚至一些细节问题而指责我。亲生父亲也曾因我隐瞒弄丢托儿所出席笔记的事情而责骂过我。但是仔细想想,自那以后,我就再也没被父母骂过。是因为我从来没有犯过错吗?还是说,因为是没有血缘关系的父母,所以对我特别客气?

我一动不动地盯着森宫叔叔的眼睛。他的眼睛细而长,瞳仁的颜色非常深。他明明平时那么冒失，此刻的眼神却无比地镇定。

※

"当初看上小秀，是因为他热情；选泉原先生是因为他有包容力。但是最后选森宫，可能是因为他有常识，为人沉着冷静吧。而且对你来说，最后一任父亲当然要找个诚实稳重的人最好，对吧？"

刚开始和森宫叔叔生活的时候，梨花姐姐这么对我说道。

"哦，这样啊。"

"不要这么冷淡嘛，他毕竟要当你的爸爸呢。"

说着，梨花姐姐捅了捅我的肩膀。即便如此，我依然对这个新父亲没有任何兴趣。

妈妈去世，爸爸去了国外，梨花姐姐带着我辗转在不同的家庭生活。我知道大家都是好人。但我有时候也会心怀怨恨和怒气。好想念妈妈和爸爸。爷爷奶奶现在怎么样了？很多人再也见不到。怀念和留恋的情绪不断地越积越多。

但是，如果怀着这些负面情绪，只会让我的内心被阴郁笼罩。不管我怎么想，家人都不可能回来了。我只能想办法过好眼下的生活，绝对不能让期待和不安动摇自己的内心。不过是住所和一起生活的人变了而已。每更换一次家人，我的心就会变得冷漠几分。

"初次见面，你好啊，优子。其实我早就听梨花说过你了，所以这也不算是我们第一次见面。对了，我叫森宫壮介，是梨花中学时代的同学，今年三十五岁。"

森宫叔叔自我介绍完后——

"今后请多关照哦。"

他又朝我低头行了个礼。

即将成为我父亲的人，竟然对我这样行礼。平日习惯了被动接受，今天突然如此恭敬，我竟有些不习惯。森宫叔叔毫不犹豫地低下头，尴尬但坚定地看着突然出现的女儿。从他的眼神里，隐约能看出他是一个不会撒谎的人。当时的我只有这个想法。

❊

"啊，肚子好痛。"

我怔怔地盯着森宫叔叔看了一会儿，结果他突然按着肚子大叫起来。

"怎么了？没事吧？"

"没事，不过，不只是肚子，胃也痛到想吐。"

"你这哪里是没事，明明病得很严重，要不要叫救护车？"

而且森宫叔叔的脸色也不太好。我靠到他身旁，提议去医院，森宫叔叔却无力地摇摇头，坚持说"还没到要去医院的地步"。

"不要逞强啊，最好吃点药。那个……"

"不用了，现在这种情况吃药不管用的。"

"那你最好先躺着。"

"不了，躺着也好不了的。"

森宫叔叔蜷缩着身子，呻吟似的说道。

"既然这么严重，那就去医院啊，肯定有医院晚上也会看病的。"

"不用，没那么严重。"

"你别逞强啊。"

为了让森宫叔叔好受点，我不停地抚摸他的背。连吃药、睡觉都缓解不了，那可是重病啊。而且这个家里只有我和森宫叔叔，他倒下可就糟糕了。

"腹痛、想吐……这应该不是感冒，那会是什么呢？肠胃炎之类的吗？"

"没事啦……嗯，已经慢慢地不痛了。"

森宫叔叔说着，摆正了姿势。

"什么叫不痛了，只是稍微好转了一点而已吧，必须得去医院看看。"

"哎呀，都说了不是啦……"

"不是什么？"

"说了我没有生病啊……"

"你这不是生病是什么？"

没生病会无缘无故地胃痛、腹痛，而且想吐吗？我小心地抚摸着森宫叔叔的背。

"真的没病，今天你不是出去玩了嘛……"

森宫叔叔深吸一口气，缓缓喝了口茶后对我说道。

"嗯，然后呢？"

"然后我就一直……"

"一直什么？"

我耐心地倾听着森宫叔叔轻声嘀咕的话。

"然后我就一直想，这可不妙，绝对不妙。"

"该不会你从那时候就开始不舒服了吧？"

"没有，我是想，都快要考试了，优子还这么胡来，绝对要教育一下。"

"然后呢？"

这些和腹痛、恶心的症状有什么联系吗？尽管心有疑虑，我还是耐心地倾听着。

"但是我又不想这样，如果我对你说教，你肯定会生气，对吧？我最怕看到你气鼓鼓的样子了。可是我又不能放任不管，对吧？这样我做父亲的也太失职了。"

"呃……"

"人生充满了艰难险阻，如果优子今后养成了凡事不爱认真吃苦的习惯，那可就糟糕了。可就算我责备你，也只会惹你讨厌，根本没有意义。"

"莫非……你就是因为这个才肚子痛的？"

我停下了抚摸森宫叔叔背部的手。

"嗯，我平时连下属都不敢指责，虽然会在私底下抱怨。这次我鼓起勇气严肃地责备了你，结果就胃痛了。"

森宫叔叔按着胃的位置。

"什么情况啊？这到底什么跟什么嘛。"

"一有状况胃和肚子就容易痛，果然压力是万病之源啊。"

兴许是说清楚情况后，内心畅快了不少，森宫叔叔伸了个大懒腰。

"什么压力不压力的，太夸张了。行了，我重新给你泡杯茶吧。"

虽然理由有点牵强，不过胃痛似乎是真的。我拿起茶杯，朝厨房走去。"啊，我要红茶。"我刚进厨房，身后便传来森宫叔叔的声音。

"红茶？"

"没错，一起吃你买来的芝士蛋糕吧。"

"你的胃不痛了啊？话说，你怎么知道我买了点心？"

"嗯，我在数落你的时候，顺便偷瞄到了蛋糕店的包装袋。"

"哦，这样啊。"

本想说他精明，不过我还是忍住了。我把蛋糕放到盘子上，接着把红茶端了过来。

"咦？"

我把芝士蛋糕放到桌子上，疑惑地歪起头。

"怎么了？"

胃痛、恶心、腹痛的症状似乎已经消失了，森宫叔叔正津津有味地喝着红茶。

"你怎么知道我买的就是芝士蛋糕？明明也有可能是别的啊。"

"这很简单啊，你肯定和那个叫胁田还是什么的一起去吃了那种油腻到放了很多生奶油的蛋糕吧？但是出门一趟空手回来又觉得不太好，所以就选了一款口味清爽点的蛋糕带回家。我是这么推测的。"

"这样啊。"

"你看，我猜中了吧。我干脆去当侦探好了。"

森宫叔叔说着，开始心情大好地吃起了蛋糕。

"好好吃啊，感觉这种我可以吃八个。"

"确实很好吃呢，和你猜测的一样，我之前吃了巧克力蛋糕，但还是觉得这种吃起来没有负担。"

散发着芝士微香的奶油在口中逐渐融化。这种甜而不腻的蛋糕最适合晚上享用了。

"我晚饭的时候也吃了很多芝士，不过现在吃还是觉得好吃。"

"芝士？"

"是啊，我没想到你考试前还会跑出去玩，特意准备了两人份的晚饭食材呢。然后我做了超大份的焗饭，一个人全吃掉了，放了好多芝士。"

"这样啊。"

"放了很多虾、贝肉、鲑鱼，还浇了一层厚厚的白色酱汁，超级豪华哦。"

森宫叔叔得意洋洋地说道。这人该不会是因为芝士吃多了，所以胃痛吧？

"要是你没和那个叫胁田的家伙出去，认真在家里准备考试，就可以吃到美味的焗饭了。啊，对了，明天再给你做吧。"

"不了，还是下次吧，嗯……考试结束后再做吧。"

我虽然喜欢芝士，但还是觉得像蛋糕这种口味清淡点的比较好。放超多芝士的重口焗饭什么的，在考前吃，胃的负担太重了。

"好，那就等庆祝考试结束的时候吃。"

森宫叔叔下定决心似的说完，继续狼吞虎咽地吃起了芝士蛋糕。

一月二十二日，考试当天，早晨冷得出奇，连室内的暖气都没能盖过这份寒意。我穿上制服，奇怪的是，明明跟平时穿的一样，不知是因为天太冷还是内心紧张的缘故，我感觉浑身僵硬。

穿戴好后，我刚走进客厅——

"早啊，早饭刚好也做好了。"

森宫叔叔便为我端来一碗味噌汤。

"早……咦？"

我看着饭桌，疑惑地歪起头。

"怎么了吗？"

"今天居然不是猪排盖饭呢。"

开学典礼那天都吃了，还以为考试当天肯定也要被迫吃猪排盖饭呢。

"怎么可能，今天可是要考试，吃猪排盖饭的话胃会受不了的。我特意做了生姜饭，给你暖暖身子，还有配料十足的味噌汤和苹果。吃太饱容易犯困，这点应该够了。"

"嗯，够了够了，我要开动了。"

终于可以避开油腻食物的摧残，我的胃也松了一口气。我坐到座位上，迅速拿起筷子。

"哇，好好吃。"

微辣的生姜和酱汁混在一起，味道清新爽口。独具风味的生姜饭让刚清醒的胃镇定了几分。

"优子，只要你发挥出平时的水平，肯定没问题的。"

"嗯。"

"冷静应考哦。"

"知道了啦。不过，怎么说呢，虽然问题不大，但我还是有点紧张。"

面对森宫叔叔的鼓励，我回以微笑。

"紧张很正常啊，毕竟今天是考试日嘛。"

"这样啊。"

"因为你之前一直很努力地复习啊，紧张在所难免嘛。不过很快就会结束了。"

"也是啊。"

油炸豆腐、白菜、蔓菁、胡萝卜、菠菜，混有各种食材的味噌汤味道微甜。感觉蔬菜让我的体内充满了能量。

我双手合十，说了句"我吃饱了"。接着，森宫叔叔也开始做起了出门的准备,说是要送我去车站。

"可以了啦,森宫叔叔,你上班要迟到了,我没事的,不用担心我。"

就算送我去,考试结果也不会多出几分啊。我果断地劝他放弃。结果森宫叔叔却说:

"没事啦,我请了一小时假。"

"不是吧?"

"真的啦。"

"森宫叔叔,你怎么老是申请带薪休假,小心被炒鱿鱼哦。"

"没事的,不至于。毕竟是有孩子的人,难免会因为孩子发烧啊、幼儿园活动什么的请个假,这很正常,没什么特别的啊。"

"希望如此吧。"

那指的也是家里有幼龄孩童的员工吧。我可是高中生了,有哪个高中生父母没事就用带薪休假的?溺爱也要有个度吧。

"好了,赶紧走吧。"

无视我的反对,森宫叔叔准备完后,大声催促道。

"又不是去郊游。"

"今天是要去特别的地方,一样啦。"

"好吧。"

我在制服外面套上森宫叔叔圣诞节为我买的灰色外套,推开公寓厚重的门,新鲜的冷空气剧烈地刺激着鼻腔。

"在冷天考试,感觉要比平时更费力呢。"

"是吗?"

"是啊。"

森宫叔叔一副干劲满满的样子,在往外走的时候,还得意洋洋地发表着自己的见解。

"虽然很冷,不过今天是晴天,这是个吉兆,象征着考试会顺顺利利的。"

穿过大门,森宫叔叔往头顶看了看。刚过七点的天空已经能隐约窥见一丝阳光。

"也是啊……咦?"

看到巴士站后,我停下了脚步。胁田同学正坐在巴士站的坐席上。

"早啊。"

见我走了过来,胁田同学缓缓起身。

"早啊,怎么了吗?"

"今天毕竟要考试,我想来对你说声'加油'。"

"这样啊。"

"会不会反倒让你很有压力?"

胁田同学担忧地问道。我连忙摇头。

"不会啦,我很开心。"

毕竟他一大早特意赶到这里,这份心意比什么都珍贵。

"那就好。"

"嗯,谢谢。"

正当我们交谈着,"喂,你们两个。"背后传来森宫叔叔的声音。

"啊,忘记介绍了,那个……这是我爸爸,这是胁田同学。"

我简单地介绍完,两人相互行了个礼。

"感谢长期以来对我女儿的关照。"

"哪里,我才是受关照的那个。"

"特意让你跑一趟,真是抱歉啊。"

"哪里，客气了。"

就在两人生硬地交谈着的时候，巴士过来了。

"啊，我得走了。"

虽然把他们俩丢在这儿很不放心，可我也不能考试迟到。

"加油哦。"

胁田同学含蓄地做了个必胜的姿势。

"嗯，谢谢。"

我踏上巴士的阶梯时，突然想起什么似的，慌忙转身补充："啊，森宫叔叔，也谢谢你。"森宫叔叔朝我用力地点了点头。

透过巴士窗户看到的两人的模样，真的有点滑稽。希望森宫叔叔别说些奇怪的话啊。我一直远远地注视着两人的身影，直到再也看不见。

24

一星期后，从学校回来后，我收到了一封标有大学名字的信件。

"来了来了。"

我捏着信，慌忙跑进房间。

尽管有很大把握能考上，但拆信的时候，我的心还是紧张得扑通直跳。万一落榜了怎么办？我完全没考虑过其他志愿。应该不会吧，应该没事的。我吐了口气，取出里面的信纸，上面只写了"恭喜你被本校录取"一行字。

"那个……这是考上了的意思吗？"

通知书未免有些简陋，我下意识地嘀咕道。信封里还有几份文件，上面注明了入学手续、需要购买的东西以及迎新会的时间等。阅读过几份当中的文件后，我才终于有了已经考上的真实感。四月起我就是短大生了。

真是太好了，虽然这次试前准备并没有特别辛苦，但我还是有种强烈的解放感。不用再被考试追着跑的感觉原来是这样自由。

对了，必须得告诉胁田同学。毕竟他考试那天一大早过来为我加油鼓劲儿，而且昨天也还问有没有收到录取通知书。得赶紧告诉他才行。想到这里，我从包里掏出手机，但下一刻，我停下了动作。

胁田同学温柔体贴，对我很好，和他在一起，我感觉不到其他任何事物，内心有一种被填满的感觉——有高兴的事情总想和他分享，有什么想法也都会想告诉他。

但说到考试，给予我最大支持的不是胁田同学，而是那个每晚孜孜不倦地为我做夜宵，强忍着腹痛、恶心，提醒我要好好学习的森宫叔叔。虽然很麻烦，但出于礼节，我应该第一个告诉森宫叔叔才对。

"毕竟他是我的爸爸。"

我把录取通知书重新放回信封里，开始做好出门的准备。

考试的前一天，森宫叔叔为我做的夜宵是蛋包饭。

"西餐作为夜宵虽然有点油腻，但我非常喜欢叔叔做的蛋料理。"

但看到放在桌上的蛋包饭，我被吓了一跳：这是什么？

只见蛋包饭的蛋皮上写着"今天好好睡，为考试养好精神，相信你能考上的，放轻松，好好加油"这一串密密麻麻的字。

"看起来有点可怕啊。"

"为什么？一般人不都会在蛋皮上写下自己想说的话吗？"

森宫叔叔有些不解。

"人家一般都写我喜欢你或者名字之类的，最多也就三四个字吧？你居然在蛋皮上写满了密密麻麻的小字，红彤彤的，跟催命符似的，太可怕了。"

"这样啊，说来也是啊。亏我用牙签写了将近半小时呢。"

听到森宫叔叔的话，我顿时笑得停不下来。

去森宫叔叔就职的公司乘电车大约要三十分钟。办公街，我还是第一次在这站下车。我拿着在网上查到的地址，边观察四周的建筑，边往前走。附近全是一些相似的建筑，完全不知道自己走到哪儿了。边搜寻目标公司名字，边走了大约五分钟的时候，巨大的办公楼出现在眼前。难怪森宫叔叔总是得意地说自己的公司是一流企业，办公楼确实气派。原来他在这么高级的地方上班啊。明明平时总是冒冒失失的样子，这着实让我有些意外。

为了不妨碍出来的人，我决定靠在入口旁的墙边等他。一月末的傍晚，天空有些昏暗。来这儿的途中，因为一直专心找地方，我完全没有注意，现在一动不动地站在这儿，突然觉得寒风刺骨。

森宫叔叔好像说过今天不加班，五点一过，陆续有人从大楼里走出来。穿着职业西装的男职员和女职员们有说有笑地往前走着。"接下来一起吃饭吧""附近开了家新店，去喝一杯吧"……大家的脸上洋溢着工作结束后的放松感。

看来工作后也挺开心的。看着穿着华丽的女性，发出愉快笑声的男性，我如此想着。可以自己赚钱养活自己，不用在意回家的时间，想去哪儿就去哪儿。虽然知道进入社会很艰辛，但我还是很向往这种生活。森宫叔叔总是一下班就立马回家。有时候，我也挺希望他能有个可以下班后一起约去吃饭的朋友。

边想着这些，我边朝四周扫视了一圈，有个五人团体正朝这边走来。几人看起来三十多岁的样子，关系似乎很要好。看着几人有说有笑的光景，我惊愕地睁大了眼睛。站在正中央的，正是森宫叔叔。

"啊，优子。"

毕竟有这么多同事在，我过去似乎不太好。正当我打算躲起来，森宫叔叔突然朝我这边走来。

"啊，啊，叔叔好。"

"怎么突然跑我公司来了，有什么事吗？"

森宫叔叔边说着，边向同事们挥手说"明天见"。

"也不是……那个……原来森宫叔叔有朋友啊。"

听完我的话，森宫叔叔笑了起来。

"不是朋友，是同事啦。你该不会以为我在外面也都是独来独往吧？"

"是啊……"

"那我给你的印象也太差了吧。对了，到底有什么事啊？"

"边走边说吧。"说着，森宫叔叔往前走去。

"对了，那个……这个……"

还以为森宫叔叔会一个人孤零零地从公司里走出来。我尴尬地从书包里拿出信封。

"啊，是录取通知书。"

没等打开信封，森宫叔叔便激动地说道。

"是啊。"

"你是特意来给我看的吗？"

"嗯，算是吧。"

"这样啊，也对呢，毕竟我是你父亲。"

森宫叔叔从信封里抽出录取通知书。

"太好了，恭喜你啊。不过，这个好随便啊。只写了一句'恭喜你被本校录取'，人家可是花了很长时间学习才考上的，好歹加点慰问的话语啊，对吧？"

说着，森宫叔叔皱起了眉头。

"我也觉得，不过，写太长的话，反倒没那么容易理解了。"

"也是啊，不过，优子，没想到你会特地跑到我公司来呢。"

"毕竟你照顾了我那么久，我想用自己的零花钱请你吃顿晚饭来着。"

听到我的提议，森宫叔叔激动地举起手大喊"太好了"。

"你要请我吃什么呢？"

森宫叔叔看起来很期待的样子，脚步都格外地轻盈。

"你有没有什么想吃的？"

"我想想啊，只要是你请的，吃什么都行。"

"那拉面之类的行不行？"

"拉面？"

"是啊，你之前不是说每次都是孤零零地一个人去吃拉面嘛。"

"庆祝宴吃拉面啊。"森宫叔叔歪起了头。

"很奇怪吗？"

"没，也行啊，我记得好像是没跟谁一起去吃过拉面。"

得到森宫叔叔的同意后，我们开始寻找合适的拉面馆。通往车站的路上有很多餐饮店。各家店铺纷纷飘散出诱人的香气，我们的肚子也饿了。

"啊，那家怎么样？"

森宫叔叔指着前面一家挂着黄色挡风帘的店铺说道。

"不知道，会不会很奇怪？"

"我去看看。"

森宫叔叔小跑着走到店铺附近，往里面瞅了瞅，接着用手臂做了一个圆的造型。

"意思是很好吃？"

"从外面闻不到味道，不过我看店主眼神温和，脾气很好的样子。"

"什么意思？"

"意思是说，店主的脾气应该不会很顽固。很多拉面店的店主不是都很可怕嘛，对着那样一张臭脸，还怎么吃得下啊。好，这家应该安全。"

森宫叔叔擅自决定好后，推开了店门。

店里十分狭窄，只有两个桌席和两个吧台，里面已经坐了几个人，空气中飘荡着诱人的味噌和酱油的香味。

"看起来好好吃啊。"

"是啊，我们快点点餐吧。"

我们连忙坐到席位上，点了拉面和饺子。

"偶尔出来吃饭感觉也不错呢。"

"确实，一般在家做饭，基本都能想象到是什么味道，在外面不一样，别人做的饭总能让人充满期待呢。"

"人家毕竟是专业的，肯定比我做得好吃。"

就在我们闲聊着的时候，饺子被端到我们面前。

"哇，好快。"

"真不愧是专业的，来，我们干一杯吧。"

森宫叔叔端起了装有水的杯子。

"没必要干杯吧。"

我难为情地端起杯子。森宫叔叔大声说了句"恭喜你考上大学",接着仰头一口气把水喝光了。

"听到好消息后,喝水都格外甜呢。好了,快点趁热吃吧。"

"嗯,我要开动了。"

"哇,好好吃。"

森宫叔叔往嘴里塞了一个大饺子。

"家里用平底锅煎的饺子完全没有店里的这么脆呢。"

我也试着吃了一口饺子。飘散着胡萝卜和葱香味的肉汁从香脆的饺子皮里溢了出来。

"确实比我做得要好吃一点,对了,考上大学的感觉如何?"

"这个嘛,就是……有种松了口气的感觉……"

我刚说完,拉面就被端了上来。

"这里做什么都很快呢。"

"毕竟是专业的嘛。本来想听听你考上后的感想,不过这样面会凉掉,还是先吃完再说吧。"

森宫叔叔说完,我们开始呲溜呲溜地吃起拉面来。

"感觉做拉面好忙啊。"

"因为要快点做啊,而且凉了也会不好吃。"

就在我们吃着拉面的时候,门口已经有人开始在排队。

"还有人排队等呢。"

"哇,得快点吃。"

森宫叔叔快速地吸了一口面,接着笑出了声。

"怎么了?"

"明明是为了庆祝你考上才出来吃饭的,结果我们也太赶了吧。"

"还真是,都没空聊天了呢。"

我喝了一口汤,点头附和道。毕竟外面有人等,我们也不好悠闲地在这里聊天。

"看来拉面还是适合一个人吃,要聊天绝对不能来吃拉面,真是失策啊。"

森宫叔叔边说着,边忙碌地吃着面。

"反正回家也可以聊嘛。"

"嗯,可以买点蛋糕回家慢慢吃,拉面我们就速战速决吧。"

"嗯,就这么办。"

我们忍着烫,不断把拉面往嘴里送。

25

三月一日,本想着冬天终于要迎来尾声,谁知季节像要倒转一般,漫天刮着刺骨的寒风。天空被厚重的阴云覆盖,似乎要下雨的样子。毕业典礼当天的天气总是这么差。

体育馆内到处摆放着暖炉,但并没有什么效果。不知是因为天冷,还是因为气氛严肃的缘故,齐聚着全校学生的体育馆内一片寂静。或许今后很少会有机会像这样穿着同样的校服,和同龄人聚在一起了。想到这里,我的心情比以往任何一次毕业典礼都要沉重。

唱完校歌后,开始挨个点名,颁发毕业证书。代表人负责领取证书,我们在被叫到名字的时候,只要起立就行了。

一班的齐藤老师是个年轻的女老师,念名字的时候都带着哭腔。原来老师也会伤感啊。至于向井老师，她的表情十分平静。

今早的班会上，向井老师给每个人都发了一封信。平日沉着冷静，和学生没有过多交流的老师，竟然会给所有人写信，同学们都很是惊讶，而向井老师却像分发资料般，神色淡然地将信递交到每个人手里。

大部分学生当场就拆开信封开始阅读。墨田同学也高调地宣扬"我看看写了什么"，接着开始读了起来，才看到一半，就开始哭着说"老师太懂我了"。隔壁座位的武井同学也是看着看着就开始啜泣。三宅同学则跑过去抓住老师的手，感动地说："老师，原来你对我充满了期待啊。"结果被老师训斥"别得意忘形了"。

后座的萌绘也说："还以为老师很讨厌我，没想到其实还是很关心我的，别看她表情冷漠，其实我们的一举一动，她都看在眼里。"

说着，她微微笑了笑。

"是啊。"

我也表示赞同。

很难过吧。不用逞强哦。就算换了父母，你还是你呀。不用在意自己的身世哦。至今为止，有很多老师对我说过类似的话。但是向井老师的信件里写的是"像你这样能得到这么多父母的爱的人可不多哦"。

"好了，马上就要去体育馆了。从明天开始，等待你们的不再是熟悉已久的场所，而是截然不同的全新世界。想到这里，是不是应该挺起胸膛呢？高中最后一个精彩的舞台即将开始。"

向井老师用明朗的声音说道。

一班的代表人领完毕业证书后，开始叫二班同学的名字了。

向井老师没有看名单，直接看着我们点名。

佐伯史奈、田所萌绘……每听到好朋友的名字，我都不由得心头一紧。真的要结束了。明明没有很紧张，我的内心却扑通直跳。

中学毕业时，因为我叫泉原优子，所以第二个就是叫我的名字。但这次排在倒数第五个。我每毕业一次，姓氏就跟着换一次。不知道高中毕业会不会也是这样呢？

※

森宫叔叔、梨花姐姐和我一起生活的第二个月，梨花姐姐离开了。只留下一封信，上面写着"请不要来找我。梨花"。

"这是临走留信吗，还是第一次见呢。"

森宫叔叔看着信说道。

"她这人就跟猫一样，过段时间会回来的。"

我比森宫叔叔更了解梨花姐姐，所以并没有过多地担心。

"是吗？希望如此吧。"

"嗯，没事的。"

梨花姐姐肯定是觉得和别人一起生活太拘束，厌烦了每天一成不变的生活吧。她是个害怕寂寞的人，没办法一个人独处。但她又热爱自由。所以她并不适合结婚。只是为了我勉强自己组建家庭，她只适合谈谈恋爱，一个人无忧无虑地生活。和泉原叔叔一起生活的时候，梨花姐姐虽然离开了，但时不时地会回来看我。这次应该也一样。正因为抱着这种想法，我的内心没有任何不安和难过。

然而，一个月、两个月过去了，梨花姐姐迟迟没有出现。即便是森宫叔叔不在家的时候，也没见她偷偷来看我，更没有发邮件或者打电话联系我。

梨花姐姐是那种一旦有想法，就会无视周围人的感受，立马付诸行动的人。所以突然离家出走，音信全无这种情况，也不算特别意外。但让我感到不可思议的是，连森宫叔叔也对梨花姐姐的离开没有表现出丝毫的难过或困扰，只是坦然地接受，因为他觉得等哪天梨花姐姐想回来，她自然会回来的。或许森宫叔叔就是那种处变不惊的人，所以才会和带着女儿的梨花姐姐结婚，现在又和我两个人一起生活。我在心底暗自分析着森宫叔叔的性格。

过了一段时间后，我们收到一封来自梨花姐姐的信。

信中写着："我要再婚，麻烦快点帮我把手续办了。"

只有这简短的一行字。信封里还附带了一份离婚协议书。这是一张能够改变我名字、家人的纸。

"啊，好不容易等来消息，结果却是这个。"

森宫叔叔翻看着离婚协议书。

果然不出所料。看着信件内容，我暗自想着。早就猜到她可能是因为找到了喜欢的人，所以才没有再回来。真的一点也不惊讶。不附加任何说明，只管做自己想做的事情，很符合梨花姐姐的风格。可她怎么能把我一个人丢在这儿？明明之前那么爱我，甚至不惜把我从亲生父亲的手中抢过来。明明之前那么在乎我，为了满足我弹钢琴的愿望，甚至不惜和泉原叔叔再婚。

现在陪在梨花姐姐身边的人，足以让她放弃对我的爱。终于遇到这样重要的人了吗？想到这儿，相比怨恨和悲伤，我更多的是为她感到高兴。

但是既然寄来了离婚协议书，那有件事情我就不得不考虑。

森宫叔叔和我没有任何血缘关系，既不是我的亲生父亲，也不是我亲生母亲的丈夫。再说我们还没有建立稳固的关系，我并没有把他当成自己的父亲看待。今后和他一起生活难免别扭。而我才十五岁，既没有经济实力，也没有生活能力。今后我要怎么办才好？如果我离开这里，又有什么地方可以去？我甚至不知道自己的亲生父亲现在在何处。泉原叔叔家如今也没脸再去打扰。去找不再需要我的梨花姐姐也非常需要勇气。明明有过这么多任父母，却没有一个可以依靠。这就是没有血缘关系的家庭的现实吗？

先在这里暂住一段时间，想办法找工作和住处。我能想到的办法只有这一个。

"好，写好了。"

没有理会在一旁陷入沉思的我，森宫叔叔快速地填好了离婚协议书，在上面盖了个章。

"市政府还没开门，只能邮寄过去了。得赶紧投进信箱才行。"

"好快啊。"

我惊讶地说道。

"做什么事情都要讲究效率。"

森宫叔叔若无其事地回应道。

"不用去找梨花姐姐吗？不去找她，然后把她带回来吗？"

即便去找，梨花姐姐也不会回来的。虽然清楚这一点，但森宫叔叔的反应未免太过平淡，我忍不住还是想问问。

"嗯，因为我都不知道她在哪里，根本无从找起吧。而且我还有很多比这更重要的事情要做。"

"你不喜欢梨花姐姐吗？比这更重要的事情是什么？"

"我当然喜欢梨花啊，但现在更重要的是你。我好歹是个男人，是个父亲。等这张离婚协议书寄出后,你就不再是结婚对象的孩子,而会名正言顺地变成我的孩子。我感觉赚到了呢。"

不知为何,森宫叔叔的话语间透露着喜悦。被迫和一个没有血缘关系的女儿绑在一起,哪里赚到了?完全不懂。

"森宫叔叔,你和喜欢的人结婚,对方还带了个孩子。最后喜欢的人跑了,还把女儿丢给了你。"

森宫叔叔到底有没有弄清现在的状况啊。虽然被抛弃的我值得同情,但森宫叔叔这样也未免太可怜。

"我当你爸爸的时候,已经三十五岁了哦。而且我也不是奉子成婚,我是经过深思熟虑后,才决定当你爸爸的。并不是结婚后顺便把你带来的。"

"话虽如此……"

森宫叔叔之所以能接受我,是因为他喜欢梨花姐姐吧。因为即便有孩子这层障碍,他依然爱着梨花姐姐。正当我打算把这些说出口,森宫叔叔打断了我。

"我和梨花交往的时候,每次见面她都要聊你的事情,还说你是个性格耿直、善良可爱的好孩子。"

"这评价也太夸张了吧。"

眼前浮现出梨花姐姐夸张地说着话的样子,我耸了耸肩。

"不过,有七成是事实啦。梨花还说,自从当了你的妈妈后,明天也变成了双份。"

"明天变成双份?"

"没错,自己的明天和充满更多可能性与未来的明天。当上父母后,未来也会跟着翻倍。拥有两份明天,不觉得很了不起吗?如果能有双倍的未来,换谁都想试试吧。这就跟可以穿梭到任何地方的任意门一样,不过哆啦Ａ梦在漫画里,而优子在现实中。"

梨花姐姐只是为了说服森宫叔叔接受我,所以才编造这些听起来很了不起的话语。我越来越觉得森宫叔叔可怜,轻声嘀咕"梨花姐姐一向很会说话"。

"不,梨花说得对哦。自从和你一起生活,明天真的变成了两份。每天都要迎接自己的明天和比自己还要重要的明天,那种感觉太美好了。"

"是吗?"

"嗯,真的很美好。不管遇到多麻烦的事情,我都不会放弃这种能够触碰到另一份未来的生活。"

森宫叔叔知不知道,和一个没有血缘关系的孩子一起生活,接受我做他的女儿,是一个非常重大的决定。

"反正我不会再婚,也不会去哪儿,而且应该不会在平均寿命前死去。对我来说,当父母就是这么回事吧。"

森宫叔叔述说完后,像初次见面那样,对一头雾水的我深深地低下头,说了句"请多关照"。

※

自打和森宫叔叔开始生活,已经过去了三年。我不知道三年时间是长还是短,也不确定我们之间是否培养出了父女情谊。不管接下来继续一起生活多少年,我都没办法称呼他为爸爸。但对我来说,这里是我唯一的家。

如同森宫叔叔下定决心那般,我也做好了觉悟。每更换一次家人,每经历一次离别,我的心就会变得坚硬、冷漠几分。但现在的我,没有办法再平静地接受家人的离别。如果哪天森宫叔叔不想再当我的父亲,我一定会哭着闹着阻止他。即便那样很难看,即便某些东西会瓦解,我也不要任由命运摆布。无论付出什么代价,我都要守护现在的生活,守护这个家。

"森宫优子。"

听到向井老师叫出我的名字。"到。"我当即起立。森宫优子,好悦耳的名字。如果下次还需要改姓,那一定是我自愿的。在那之前,我会一直叫森宫优子。这就是我的名字。

第二章

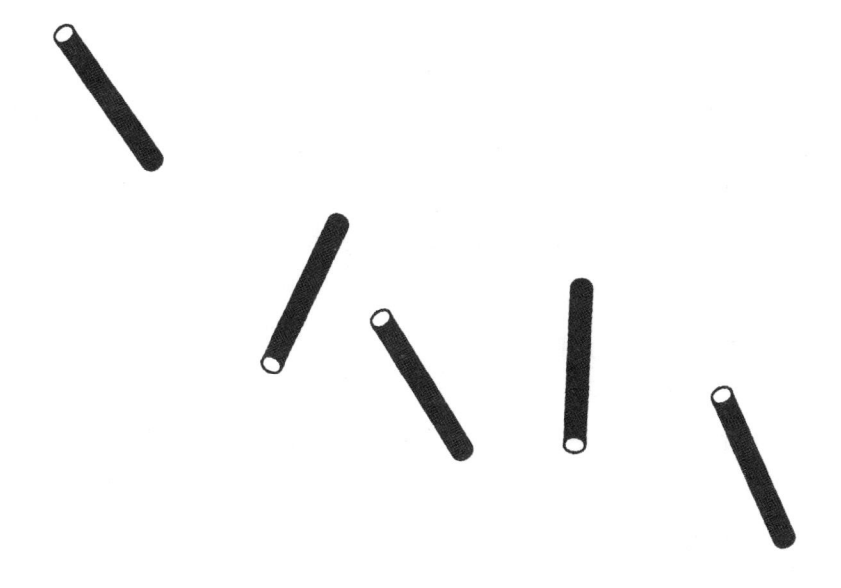

1

"这时候父母多真是件麻烦事呢。结婚问候光是轮一遍就够呛的了。"

走到公寓的门前,他轻轻地叹了口气。

"没事啦,只是次数多了点而已,过程很简单啦。"

"真的吗?"

"大概吧。而且第一个拜访的是森宫叔叔,放轻松啦,他肯定会很开心的。"

昨天晚上,我跟森宫叔叔说想让他见个人,他非常高兴。

"终于来了呢。"

"什么叫终于,你早就知道我有男朋友了?"

"当然发现了。"

森宫叔叔露出了坏笑。

"这样啊,也是。"

"既然会带给我看,这么说……"

"我们打算结婚了。"

听完我的回答,森宫叔叔毫不犹豫地说"那不错啊"。

"真的吗?"

"你才二十二岁,这个年纪结婚确实有点早。但你们两个也算是水到渠成。以前交男朋友,你都会和我分享你们的事情,唯独这次,你一直保密。说明这次交往你们双方都考虑得很慎重,对吧?"

"也不是有意瞒着你啦……总之,你开心就好。"

"我当然开心啊。虽然不舍得你嫁出去,但更多的是为你高兴啦。"

森宫叔叔笑着说道。既然如此,那肯定没问题了。

然而等早濑出现的时候,森宫叔叔却一脸愁容。

"你说的结婚对象,就是他?"

"没错,就是早濑啊。"

"你们两个不是分手了吗?"

"只是有段时间没在一块儿,但一直处于交往状态啦。"

听完我说的话,森宫叔叔把早濑从头到脚打量了一番。

"爸爸,突然吓到你,真是抱歉。我去年从美国回来后,就正式和优子开始交往了。我们是在认真考虑过将来的事情后才决定在一起的。"

本以为森宫叔叔会面无表情地倾听早濑的话语。谁知,他毫不犹豫地回答:"无所谓,反正我不同意。"

早濑踏进这个家连三分钟还不到,就无情地被否决,未免太过尴尬。

"你不要说气话嘛。"

"我反对很正常啊。有哪个做父母的愿意把自己的女儿嫁给一个成天到处旅游的男人?反正过不了多久肯定又要飞去别的地方吧。"

"不会的,我已经决定长期待在日本了。"

尽管早濑极力解释,森宫叔叔仍以"那又怎样,等过段时间,你又会找借口说要学习做蛋糕什么的,然后跑去法国瞎混,有哪个父母会答应把女儿嫁给一个不安分的男人"为由,丝毫不松口。

"别擅自做决定啊。早濑不是那种不安分的人,再说凡事也没有绝对啊。"

"我这不是擅自做决定,而是正常决断。不信你去问问世间的父亲。"

"还是有很多善良的父亲投赞同票的,不像你。"

我反驳道。

"那不叫善良,那叫不负责任。"

森宫叔叔毫不客气地说道。

"赞同别人结婚怎么就不负责任了?"

"但凡认真考虑过,都不会答应把女儿嫁给这种人。"

"那个……你们两个别吵了。啊,对了,我买了蛋糕,要不尝尝?爸爸,吃点甜食说不定心情会好一点哦。"

见我们争吵得厉害,早濑连忙出面劝阻,接着拆开了作为见面礼物的蛋糕。他是想用甜点来平息这场战火吧。但这种时候,蛋糕恐怕派不上用场。

"我并没有心情不好,而且我才不要吃你带来的蛋糕。"

森宫叔叔傲慢地说道。

"这样啊……那……优子,你吃吗?"

"啊,那个……待会儿再吃。"

早濑不擅于察言观色这一点,有时候真让我替他捏把汗。我轻轻摇头,用眼神示意他不要再说话。

"我不要你的蛋糕,话也说完了,可以走了吧?"

森宫叔叔开始收拾起桌上的食物——红茶、绿茶、烤点心、黄豆粉萩饼。他把事先备好的点心一股脑儿地全拿回厨房。看来不管怎么劝说,他都不可能改变主意了。今天还是先到此为止吧。

"那个……今天就先这样吧。本来也只是打算让你们见一面，毕竟是第一次，森宫叔叔难免有点慌乱。"

"我才没慌。"

森宫叔叔在厨房里叮叮当当地收拾着餐具。

"这样啊，话虽如此，不过今天聊得似乎不太顺利，咱们改天再说吧。"

说完，我推着早濑的背往外走去。看来还是由我去说服森宫叔叔比较好。

"啊，也是啊，爸爸，那今天就先告辞了。"

早濑对着森宫叔叔的背行了个礼，接着朝玄关走去。

"抱歉啊。"

"没事啦，我也能理解你爸爸说的话。"

"我没想到森宫叔叔会那么顽固。"

"哈哈，跟你很像啊。"

正当我们在玄关交谈着，"对了，忘记说了！"森宫叔叔突然迈着匆忙的脚步追了上来。

"怎么了？"

"你没有资格叫我爸爸。"

对早濑说完，森宫叔叔再次气势汹汹地返回客厅。

"完全没想到会这样。"

把早濑送到车站后，我回到房间，自己倒了杯果汁。森宫叔叔和早濑才交谈了五分钟左右，可我却觉得无比疲惫，喉咙也一阵干渴。

"那你当初预想的情况是怎样的啊？有哪个父母会愿意把女儿嫁给一个浪子？"

"什么叫浪子啊。话说,这蛋糕你要吃吗?"

"是啊,虽然我很讨厌那个喜欢到处乱跑的浪子,但食物没有错。"

"哦,好吧。"

连难度最低的森宫叔叔这关都没通过,我叹了口气。

"我就应该趁那家伙去美国的时候,给你介绍个不会追求比萨啊、钢琴之类的踏实对象。"

※

进入大学才一个月不到,我就和高中时代的男友胁田同学分手了。原因是他喜欢上了别的女孩,所以把我甩了。"大学真是可怕啊,毕竟突然进入了一个美好的世界。"和我一样,升入大学后便和西野同学分手的史奈如此感慨。不过我上的是女生居多的短期大学,生活并没有想象中那样五彩斑斓。可能是因为要把四年的知识压缩到两年学完,我很快就为各种资格考试和就职活动忙得团团转,自由时间比想象中要少得多。

大学一年级快结束的时候,我和一个在快餐店一起打工的男孩交往过一段时间,但也只持续了半年左右。因为我上的是短大,两年后就要就业,而他上的是四年制大学,节奏完全合不上,最后只能分手。但我并没有很难过。不仅如此,省去了外出约会的麻烦,反倒让我觉得轻松了不少。

"因为你那不是真正的恋爱。等你长大了,肯定能遇到真爱的。"

森宫叔叔笑着调侃道。

"那你有没有正儿八经地谈过恋爱啊?"

我趁机反问。

"咦？怎么说呢……"

森宫叔叔开始露出不安的神色。

"森宫叔叔，你都快四十了，差不多也该找个对象了吧，万一你就这样孤独终老可怎么办。"

"都说了，我有比谈恋爱更重要的事要做。"

"履行好父亲的职责，对吧？这样我很有压力啊，我都二十岁了，你该考虑一下自己了。"

"是是，等我哪天有心情再说吧。"

森宫叔叔虽然嘴上这么说，但从来没有行动过。

短大毕业后，我获得了营养师资格证，后来在一家叫山本食堂的小型家庭料理店工作。

主要负责制作老年人外卖便当的菜单。不过，更多的是在中午和晚上的用餐高峰期协助做菜。刚开始工作的时候，我甚至有点怀疑，这是否是我心目中的营养师工作。相比在企业、医院等地方上班的大学同学，在这种小食堂工作，总有种相形见绌的感觉。但每天有很多人等待我们的便当。走出店铺，也能听到顾客发出的"好好吃""多谢款待"之类的心声。让顾客吃到由我搭配的便当——慢慢地，我开始觉得，或许这就是我想要的工作。

入职八个月后的某个冬日，早濑出现了。

山本食堂位于距离我家最近车站只有三站距离的住宅街上，平时七点后，车站前就变得十分冷清。

"七点半了，差不多可以关店了吧？看样子森宫先生今天不会来了。"

十二月的夜晚降临得特别早。店长山本先生朝店外看了看，对我说道。

平日五点过后，打工的员工全部下班，店里只剩我和山本先生。山本先生是个五十岁左右、特别喜欢吃的豪爽大叔。山本太太时常责备他："你好歹是个厨师，怎么能胖成这样？"

"森宫叔叔前些天说吃腻了日式料理，今天肯定回家自己做重口味的东西吃了吧。"

"也是啊，毕竟昨天和前天连续来了两天。"

森宫叔叔每周会光顾我们店两到三次。虽然嘴上说要多乘三站车，太麻烦，不想来，但每次都不厌其烦地往这儿跑：

"自己在家一个人做饭好没劲啊。"

"既然连森宫先生都不来了，看样子也不会有客人了，开始打扫卫生吧。"

"也是啊。"

进入十二月后，平日到了晚上基本没什么客人。外卖占据了店里一半以上的营业额。山本先生说外卖的主意是他儿子提出的。这座城市老年人非常多，做外卖最合适不过。

"从一月开始改成七点关店吧。哎呀，来客人了。"

山本先生慌忙喊道。我迅速收拾擦拭餐桌的抹布，顺便朝门口瞟了一眼。是早濑。

自从高中毕业后，我们就再也没见过。三年了，他没怎么变，一眼就能认出来。整洁利落的头发，结实的身材，宽厚的背，修长的手臂，看到这些，我的脑海中顿时浮现出他弹钢琴时的样子。

"早濑。"

我下意识地喊出他的名字。早濑起初"啊，你好，那个……"

地迟疑了片刻,接着像突然想起什么似的说:"啊,你是森宫吧。"

"好久不见。"

说着,早濑露出了微笑。兴许是因为五官深邃的缘故,他稍微一笑,脸上就满是褶子。

"真的好久不见,没想到还能遇见,对了,你怎么会来这里?"

早濑考入的音大在其他县,应该不至于绕到这边才对。

"嗯,寒假难得回来一趟,所以想到处走走,尝尝不同的美食。"

"不同的美食?"

"就是每天去不同的店吃东西。你在这里工作吗?"

"是啊,我在这家店上班。啊,对了,欢迎光临,随便找个位置坐下吧。"

突然意识到自己的身份,我连忙招呼道。早濑笑着说:"好厉害,完全是社会人了啊。"

"是你朋友吗?"

看到坐在桌子前的早濑,刚从厨房出来的山本先生好奇地问道。

"是啊,是高中的同学。"

"那就给你来个特别套餐吧。小兄弟,有什么不爱吃的吗?"

听到山本先生的提问,早濑回答:"除了香蕉以外都喜欢。"

接着,山本先生把由各种剩余菜品组成的特别套餐端了上来——土豆炖牛肉、干烧咖喱、日式汁浸菠菜、酱汁蛋卷、猪肉酱汤。看着桌上排满的碟子,早濑激动地感慨:"做你的同级生,待遇真好啊。"

"其实是今天卖剩下的。不过很好吃哦。"

"嗯,那我要开动了。"

"请慢用。"

早濑比我想象中的要更能吃。他每吃一口都要惊呼一句"好好吃",期间还不断问山本先生各种问题。

"这肉汤好甜啊,用什么味噌做的啊?"

"用的是九州的味噌,所以有点甜,而且还加了洋葱和萨摩芋。"

"欸?好好吃啊,酱汁蛋卷也口感香软,让人欲罢不能啊。"

"对吧?因为蛋很少,酱汁很多,而且这样更不容易凝固,需要一点技术哦。"

山本先生得意洋洋地回答道。

"这菠菜也超级好吃,明明只有菠菜,却有跟其他食材一起炒过的感觉,吃起来口感爽滑。能吃到这么美味的常温料理,这也是日式料理的一大优点呢。"

说着,早濑同学吃了一大口日式汁浸菠菜。接着,山本先生告诉他:"这菠菜是优子做的哦。"

"哇,森宫,你不但钢琴弹得好,连料理也这么拿手啊。"

"哪里,现在不怎么弹钢琴了,这菜只需要在浸好的菠菜上加点芝麻油就行了。"

"好厉害啊,森宫不但精通音乐,料理也这么厉害,简直就是罗西尼啊。"

早濑说着,握住了我的手。

瞬间,我回想起了高中时代的情景。当时我是那么想倾听他的演奏,光是听到他夸赞一句"你弹的钢琴很不错",内心就欢欣雀跃。明明这次只是握了个手,我却没来由地内心一紧,温暖而平稳的情愫在心中蔓延。之所以先前和胁田同学还有打工处的同事分手我不会觉得难过,主要还是因为没那么喜欢吧。真正喜欢一个人,其实很轻易就能感觉到。

"啊，抱歉。我前段时间一直在意大利生活，所以习惯了握手……"

可能因为我看起来很慌张吧，早濑连忙松开手，朝我低头道歉。

"啊，没事。不碍事的。"

我满脸通红，心脏扑通直跳。为了掩盖内心的慌乱，我连忙用手对着自己的脸扇风。

"喂喂，你们该不会在交往吧？"

山本先生从厨房走出来，戏弄似的说道。

"没有，只是一起搭档练习过合唱祭的伴奏。欸？森宫，你该不会真喜欢我吧？"

早濑直率地朝我扔出一个极其敏感的问题，我也不好找借口否定，只得老实地点头回答："嗯，是……是啊……"

后来，见过几次面后，我们就开始交往了。

早濑跟我和史奈一样，也是进入大学后不久就和女朋友分手了。

"在钢琴和音乐的世界里游走一番才意识到，原来我想要的并不是严肃地做音乐，我希望能更有朝气一点，比如边吃比萨边弹钢琴。"

早濑说，越是沉迷钢琴，离音乐越近，就越发现，这并不是自己想要的。

"对了，很早以前，我还在一家乐器店看过你演奏呢，那次弹的是《面包超人》的曲子，当时我可激动了。"

早濑笑着回答：

"啊，确实有过，你当时和胁田在一块儿。我看到有架钢琴，就情不自禁地想去弹。都已经形成习惯了。"

"你真的很喜欢钢琴呢。"

"是啊,去意大利后,我完全脱离了钢琴,那段时间真的很煎熬。"

"你不是去意大利学钢琴的吗?还是说,去学其他乐器了?"

先前在山本食堂偶遇的时候,就听他说刚从意大利回来不久,我还以为他是去那儿学钢琴的呢。

"不不不,不是学钢琴,是学比萨。"

"比萨?"

"没错,我想学做比萨,所以去意大利餐厅进修了。"

早濑的回答着实超出我的预料,我花了好一会儿才反应过来,原来比萨是一种食物。

"我想成为罗西尼那样的人。"

"以前听你说过呢。"

在进行合唱祭伴奏练习的时候,早濑就盯着音乐室的肖像画看了许久,还说里面罗西尼的画像最自然。

"罗西尼停止参加音乐活动后,自己经营了一家餐厅。果然最终目标还得是美食啊。"

"什么意思?"

"选择优美的音乐还是诱人的美食,两者似乎很难抉择。但如果问,哪样东西能给人带来幸福,毫无疑问是后者吧。"

早濑如此说道。

在不断地深入了解早濑期间,半年时间眨眼间过去。

见面后的第二年,深秋正浓的时候,本还有五个月就能毕业的早濑突然决定中途退学。以"反正打工存了很多钱,这次要去学习做煎肉饼"为由,直接去了美国。

"光会做比萨还不能填饱肚子吧,虽然意大利面也不错,不过我更想吃煎肉饼。不觉得比萨和煎肉饼是最完美的食物吗?"

某天约会结束后,我们顺路找了家家庭餐厅一起吃饭。早濑边吃着芝士煎肉饼,边阐述自己的观点。

"这些我不懂,不过,想学做煎肉饼也没必要非得去美国吧……"

"虽然我也觉得日本的煎肉饼更好吃,但只有在学过正宗做法后,才能想办法改良,对吧?钢琴也是这样,打好基础才能弹得越来越好啊。"

"早濑,你对将来是怎么打算的?"

对于他大胆的行为,我提出疑问。

"将来想开一家味道上乘、环境舒适的餐厅。"

早濑如此回答。

"那钢琴呢?"

"钢琴也弹啊。我打算去美国学做煎肉饼,顺便练练钢琴。"

"什么啊,也太乱来了吧?"

尽管我不太赞同,早濑还是不以为然地说:"美国虽远,其实说白了也只是去一家餐饮店打工而已啦。"后来,他丢下一句"我三个月后回来",便拖着行李箱离开了日本。

以往提到早濑的时候,森宫叔叔都会津津有味地在一旁倾听。但听到我说他中途退学去了美国后,森宫叔叔板着脸说了句"这人不行啊"。

"你是这么想的吗?"

"改变目标不是坏事,但人生可没那么一帆风顺。"

"也是啊。"

"你也长大了,应该找个懂得认真规划未来的人交往。反正早濑去了美国,刚好是个分手的好机会。"

尽管森宫叔叔如此劝说,但我并没有照做,而是选择在平凡无奇的日常里等待。

三个月后,新年的一月末,刚从美国回来的早濑直接拖着行李箱来到了山本食堂。

"晚上好。太好了,还开着。"

早濑说着,坐到了刚被清理到一半的桌子前。山本先生回了句"很想念日式料理吧",接着走进厨房做起了烤鲑鱼、筑前煮等。

"我终于弄清楚了很多事情。"

早濑用毛巾擦了擦手,笔直地看向我,如此说道。

"很多事情?"

"没错,美国根本没有煎肉饼,我也想清楚自己要做什么了。我未来想开一家家庭餐厅,推出一些稍微另类点的料理,这样最吸引人。"

"真的吗?我怎么觉得美国人经常吃煎肉饼?该不会是你没看到而已吧?"

"不,我去各家店都打听了一圈,根本没有叫煎肉饼的东西。"

"明明煎肉饼那么好吃,为什么没有啊?"

"别关注煎肉饼,关心一下我的目标啊。我决定要开一家手工家庭餐厅,而不是什么连锁店。"

"哦,这样啊。"

"所以,优子,我们结婚吧。"

"哈?"

突然把开餐厅和结婚的话题放在一起,还没从煎肉饼的话题中回过神来的我,只能哑然。

"优子，你不是有营养师资格证嘛，而且还会做好吃的料理。"

"你什么意思？说到底就是想找个员工，让我给你打工，是吗？"

"不是啦，因为我喜欢你啊，不觉得开一家充满爱和音乐氛围的餐厅是件非常美好的事情吗？"

听到早濑的话，山本先生边说着"不错啊，年轻就是好"，边把热腾腾的味噌汤端了过来。

"开餐厅可以，但结婚有点太唐突了吧？"

我完全不能接受。异地那么久，刚回来就向我求婚，我一点也不感动。

"我们都交往将近一年了，差不多可以结婚了吧。"

"一年？自交往以来，你大部分时间都在美国，不是吗？"

"可是，去了美国后，我更加确信爱的人是你，这辈子都不会改变。即便周围有很多殷勤的美国美女，我也从来没做过对不起你的事情。"

"如果真要结婚，那还有其他更重要的事情要做吧。"

我也喜欢早濑，这一点永远不会改变。但光凭喜欢就结婚，真的好吗？从恋人变成家人，光这一点我就觉得不太现实。

"其他事情？什么事情？钱吗？这点放心，我会努力赚钱的。我会去餐厅打工，考取厨师资格证，开一家属于自己的店。咦？如果是这样，那是不是等开店后再求婚比较好啊？"

看着早濑歪头苦思的样子，山本先生愉快地接过话茬。

"也挺好的啊，结婚就是要靠冲动。对了，要趁热吃哦。"

"不是钱的问题啦。不过，光有爱还不够吧……啊，我也不懂，我不知道如何做一个正常的家人。"

"我也不懂呢。"

家有双亲和姐姐的早濑说完，山本先生也跟着回答："顺便说下，我家也不太正常，夫人太凶了。"

"做家人肯定会很辛苦哦。必须要……怎么说呢，要有足够的心理准备。"

"结婚成为家人是一件开心的事情吧。心理准备什么的，不用说得那么可怕吧。"

早濑朝我耸了耸肩。

"事情可没你说得这么轻松，生活、人生可是要艰难得多。"

"是吗？有我和你，就能有钢琴和美食啊。不管我怎么想，脑子里浮现的都是幸福的场景。"

听到早濑的话，我也试着想象了一下——边听着早濑演奏的曲子，边做美味的料理。明天、后天、今后都能和早濑在一起，这确实是件幸福的事情。

"而且就算发生了一些不顺心、不愉快的事情，只要仔细反思，改正过来就行了。就像我中途退学一样，事情是可以随时变动的。毕竟我们是大人了，只要按照自己的想法，开心地去做就行了。"

我也不清楚要怎么做，到什么程度才适合结婚。但不可否认，和早濑同学在一起，不安、烦恼也减少了很多。

"我赞成，像这种不挑食，什么都能吃完的人可不多哦。而且他看起来也不像那种花心的人。"山本先生说完，继而笑着看向我，"优子，赶紧答应他吧，饭菜都要凉了。"

※

后来，早濑先在一家法式餐厅打工，之后转为了正式员工。

我们也决定开始正式考虑结婚的事情。然后，作为婚前问候，我带着早濑去见了森宫叔叔，结果一开始就惨烈地碰壁了。

"大部分店的芝士蛋糕味道都很好，唯独这个很一般，那个浪子的品位果然不行。"

森宫叔叔把蛋糕吃完，还不忘贬低一番。

2

四月的第三个周日，我决定再次带早濑去拜访森宫叔叔。

距离上次见面已经过去了两周。这次我事先在家为早濑说了点好话，比如虽然他爱出国，大学中途退学，做事坚决，但也说明他很有行动力；他很会弹钢琴，也会做好吃的料理，非常有魅力；我们相互喜欢，光是在一起，就觉得未来充满期待，等等。每次说这些，森宫叔叔都会一脸嫌弃地反驳："说到底还是个靠不住的家伙。"

"什么啊，怎么又来了。"

中午过后，我把早濑请到家里。森宫叔叔故意在一旁挖苦道。

上次来的时候，森宫叔叔一见到早濑就勃然大怒，甚至连茶都没上。今天希望他们能边吃甜点，边聊会儿天。催促两人坐到餐桌前后，我起身泡了壶红茶。尽管四月中旬的明朗阳光斜斜地洒入屋内，空气中仍夹杂着一丝寒意。

"多次打扰，真是抱歉，爸爸，您的心情好点了吗？"

早濑刚坐下，就开始往枪口上撞。

"才过去两个星期，怎么可能！我这辈子都不会答应的。"

森宫叔叔板着脸回答道。

"好啦，早濑只是不会说话而已，并没有恶意。对了，他买了泡芙哦。"

我把泡芙放到两人面前的盘子里，希望能在谈话变僵硬前，稍微缓和一下气氛。

"是去车站前那家新开的蛋糕店买的哦。路过都能闻到香味呢，来，赶紧吃吧。"

"我要开动了。"

早濑二话不说，狼吞虎咽地吃起了泡芙。

"啊，好好吃，爸爸，你也赶紧吃吧，现在皮还很香呢。"

"我当然知道，话说，之前不是警告过你，你没资格叫我爸爸。"

森宫叔叔说完，也不甘示弱地大口吃起了泡芙。我也试着咬了一口。泡芙的外皮香脆可口，由牛奶、鸡蛋、砂糖调配而成的奶油馅甜而不腻。

"不能叫爸爸，那该叫什么好呢？"

以骇人之势吃完盘里的泡芙，早濑开始喝起了红茶。

"你不用叫我。"

"就算你这么说，可没有称呼会有很多不便吧。如果叫森宫叔叔的话，就没办法和优子区分开来了。爸爸，你的名字叫什么？"

"壮介。"

"壮介啊……可是，叫壮介先生的话，有点像恋人的称呼。如果叫壮先生的话，又有点太随便，叫叔叔也不太对。"

"别擅自玩弄别人的名字。"

"果然还是爸爸这称呼最合适。"

面对早濑的强词夺理，森宫叔叔似乎找不到话语反驳，一直默默地往嘴里塞着泡芙。

"算了,称呼什么的无所谓啦,森宫叔叔今天有点认可早濑了呢,对吧?"

我对森宫叔叔说道。

"都说了我是不会答应的。让女儿跟这种不靠谱的浪子结婚,打死我都不同意!"

"都说了不是浪子。"

"成天念叨比萨、肉饼,动不动就往外跑,这不是浪子是什么!"

"别说气话嘛。"

照这样下去,说不定又会演变成上次那样的局面。我抑制住想要争辩的冲动,好声恳求:"也不是要你马上同意,起码可以先聊一聊嘛。"

"说再多也没用,只会浪费时间,还是死了这条心吧。"

森宫叔叔依然不肯做任何让步。

"为什么非得要我们死心?为什么要反对?这明明是我们的事情。"

"你这是什么话。"

"一点儿也不为女儿的幸福着想,你不觉得自己很奇怪吗?"

"奇怪的是你吧。"

"我哪里奇怪了?"

我怒气冲冲地反驳道。

"那个……"在一旁观望的早濑试图劝阻。

"干吗?"

"爸爸,不对,壮介先生,你嘴角上沾了泡芙的奶油。"

"哈?"

"那个……我看你们在聊重要的事情,所以一直没敢说,但如果事后你照镜子发现了嘴角的奶油,肯定会想,原来我在嘴角沾着奶油的情况下激烈地争辩了那么久，到时肯定会觉得丢人的，所以……"

早濑态度恭敬地说出了一连串失礼的话。

"无所谓！我是为了缓和气氛故意沾在脸上的。"

森宫叔叔尴尬地找了个莫名其妙的借口。

"啊，算了，我先去睡了。"说着，森宫叔叔跑回了自己的房间。

"哈……怎么都没办法和你爸爸友好相处呢。"

森宫叔叔离开后，早濑叹了口气。

"森宫叔叔明明以前没这么顽固啊。"

"不管带哪个男人回家，你爸爸都会反对吗？"

"父母都这样吧，而且他也不想让我嫁给一个中途退学、跑去国外瞎晃的男人。"

我如实地说道。

"这样啊，那还是当钢琴家比较好吗……"

早濑苦笑着说道。

"可能吧，可你不是没这个打算吗？"

"是啊。大学的时候，我每天都会练钢琴。音乐确实美妙，但没必要废寝忘食地弹奏。倾尽全身感情弹奏出来的音乐确实有震撼神经的力量，但我想听到的不是这样的音乐，而是能释放出柔和光芒的音乐。努力弹奏的音乐和超凡脱俗的音乐都很美，但我还是觉得，边做某件事情边弹奏的音乐恰到好处。"

"比如吃着比萨和肉饼？"

"没错，美食搭配音乐，简直完美。"

听到这些话，不知道森宫叔叔会怎么想。是会嘲笑他无聊至极呢,还是会表示赞同呢?可他现在根本不想听早濑讲话,完全无计可施。这种时候,要是母亲在旁边,是不是就能很好地化解呢?想到这里,我的脑海中浮现出梨花姐姐的脸。如果是她,一定会毫不犹豫地赞同我们结婚吧。

"下个周日再过来想办法说服你爸爸吧。"

早濑提议道。我摇摇头。

"森宫叔叔就算了。"

"为什么?"

"我不是有很多个父母嘛,只要得到其他父母的认可,森宫叔叔也就不会那么固执地反对了吧。"

"原来如此。"

"嗯,森宫叔叔就是这么小气。父母多的好处可不多,必须要趁现在好好利用。"

"哦。"

早濑一动不动地盯着我。

"咦?你不同意?"

"不是,挺好的。嗯,先想办法说服其他人,等积累经验后,下次再见到森宫叔叔,也能游刃有余了。"

早濑回答道。

"森宫叔叔,你完全不知道梨花姐姐住在哪儿吗?"

第二天,我边准备晚饭,边向森宫叔叔打听梨花姐姐的事情。

"不知道,自从把离婚协议书寄出去后,就再也没联系过。"

"好吧。"

我把从山本食堂拿回来的家常菜倒进盘子里,摆放到餐桌上。

工作后，我一般都是在店里吃晚饭，但最近关店时间比较早，我就改成回家吃。毕竟我不可能永远像这样陪着森宫叔叔吃饭。充满现实感的事实让一顿平常的晚饭变得珍贵起来。

"怎么又是剩饭剩菜。"

森宫叔叔说着，坐到了桌前。

"虽然是剩饭剩菜，但起码能在家吃到店里的美味啊。要是点山本食堂的外卖，还要花六百八十日元呢。"

"这么说确实是赚到了。"

"对吧。"

配菜有煮芋头、味噌炖鲭鱼、萝卜干。店里做的分量比较多的，一般都是非常好吃的菜。

"山本先生做的菜大部分都比较清淡，我偶尔也想尽情地吃一顿能让人能量大增的饺子。"

森宫叔叔边吃着芋头，边说道。

"因为这是专门为退休后的老年人准备的啊，不过对身体好哦。森宫叔叔你已经四十二岁了，也该注意一下饮食了。"

"什么叫已经四十二岁，我才四十二岁好吗，离退休还有将近二十年呢。"

"虽然离退休还有很久，可我离开家后，你一个人做饭也挺麻烦，叫外卖是个不错的选择。"

听到我这番话，森宫叔叔不悦地皱起眉头。

"能不能别拐弯抹角地跟我提结婚的事情？一想到那家伙，就让人倒胃口。"

"别这么说嘛，早濑到底哪一点让你这么反感啊？明明你之前还同意我结婚的。"

一提到早濑，森宫叔叔就变得不近人情。

"哪一点我都看不顺眼！那种浪子到底哪里好了？结婚可是要一起生活的，如果不找个踏实可靠的人，到头来会……"

说到这里，森宫叔叔语塞了。

"就算找个踏实可靠的人，到头来也有可能离婚呢。"

我代替他补充说道。森宫叔叔无力地垂下肩膀。

"别这么沮丧嘛，当初是梨花姐姐擅自离开的啊，又不是你的错。"

"是吗？"

"是啊。我要是结婚的话，也愿意找森宫叔叔这种……不，虽然不是很情愿，不过，森宫叔叔虽然喜欢强词夺理，但脑子很聪明，而且不受欢迎，完全不用担心出轨的问题，性格和长相也没有那么差，我觉得还不错啦。"

"就算你拍我马屁，我也不会认可那个浪子的。下个星期日该不会又厚着脸皮提个穷酸礼物来这里纠缠我吧？"

森宫叔叔很快从沮丧的情绪中走出来，再次傲慢地说起早濑的坏话。

"放心啦，森宫叔叔，我们往后再说服你。"

"往后？"

"我不是有好几个父母嘛，总不能把时间都耗在你一个人身上，我打算先去搞定其他父母。"

"你又在打什么歪主意，而且为什么我又变成最后一个了，这说不过去吧，虽然作为父亲，我是后来的，等等，不对，我已经当了你七年的爸爸了，好歹应该重视一下我吧。"

森宫叔叔不满地抱怨道。

"当然重视啊,所以才把你放在压轴的位置啊。"

"压轴?"

"没错,就像红白歌会上的北岛三郎和石川小百合一样。"

"这样啊,就是主角的意思,对吧?"

"没错没错。"

"知道了,那你们先去搞定那些小角色吧。说不定还没等走到我这关,你们这事就已经黄了,然后那个浪子又跑出去旅游了。"

森宫叔叔得意洋洋地说完"这味噌炖鲭鱼里放了点辣椒,和米饭非常配",接着津津有味地吃了口鲭鱼。

3

我健在的父母有森宫叔叔、泉原叔叔、梨花姐姐和亲生父亲水户秀平。梨花姐姐自离开后一直杳无音信,现在知道住所的也就只有森宫叔叔和泉原叔叔。

"问候父母吗?有点紧张呢,而且这房子好大啊。"

从森宫叔叔的住处乘四站车,再坐出租车大约十五分钟,我们终于到了泉原叔叔家门前。早濑做了个深呼吸。今天是黄金周的第一天,烈日当空,天气十分闷热。

"泉原叔叔虽然看起来很严肃,但其实是个和蔼可亲的人,不用担心哦。"

结果早濑笑着调侃。

"在见森宫叔叔前,你也说他已经同意我们结婚了,肯定没问题来着。"

"啊哈哈,也是啊,不过泉原叔叔真的没问题啦。"

我笃定地点点头。

四月下旬，我给泉原叔叔写了封信。

自初中毕业后，那是七年来第一次联系，我甚至不知道该如何寒暄。当时还是初中生的我，转眼间便高中、大学毕业，现在参加了工作，还将要结婚。如果把这些经历都写出来，似乎有点繁杂，但除去这些，似乎也没有发生过什么值得在信里分享的事情。再三思考过后，我决定只把我现在一切安好，以及接下来会带结婚对象一起登门拜访这两点写进信里。很快我就收到了泉原叔叔的回信，上面写着"等你们过来"几个字。字体潇洒而细腻，正如泉原叔叔大度而细致的性格。

"房子还是老样子呢。"

我在门外眺望起泉原叔叔家的房子。透过气派的大门，能看到远处经过细致修剪的树木。

小学毕业刚来这里的时候，觉得这是一处超乎想象的豪宅。长大后再次拜访，依然觉得这是一处奢侈的大宅。兴许是因为长大的缘故，门槛比印象中的要更低。明明只在这儿生活了三年，如今我却有种来拜访关系很要好的亲戚的感觉。

"优子，这真的是你离开后第一次回来吗？"

打量完眼前的建筑物后，早濑对我问道。

"嗯，这是中学毕业以来第一次写信联系。不只是泉原叔叔，其他父母也是，自分开后，就再也没联系过。"

"明明有这么多方式可以联系，居然电话也不打，邮件也不发，你们好奇怪啊。"

"是吗……"

虽然给去巴西的父亲写过几次信，但从没有收到过回信。即便曾经是我的父母，但大家都已经开始了新的生活。逝去的东西，再怎么伸手都无法触及。因为没有什么过往比现在更重要。随着父母的不断更换，我逐渐意识到了这一点。

"可是，这么多年不联系，突然说要登门拜访，会把人吓一跳吧。"

"确实呢。"

早濑说得对，突然联系说要结婚，换谁都会被吓一跳。不过，我相信他会同意的。或许时间和距离唯一抹不去的就是亲子间的感情吧，哪怕我们只一起生活了很短暂的时间。

正当我们在门前闲聊着。

"哦哦，优子，快点进来。"

还没等我按门铃，泉原叔叔便走了出来。

"好久不见。"

我低头打了声招呼，旁边的早濑也跟着深深地鞠躬，说了声"初次见面，你好"。

七年不见，泉原叔叔看起来老了很多。我离开那年他五十二岁，现在差不多快六十岁了吧。兴许是白发较多的缘故，加上体型消瘦，他看起来比实际年龄还要老一些。

"欢迎光临，你们终于来了。"

泉原叔叔立马带我们来到了客厅。宽敞的房间，天花板、墙壁、窗帘、梨花姐姐曾爱坐在上面闲聊的皮革沙发，一切还是老样子。熟悉的光景让我不禁想起曾经在这里的回忆。"好怀念啊。"我下意识地嘀咕了一句。

"优子，好久不见啊。"

耳边传来熟悉的声音，我条件反射地转过头。身型依然笔挺的吉见阿姨站在了那里。

"啊，吉见阿姨，近来还好吗？"

"嗯，挺好的，来，请吃点东西吧。"

吉见阿姨说着，为我们端来红茶。不多说闲话的沉稳性格，朴素而不失品位的着装，吉见阿姨还是那么优雅能干。

"这房子真的好豪华啊。"

早濑朝房间扫视了一圈，感慨地说道。

"已经是老房子了呢。"

泉原叔叔微笑着回答道。明明只是寒暄的程度，他似乎就已经接受了早濑。

"真的把我吓一跳，前阵子还在想，优子最近不知道怎么样了，是不是组建了新的家庭，怎么也不跟我联系，结果突然就收到你要结婚的消息。"

泉原叔叔喝了口红茶，爽朗地说道。

"嗯，抱歉啊，这么突然地联系你，我是觉得，结婚这种大事应该让你知道……"

升入高中的时候，毕业工作的时候，我都没有通知任何一位父母，唯独觉得结婚是一件必须要周知的大事。毕竟我要脱离原来的父母，自己组建新的家庭了。这样一来，之前照顾过我的父母也能放心了。

"嗯，谢谢你告诉我啊，我也很高兴能听到这样的好消息。"

"太好了。"

泉原叔叔露出开心的笑容。我也终于松了口气。

"对了，早濑，你是做什么的？"

泉原叔叔对早濑问道。

"我现在在一家法式餐厅工作,还在实习的阶段。"

"这样啊,你将来想当厨师吗?"

"嗯,我想开一家餐厅,能听音乐的那种。"

"音乐?"

"没错,早濑弹钢琴非常厉害。"

我代替他回答道。

"优子也很厉害啊。早濑,不妨弹给我听听吧。"说着,泉原叔叔站了起来。

"我家有个装有隔音设备的小钢琴房,突然提出这种要求,会不会让你觉得困扰?"

"哪里,我也很想弹弹呢。"

早濑向来是那种有求必应的人。每次听他说"我在上音大""我学过钢琴",就常有人会要求他露一手。每次他都毫不犹豫地展示一曲,修长的手指轻盈地在琴键上来回游走。

"这钢琴保养得很好啊。"

一走进房间,早濑就仔细地打量起钢琴。

"虽然不会弹,但我喜欢接触这些乐器。"

泉原叔叔有些难为情地说道。

"键盘也被打磨得发亮,那个……弹什么好呢?"

早濑一看到钢琴就开始跃跃欲试,还没确定弹什么,手指就已经放到了琴键上。

"我好久不接触音乐了,乐曲名字知道的也不多,不过,只要是听过的就行。"

泉原叔叔说完,早濑回了句"那好",接着开始静静地弹奏起来。曲调柔和而动听，浪漫的旋律让我的内心不由得为之一紧。虽然很久没有听他演奏，感觉水平比以前更高了。

"啊。"

兴许是觉得熟悉，弹到某小节的时候，泉原叔叔轻轻地点了点头。

即便接近中盘，曲调依然低沉而悠扬，毫不张扬的旋律反倒更震撼人心。豪迈的琴声包围着小小的房间。悦耳的音符交织重叠，形成深沉悠扬的乐音。

那段时间，我也每天沉浸在钢琴的世界里。梨花姐姐就是为了让我弹钢琴，才把我带到了这个家里。但我从这里得到的不只是钢琴，还有沉闷和拘束。即便如此，我依然在这里度过了一段安稳的时光。不是因为经济稳定，而是因为一直有人默默地在背后守护着我。

中学三年是多愁善感的时期。我时常会充满不安、寂寞、孤独与焦虑，但我并没有自暴自弃。我曾以为，是钢琴安抚了我不安的情绪，事实并非如此。是因为通过每天弹奏音准经过细心调试的钢琴，我感受到了泉原叔叔的爱。听着早濑演奏的乐曲，我突然意识到这一点。

就在最后的音完全散去后——

"好厉害，这就是所谓的引人入胜吧。"

泉原叔叔激动地鼓起掌来。

"这首曲子我听过很多遍，叫什么来着？在哪儿听过来着？"

泉原叔叔歪头思考着。这时早濑提醒："是不是在哪个餐厅或者店里？"

"对，没错，是吃饭的时候。这曲子叫什么？"

"安德烈·加侬的《相见如初》。听起来非常舒服,适合在店里播放。"

"原来如此。"

听到早濑的解答,泉原叔叔连连点头,接着对我说道。

"能和一个钢琴弹得这么好的人结婚,非常不错啊。"

后来,泉原叔叔说着"一起去吃晚饭吧""对了,我去把寿司拿来",接着兴冲冲地为我们准备了一大桌丰盛的晚餐,还一起愉快地喝起了小酒。

"我还不知道原来叔叔喜欢喝酒呢。"

不擅长喝酒的我边小口喝着第二杯啤酒,边说道。

"哎呀,那时候毕竟是初中生的父亲,所以稍微控制了一下。总不能做个醉鬼父亲啊,对吧?"

泉原叔叔已经喝得满脸通红,说着,他继续往自己和早濑的杯子里倒了点啤酒。

"啊,我喝多少都没事,就是担心叔叔你,喝这么多,没问题吧?"

酒量较好的早濑略微担忧地问道。

"毕竟是值得庆贺的日子,醉一场没什么。"

说着,泉原叔叔豪爽地笑了起来。

从没见过泉原叔叔用如此爽朗的语气说话,或许是酒精的作用导致的吧。那时候,突然成为父女,不仅我显得拘束,泉原叔叔也一直小心翼翼地生活着。长大后再去回顾,能轻易地看清很多事情。

"开心的时候就应该喝酒助兴呢。"

早濑喝完不知第几杯啤酒后,也跟着笑了起来。

"哎呀,真的,女儿要结婚了,真好。而我也能趁这个机会认识像你这样的人。"

"哈哈,我也是,认识一个人真是件愉快的事情。"

"是啊。"

我边听着两人聊天,边吃着高档的寿司。用料十足的军舰卷上,能清晰地看到一粒粒的海胆,入口的瞬间,浓厚的海鲜香味在口中蔓延。实在太好吃了,我都想让森宫叔叔尝尝了。

森宫叔叔每次去吃回转寿司的时候,都会激动地说"我就想吃这种没有融化的新鲜食物",然后专挑海胆下手。要是能尝到这里的海胆,他一定会非常开心的。

"优子很喜欢寿司呢。"

"因为平时很少有机会能吃到这样的,真的非常好吃。"

"这样啊,那太好了。"泉原叔叔再次露出了愉快的笑容。

"不过,真的好多啊,这真的是三人份吗?"

"不是,机会难得,我定了六人份。来,早濑,尽管吃!"

泉原叔叔再次往早濑的杯子里倒满啤酒,自己也喝光了杯里的酒。

"对了,那个……泉原叔叔,你知道梨花姐姐的联络地址吗?"

最好趁泉原叔叔还没喝到烂醉前打听一下。听到我的提问,泉原叔叔的表情变得有些僵硬。

"那个……毕竟要结婚了,我想告诉她一声。所以,我就在想,说不定叔叔你知道。不过看样子你好像也不知道呢,抱歉啊,突然问这么奇怪的问题。"

见泉原叔叔一脸困惑,我连忙道歉。连森宫叔叔都不知道,他肯定也不清楚吧。本想着能从他这儿打听点关于梨花姐姐的消息,但仔细想想,突然提起一个已经离婚的人,终究不太好。

然而泉原叔叔却顶着通红的脸回答：

"我知道……"

"你知道梨花姐姐住哪儿吗？"

"嗯，是啊。"

"那你告诉我吧，我不会给她添麻烦的。我只是想告诉她结婚的事情。如果她已经组建了新的家庭，并且有了孩子，不适合知道这样的消息，那我会马上放弃。"

虽然我有三个父亲，但在世的母亲只有梨花姐姐一个。既然知道地址，那我还是想告诉她。我不由自主地臆想出梨花姐姐听到结婚的消息后，开心地说"太好了"的场景。

"是啊，毕竟是喜事，梨花知道肯定会很高兴的。"

泉原叔叔像是在跟谁确认什么似的轻声嘀咕完后，拿起了纸和铅笔。

4

"欸？那个泉原大叔竟然同意，没想到那家伙那么随便。"

听完我讲述拜访泉原叔叔的经过，森宫叔叔一脸嫌弃地说道。

"他非常支持哦，而且还被早濑弹奏的钢琴曲迷住了。森宫叔叔有机会应该也听一下的，听完他弹的曲子，整个人心情也会变好的。"

我边吃着配有大量洋白菜的煎肉饼，边说道。因为做白菜卷实在太麻烦，最后决定把洋白菜切碎，搭配煎肉饼一起吃。洋白菜和洋葱赋予了煎肉饼别样的清爽和香甜。

"嗯，那个浪子为什么不从事钢琴相关的工作？"

"不是说过他在学习做比萨和煎肉饼吗？相比钢琴，他对美食更有兴趣。"

"只是因为钢琴弹腻了，所以想逃避吧。钢琴都弹成那样了，居然说更喜欢美食，仔细想想，真可怕。"

森宫叔叔不怀好意地刁难道。

"什么叫'弹成那样'，你又没听过，别在这儿乱说。"

我气呼呼地反驳道。虽然弹钢琴的早濑很帅，但吃到好吃的食物，露出幸福笑容的早濑也不差。

"无所谓，反正别在吃饭的时候提那个浪子，食欲都减了一半。"

森宫叔叔说完，喝了一口清炖肉汤。进入五月后，天气越来越炎热，这种天气更想吃清汤和味噌汤之类的清淡食物。漂着番茄和洋葱的透明汤汁口感清爽，非常好喝。

在拜访泉原叔叔之前，还担心没了我和梨花姐姐的陪伴，他会过上孤独的生活。但似乎是我多虑了，虽然他上了年纪，但依然心胸宽广，丝毫没有感到孤独和寂寞。而森宫叔叔呢，如果哪天我离开，留下他一个人生活，他会不会失落呢？边想着，我边打量起森宫叔叔的脸。

"那接下来是谁啊？"

森宫叔叔问道。

"欸？"

"父母问候啊，接下来要攻陷哪个？"

"能不能别说得这么难听啊。接下来是梨花姐姐。泉原叔叔知道她在哪儿……"

我小心翼翼地说道。结果森宫叔叔只是若无其事地回了句"欸？那大叔竟然会跟梨花联系"。

"嗯，应该是吧，我问到了梨花姐姐的住址，森宫叔叔也想去看看吗？"

虽然时间短暂，但好歹他们做过一段时间的夫妻。或许森宫叔叔也很想知道梨花姐姐现在怎么样了。然而森宫叔叔却摇摇头说："不啊，完全不想。"

"真的吗？"

"嗯，我一向来者不拒，去者不追，而且我和梨花在一起已经是几年前的事了，虽然没有忘记，但也没想过要再回去。"

"可你之前明明很喜欢她。"

"算是吧，但我现在光照顾孩子就已经忙得不可开交，自打梨花离开后，我对她的感情也就消失了。"

"你说的那个孩子该不会就是我吧？可我那时候都已经是高中生了。"

"没错没错。"说着，森宫叔叔笑了起来。

"但你不一样，她毕竟是你的母亲，有什么值得高兴或者想要分享的事情，尽管去告诉她。她对我来说，已经是过去的人了，你完全不用在意。"

梨花姐姐离开后，森宫叔叔没有丝毫的不舍，甚至也没有想要去找的意思。

"既然梨花姐姐是过去的人，那森宫叔叔也该去找个喜欢的人了吧。"

"也是，不过，还是算了。我曾经以为，如果不恋爱、不结婚，生活会过得很空虚，但其实并不会。"

"是吗？"

"毕竟比恋爱重要的事情多得是，只要有事可忙，就不会觉得空虚。等你长大就会懂了。"

森宫叔叔感慨地说道。

"我都已经是大人了。咦？森宫叔叔，你刚刚说有值得高兴的事情就可以去告诉梨花姐姐，对吧？"

"然后呢？"

"我觉得我和早濑结婚就是一件值得高兴的事情啊。"

"怎么可能？结婚确实是值得高兴的事情，但和那个浪子结婚就会是悲剧。想到那家伙我就吃不下饭。"

森宫叔叔说着，再次起身去厨房取煎肉饼。

5

"我会尽快来叫你的。"

"没事，慢慢聊，我在谈话室看书等你。"

"知道了，那我去了哦。"

和早濑在综合接待处暂时分开，我先独自一人去梨花姐姐那儿。两个人一起去会弄得她很累，所以我决定先一个人去，稍后再把早濑叫来。

三〇六室。根据泉原叔叔提供的房号，我在走廊尽头看到了那间房间。门牌上写着"泉原梨花"几个字。泉原？到底怎么回事？莫非梨花姐姐再婚的对象是泉原叔叔？

分别的这七年间，梨花姐姐到底发生了什么？现在怎么样了？我的脑子里充满了疑问。到底从哪儿问起呢？梨花姐姐会以何种姿态出现在我面前？想到这儿，我的手指不禁微微颤抖。不，毕竟是那个梨花姐姐。即便这里是医院，她也一样会精神满满地迎接我。正当我独自思考着这些，门突然打开了。

"哎呀，听说你们三点就会过来，让我等了好久呢。"

"啊，梨花姐姐。"

七年不见，梨花姐姐也苍老了。或许是因为生病的缘故，她的脸色很差，身子也消瘦了许多。即便如此，梨花姐姐还是装作若无其事的样子，朝我露出灿烂的笑容。

"来，赶紧进来。我一大早就在打扫了。"

说着，她把我带进了房间。

"好久不见呢……"

"嗯，真的好久不见了。虽然是病房，不过这里还算不错吧，我特意要了个宽敞点的单人房。优子，你已经长大成人了呢。不过也是啊，我都从三十五岁变成四十二岁了，当年的那个高中生自然也该进入社会了。"

梨花姐姐边滔滔不绝地说着，边把我带到了房间里侧。

房间带有浴室和卫生间，还有一套简易的沙发，除了那个死板的医院用床外，完全就像间单人公寓。

"这房间真不错呢。"

我朝房间环视了一周。梨花姐姐笑着挖苦我："这么久没见到你妈妈，结果进屋子第一句却是夸赞我的房间吗？"

"没，我看你还挺好的……那个……"

梨花姐姐虽然穿着宽松的家居服，但依然掩藏不了她消瘦的身材。看着这样的梨花姐姐，我竟然找不到合适的话来回应。

"七年了，想说的话有很多吧？你也一定有很多问题想问吧？先坐下吧。"

梨花姐姐轻易地说出了我心中的疑惑，朝我露出了熟悉的爽朗笑容。

"是啊。"

"那个……我准备了很多饮料,喝哪个好呢?好,那就苹果汁吧。"

梨花姐姐从小冰箱里拿出一盒纸盒装的果汁,递到我手上后,"嘿哟"一声坐到了沙发上。

我则坐在床旁边的简易椅子上,喝了口果汁润润喉咙。为什么会住病房里?到底得了什么病?为什么又变成了泉原梨花?为什么要丢下我?想要问的问题太多了,但看到眼前的梨花姐姐,我顿时觉得这些又不重要了。

"听说你要结婚了?"

正当我想着这些,梨花姐姐抢先切入了正题。

"嗯,是啊……"

"听小茂说你会带个非常不错的男孩子过来呢。"

梨花姐姐坏笑着说道。

"小茂?"

"是啊,就是泉原先生啊,他不是叫泉原茂雄嘛,莫非你不知道?"

"知道啊……原来你都是这么叫他的啊。"

看着我惊讶的样子,梨花姐姐"嘿嘿嘿"地笑了起来。她还是老样子,在说明某件事的真相前,总爱先露出恶作剧似的笑容。她的脸色很差,消瘦的脸颊往里凹陷,眼睛周围也满是黑眼圈,但是她的表情依然是那么活泼。大概平日会注意保养吧,她的皮肤倒是依然很细腻。

"我和你泉原叔叔结婚了。"

"原来你是跟泉原叔叔复婚了啊。"

尽管从门牌上的名字隐约有所察觉,但听到这个事实后,我还是感到很惊讶。

"是啊,很意外吗?"

"当然意外了,你之前不是因为太拘束,所以离开了那里嘛。"

"那个家虽然拘束,但小茂是个好人。"

"这个我知道啊。"

我也知道泉原叔叔是个好人,虽然话少,但他是个很有度量的人。

"但是为什么又跟他复婚了?到底怎么回事?"

"和你猜想的一样。"

梨花姐姐露出了微笑。

梨花姐姐第一次和泉原叔叔结婚,是为了能让我弹钢琴。而这次,莫非是因为生病?我没有说话,只是疑惑地歪着头。

"我是真心喜欢小茂的,不管是之前还是现在。"

梨花姐姐继续说道。从她平稳的表情可以看出,她没有开玩笑。如果真是这样,那为什么要和森宫叔叔结婚?还没等我问出口,梨花姐姐抢先开了口。

"我也有很多问题想问你呢,在那之前,先赶紧把我这边的事情解决了吧。那个……从哪儿说起呢……"说着,梨花姐姐皱起了眉头。

七年间,先和泉原叔叔离婚,和森宫叔叔结婚,接着离婚,再和泉原叔叔复婚。当中太过复杂,或许一两句话也难说清吧。

"那你起初为什么要离开泉原叔叔家?"

我提出了脑海中最先浮现的那个问题。如果不按顺序的话,更容易混乱。

"这个嘛,那段时间的生活确实很拘束,当时每天都很阴郁,不用工作，不用做家务，开始觉得自己很幸运，但过了五天后，连我这个懒人也开始觉得受不了了，而且那个吉见也很讨厌。"

说着，梨花姐姐耸了耸肩。

"是啊。"

吉见阿姨是那种一板一眼的人。看到梨花姐姐大大咧咧的行为，时常会板着脸。

"当时我想，绝对不能让你也一直待在那种地方，要是再继续过这种衣来伸手、饭来张口的生活，我怕你会废掉的。"

"然后你就想带我走。"

"没错，所以我就去工作，存钱，等到足够养活你的时候，我就把你接出来。"

"原来是这样啊。那森宫叔叔呢，为什么要和他结婚？"

来接我的时候，梨花姐姐旁边的森宫叔叔给我很强的违和感。因为森宫叔叔身上没有一点符合梨花姐姐的喜好。现在听说她和泉原叔叔复婚，更觉得她和森宫叔叔的那段婚姻让人不可思议。

"和森宫结婚……我想想啊，大概是工作一年半后的事情吧。当时我参加了公司的体检，发现自己生病了。"

虽然之前听泉原叔叔说过梨花姐姐在医院养病，但从她本人口中听到"生病"两个字，太过冲击的现实感让我的心脏猛地一紧。梨花姐姐并没有在意，继续若无其事地述说着。

"没想到自己会生病呢，我也吓了一跳。我明明还那么年轻，然后我就想，既然生病了，那就不能再当你的妈妈了。"

"什么意思？"

生病就不能当母亲了，从没有听过这种事情啊。这世上多的是生病的母亲，健康并不是当母亲的必备条件啊。

"因为我不是你的亲妈妈呀,我们又没有血缘关系,而且如果我离开了,你就可以找个更好的妈妈了。"

"父母哪是可以随便选择的。"

"常听人说,孩子没办法选择父母呢。"

梨花姐姐笑着说道。

"孩子没办法选择父母。"这句话我听到过很多次。可能是说没办法选择父母是件不幸的事情。但站在不得不选择父母的立场上,也是一件痛苦的事情。

"可是,在亲生父亲和我之间,你选择了我。所以,我必须要尽自己的努力,让你过得更好一点。别看我这样,我可是经过深思熟虑的。"

"我明白。"

我当然明白。虽然梨花姐姐有时候很强势,甚至行事有点脱离常识,但毕竟当了我这么久的母亲,我当然能感觉到,她时刻在为我着想。

"所以,我有点在意自己的病。"

"害怕给我添麻烦什么的?这么想也太奇怪了吧。"

"当然也有这方面的原因,最重要的还是⋯⋯优子,还记得有一次我问你换父母会不会伤心吗?"

"这个⋯⋯没什么印象了。"

因为实在记不起来,我只好含糊地回答了一句。

"你当时还在上初中,我记得你当时回答的是:换父母也没什么,亲妈妈已经去世了,世界上没有什么事情是比失去身边的亲人更悲伤的。"

"好像说过,又好像没说过。"

父母当然是不更换最好。但我遇到的那些父母，一直都真诚地对待着我。所以，即便离开了，我也会觉得，他们在某个地方默默地守护着我。但我接受不了去世，连再次相见的可能性都没有，这太悲伤了。

"所以我才想着离开，这样，就算万一我死了，也可以悄无声息地离开。失去两个妈妈，换谁都会受不了的。"

"不过，我暂时还没打算死呢。"说着，梨花姐姐大笑了起来。

但我完全笑不出来。那个无比疼爱我的梨花姐姐突然悄无声息地离开，我理应做好了相应的思想准备才对。

"喂，别这样沮丧着脸嘛，我还没打算死呢，这不又跟小茂复婚了嘛。"

"也是啊。"

"是啊，我这么强壮，怎么可能会死。嗯，说到哪儿了，啊，对了，说到森宫了，对吧？先等一下。"

梨花姐姐说着，走到床旁的柜子前拿出一罐饼干。

"小茂听说你会过来找我，特意买了很多东西过来。我们之间的话一时半会儿说不完，就边吃饼干边聊吧。"

"谢谢。"

打开饼干罐的瞬间，黄油的香味扑鼻而来。或许是在照顾我的感受，梨花姐姐说着"啊，巧克力的看起来好好吃"，拿起一个饼干吃了起来。不知道她是真的很想吃，还是故意装作很好吃的样子。尽管我内心充满不安，但看着梨花姐姐强作精神的样子，我也不好破坏了这气氛。只好跟着附和"真的呢，好高级的饼干啊"，然后拿起一个塞进了嘴里。

"小茂虽然很讨厌吃零食，但偏偏爱买呢。"

梨花姐姐说完，喝了口红茶，继续说道。

"我在查出生病、住院治疗期间，突然想起中学同学聚会上偶遇的森宫，他毕业于东大，在大公司上班，而且听说他养金鱼养了十年，我觉得他是个非常可靠的人。"

"所以呢？"

"我觉得森宫很适合当你的爸爸。泉原家太富裕了，而且小茂也上了年纪，很有可能生病，森宫那么年轻，非常适合接替我的位置。我看男人还是很准的。"

"所以你就和他结婚了？"

"没错，我的直觉很准，对吧？森宫对你一直很好，对吧？"

"那倒是没错。"

虽然他表达爱的方式有点怪异，但不可否认，森宫叔叔确实很在乎我。

"所以你就把我丢给了森宫叔叔？"

"这不是丢，森宫叔叔是在知道我有你的情况下才答应和我结婚的。"

"话虽如此，可这一切也太突然了吧。"

"是啊，手术一年后，身上又发现了恶化的地方，还要进行第二次手术，当时我想着必须要尽快安置好你和我自己，所以非常焦虑，根本没有闲暇考虑什么。"

第二次手术……到底病得有多重啊？到底是什么病？要进行怎样的治疗？什么时候能痊愈？虽然我非常想知道这些，但梨花姐姐似乎并不希望我打听任何关于生病的事情。

"决定再次手术后，我就决定加快进程，立马和森宫结婚。森宫跟家里关系不好，很早就离开了家，所以我们两个很轻易就入了户籍。后来，我告诉泉原先生我结了婚，然后跟他商量把你接出来的事情。很忙，对吧？"

梨花姐姐用愉快的语气说道。没错，梨花姐姐是乐观主义者，难得久别重逢，怎么可能一个劲儿地和我诉苦。

"好厉害啊，森宫叔叔和泉原叔叔这两个大人完全被你牵着鼻子走呢。"

我也跟着用轻松的语气回应道。

"对吧？我的话术可是一流的。"

"森宫叔叔真的什么都不知道吗？"

"嗯，那个人很呆的。不过，虽然他不知道我生病的事情，但他应该早就感觉到我会离开。反正他从来没有完全地信任过我，正因如此，他才接受了你。"

"正因如此？"

"决定结婚的时候，他肯定已经做好了当你爸爸的准备，毕竟那个人性格那么死板。"

这一点我非常清楚，毕竟一起生活了七年，当然清楚森宫叔叔的想法，以及他的性格、为人。

"然后又和泉原叔叔复婚了？"

"没错，我过去谈把你接走的事情的时候，小茂很轻易就看出来我身体状况不是很好。我明明在跟他谈复婚的事情，他却冷不丁地问我是不是哪里不舒服。"

"真是败给他了"。梨花姐姐笑着说道。

"我都完全没看出来呢。"

我和生病后的梨花姐姐一起生活过两个月，明明每天都在一起，我竟然完全没有察觉到她生病了。

"那是当然啊，有哪个孩子会成天盯着父母看啊，那得多恶心。小孩就应该少关注父母，自由自在地生活。然后啊，我被迫把事情的真相全部告诉了小茂。毕竟治病很花钱呢，不管是做手术还是住院。在他的帮助下，我才能撑到现在。"

泉原叔叔在我跟着森宫叔叔和梨花姐姐走的时候，什么也没说，只是一动不动地看着我。肯定是因为他清楚背后所有的真相吧。

"小茂宽广的心胸是我们谁都无法企及的。和那个人在一起，我也会觉得很自在。"

梨花姐姐笑着说道。

或许两人间的感情不像是恋情或者爱情，但能够想象泉原叔叔对梨花姐姐的那份情谊有多深厚。

"哎呀，净聊些无聊的事情呢，对了，优子，跟我说说你的结婚对象吧，肯定比我这样有计划性的结婚更浪漫吧？"

梨花姐姐说完，满心期待地看向我。

"是……啊。"

五月的温暖阳光透过紧闭的窗户斜斜地洒进室内。外面的风丝毫吹不进房间内，密闭的空间让人感到有点闷热。看来只有通过聊天来改善现有的氛围了。

"他叫早濑，高三的时候，我跟他一起担任合唱祭的钢琴伴奏。"

"哇，感觉好浪漫啊。"

"嗯，但是，当时他有女朋友，我们那时候没有交往。我从短大毕业，参加工作后，某天在店里突然遇到他，后来我们就经常见面了。"

"什么情况，简直就跟电视剧一样啊。然后呢？"

看着梨花姐姐充满期待，两眼放光的样子，我决定尽可能把故事描述得有趣一些。

"后来我们就交往了，但早濑突然变卦，大学还没毕业，就跑去意大利学做比萨。"

"什么意思？比萨是一种乐器？"

"不是，是一种上面有好多芝士的食物。"

"感觉好厉害啊。"

"是啊，后来又去了美国学做煎肉饼。"

"不是吧？这人太有趣了。"

早濑的故事似乎很有趣，梨花姐姐数次开怀大笑。

聊着聊着，突然意识到这里是医院，梨花姐姐是病人，我小心地压低了声音，突然找回了曾经在一起闲聊时的感觉。

"啊，对了，我把早濑带来了，你要不要见见？"

我竟然完全把早濑给忘了。然而，对于我的提议，梨花姐姐却摇了摇头。

"不了，今天能见到你，一起聊这么多开心的事情，我已经很满足了，期待在婚礼上见到你们。"

"这样啊？"

"嗯嗯，还是下次再见吧，婚礼定在什么时候？"

"应该是秋天吧，但森宫叔叔不同意。"

"毕竟他是你爸爸嘛。"

"开始说结婚是件大喜事，后来又说那个浪子不行，完全没办法沟通。"

回想起森宫叔叔说话时的语气，我叹了口气。

"他是担心你会把他抛下啦，就跟当初我走的时候一样。抱歉啊，给了你们那么多不好的回忆。"

"怎么会，我没事的。"

我突然想起梨花姐姐寄来离婚申请书时的事情。当时森宫叔叔毫不犹豫地签字盖了章，之后也从没见过他想念梨花姐姐。所以，我以为这个人不管面对什么变化，都能坦然接受。

但或许他内心并没有表面上这么平静。就像他没办法认可行事冲动的早濑，抑或是没办法再喜欢上一个人那样。一定是为了照顾我的感受，才故意装作若无其事的样子。为什么我连这么简单的事情都不懂呢？不，或许我根本没有机会懂——不管是梨花姐姐生病的事情，还是被爱人抛弃的森宫叔叔的心情——因为他们总是把孩子放在第一位。

"好嘞，那我就以秋天为目标努力康复，不知道能不能好起来呢。"

梨花姐姐干劲满满地说完，从床上站了起来。

"他还在等你吧？赶紧过去吧。"

"嗯嗯，一定要来参加婚礼哦。啊，差点忘了！"

拿起包的瞬间，我才想起来自己忘了件大事。

"这个给你。"

"这是什么？"

接过我递过去的信封，梨花姐姐皱起了眉头。

"是钱。"

"真像你的风格，不过，我可不能拿孩子的钱。"

"这钱不是我的，是小学五年级的时候得到的。"

"小学的时候？而且有二十万？到底是谁给你的？"

确认过信封里的金额后，梨花姐姐惊讶地问道。。

"是当时我们租房的那个房东奶奶给的，她去养老院的时候交给我的。"

"原来还有过这种事啊,房东奶奶很疼你呢。可是,为什么要给我?你都小心地保存了这么久,应该留给自己花啊。"

"房东奶奶说过,总有一天我会需要用到这笔钱的。等你想用钱做点什么的时候,就把这笔钱拿出来花掉。虽然你现在并不缺钱,但现在就是我想做点什么的时候。"

小学五年级从房东奶奶那儿得到的二十万,到现在都没有机会花出去。工作后,我自己的存款也已经超过了二十万。但对我来说,房东奶奶给我的这笔钱不仅仅是一个单纯的数字,而是一种能赋予我力量的宝物。

"感觉这笔钱能带来好运呢,那我就感激地收下了,谢谢。"

听我说明完钱的来历后,梨花姐姐感激地收下了。

"嗯,这下肯定没问题的,一定要好起来,因为……"

"因为?"

"泉原叔叔也是经历过丧亲之痛的人。"

我至今难以忘记泉原叔叔小心地擦拭钢琴的样子。万一梨花姐姐哪天也离他而去,他一定会受不了吧。

"我知道哦,放心啦,我肯定会比他活得更久的,毕竟他都是个老头了。"梨花姐姐大笑着说道。

"哈哈,也是呢,啊,对了……你知道我爸爸水户秀平的联系地址吗?"

"知道是知道……"

梨花姐姐望向空中。难道那是一个她不愿意回忆起来的人吗?

"我是在想,说不定你知道,所以就问问……"

"嗯……我知道哦。"

梨花姐姐无力地点了点头。

"我只是想告诉他我要结婚了。"

"也是呢。嗯，等你回家后就会收到地址了，我会让小茂调查一下，然后寄到你那里去。好累啊，快把一年的话都说完了，平时跟小茂压根儿就没话说。"

说着，梨花姐姐耸了耸肩。

"我可以再来看你吗？"

听到我的提问，梨花姐姐半开玩笑似的回答道：

"还是别吧。"

"不行吗？"

"不行不行，今天已经很勉强了，接下来我需要休养三个月才能积攒这么多精力。而且我要为婚礼做准备，一想到能看到你和早濑的婚礼，我就特别激动。我终于知道，对病人来说，对未来的期盼才是最好的良药。"

梨花姐姐朝我投来耀眼的目光。

多保重哦，早点痊愈……明明有很多话想说，可我始终没能说出口。

"下次见哦。"

梨花姐姐微笑着朝我挥挥手。

"嗯，下次见。"

道过别后，我长吐一口气，拉开厚重的门。

谈话室里没有早濑的身影。我看了看钟，已经五点多了。和梨花姐姐聊了两个多小时。本以为他是因为等得不耐烦，所以去了楼下的综合接待处。谁知那里也没见到他人。可能是出去了吧。我朝入口走了几步，突然听到一阵钢琴声。旋律委婉动听，本以为是CD的乐曲，但从清澈的音色来看，应该是现场弹奏的乐曲。我循着声音找去，在玄关的大厅处发现了早濑。

医院里十分宽敞，接待室旁边有一个大厅，大概偶尔会举办音乐会之类的，里面放着一架三角钢琴，周围装饰着豪华的画作和花朵。看起来很像酒店的入口。

早濑正在那里弹钢琴。优美而简单的曲调静静地流淌着，是《羊儿安静地吃草》*。擅自弹医院的钢琴会不会不太好？我担忧地往周围扫视了一圈，发现大厅的人几乎都听得入迷了。工作人员似乎也没有放在心上。现场的人有的闭着眼睛聆听着，有的认真地注视着钢琴。打着点滴的病人，前来探病的客人，所有人都采取不同的方式倾听着。啊，真是一首欢快而治愈的曲子。我的耳朵也得到了洗礼。

医院绝对算不上是个开心的地方。因为实在太过整洁，连大厅都散发着紧张感。在这种密闭的空间里，细腻而安静的钢琴曲调温暖地回响着。毫不张扬、娓娓道来的曲调渗透到我身心的每一个角落。

梨花姐姐生病了，而且病得很重。让人很想恸哭一场的现实在音乐的调和下变得柔和。几欲被不安、苦闷、无奈包裹的内心，被音乐打开了一条缝隙。到这一刻我才认识清楚：音乐是多么有力量。早濑依然是看到钢琴就按捺不住想去弹奏。我的内心也被他演奏的旋律打动、包围。

美味的食物、鼓励的话语、伸出的援手，或许这些不一定会被接受，但音乐可以进入人的身心。为什么之前一直没有意识到呢？早濑最应该做的是弹钢琴。

---

* 巴赫的钢琴演奏曲。

"谈话结束了吗?"

弹完一曲后,早濑朝周围的人微微行了个礼,朝我这边走来。

"嗯,你居然知道我在这里。"

"因为弹钢琴的时候耳朵会变得很灵敏,我通过气息也知道你在这里。"

早濑笑着说完,小心翼翼地询问:"怎么样?"

"怎么说呢,我也不清楚。"

梨花姐姐好像病得很重。我担心这样回答会让自己的猜测变成现实,所以我没有说出口。

"这样啊。"

"不过,我发现了。"

"发现什么了?"

"你现在不是学习烤比萨的时候。"

我看着早濑说道。他则不解地歪起头。

"什么意思?"

"你必须要弹钢琴。讨厌沉闷的生活,还有更重要的事情什么的,别找这些乱七八糟的借口,你应该认真地弹钢琴。"

做比萨可以由我负责。但能够弹奏出足以抚慰绝望内心的曲子的,只有早濑。今天弹奏的钢琴,比在泉原叔叔家听到的还要出色。这是早濑适合弹钢琴的最好佐证。

"现在改主意?"

"没错,即便已经买完机票,寄存完行李,如果发现目的地不对,一般都会放弃乘坐这班飞机,对吧?早濑,你现在还可以下来哦。"

或许这样等同于否定了早濑在意大利和美国的经历,以及他几经纠结后做出的决断。但我希望在他面前的只有钢琴。

"是吗……"

"没错，煎肉饼和比萨可以交给我来做，因为我更擅长料理啊。"

我果断地说道。

"我也隐约有所察觉。"

早濑安静地笑了笑。

6

自那天后，过去不到一周时间，我收到了来自梨花姐姐的包裹。不是只告诉我爸爸的联系地址吗？怎么寄给我一个小盒子，也太夸张了吧。想到这儿，我打开了盒子。里面放着好多封用橡皮筋捆好的信件。

这是什么啊？我拿起最上面的信，是梨花姐姐写给我的。

谢谢你前段时间来看我，能久违地和你聊会儿天，我非常开心。真是一段快乐的时光。

有件事我必须要向你道歉。盒子里放的是你父亲写给你的信。他去巴西后，大概每十天会给你寄一封信。我害怕你哪天反悔说想回父亲身边，所以就一直没有给你。这么重要的信竟然藏着不给你，你一定不会原谅我吧。真的非常抱歉。我本打算一起带进坟墓，但信太多了，怕是坟墓也难以装下。

你父亲两年后回到了日本，还多次联系我说想见你。但当时对我来说，没有什么比你更重要，我害怕失去你，所以就没有让你们见面。擅自做了这么过分的事情，真的很抱歉。

我本以为，只要不见面，你们的感情就会慢慢淡去。在我决心不再做你的母亲时，我才体会到了你父亲的心情。即便离开，即便自己组建新的家庭，对孩子的思念依然不会减弱。

水户先生三年后再婚了，现在有了新的家人。事到如今再提信的事情，只会给水户先生和你徒增烦恼，我本决定把这件事瞒着。

但如果我真能把这些信当作从没收到过，那可能只是因为我擅自原谅了自己吧。

水户先生后来有了两个女儿，现在一家人生活得很幸福。但他一定还没有忘记你，听到你结婚的消息，他一定会很高兴的。

好了，期待你们的婚礼哦。

信的末尾附上了爸爸的住址。

爸爸去巴西后，我给他写过很多封信。那时候我不知道如何把信寄到国外，所以一直拜托梨花姐姐代劳。每次问为什么爸爸没有回信，梨花姐姐都用"因为你爸爸很忙哦"之类的理由敷衍我。其实他也给我写了信。想到当时渴望联系上爸爸的自己，我的内心一阵苦闷。爸爸回国后，还是会想着要见我。明明机会近在咫尺。想到这儿，我的眼泪止不住地往下流。

但是，我并不恨梨花姐姐。因为我知道，她对我付出过的爱，大于一切。

原来爸爸给我写了这么多信。看着这一百来封信件，对爸爸的思念顿时有如泉涌。那个见证过我出生、守望过我蹒跚学步、牙牙学语的爸爸，原来在我成长的那些岁月里，给我寄了这么多信。

看着信件的邮戳，都是很久以前的日期。怎么办，该不该看呢？毕竟这信不是写给现在的我，而是给小学时代的我的。爸爸都写了些什么呢？好想知道。但是，即便读了信的内容，如今也没办法再回应了吧。一定会有很多后悔当初没能知道的内容吧。

"哇，怎么这么多信？"

正当我望着桌子上堆积如山的信出神，背后突然传来森宫叔叔的声音。

"森宫叔叔，原来你在家啊。不是去买东西了吗？"

"我早就回来了啊，这些该不会是那个浪子写给你的吧？"

森宫叔叔说完，把从超市买来的一袋东西放到桌上。

"不是啦，早濑才不会写信呢。"

我摇了摇头。早濑才没有这么勤快，他去美国的时候，也只给我发了几封邮件，迄今为止从来没给我寄过信。

"那是谁写的？"

"不是早濑，是我爸爸写的。"

我没有隐瞒，如实地回答道。

"我好像没给你写过这么多信啊。"森宫叔叔露出呆愣的表情。

"是我的第一任爸爸写的。"

"哦，第一任啊。为什么现在才拿出来？"

森宫叔叔泡了两杯茶，端到了桌上。

"是梨花姐姐寄来的，之前去了巴西的爸爸给我写了很多信，她一直没给我。"

"哦，很像梨花的作风。为了守护你的生活，连你的亲生父亲都可以赶走。"

"确实。"

"不过，这么多信，得花上三天才能读完吧。"

森宫叔叔望着堆积如山的信，如此说道。

"我在想要不要看呢……"

我轻轻地摸了摸那些信。兴许是为了迎合小学生的喜好吧，信封上都是非常可爱的图案。

"欸？还有不看这个选项？"

"因为这是十多年前的信嘛。"

"啊，不过也是，就算当时说让你寄点梅干给他，现在也没办法回应啊。"

森宫叔叔笑着调侃道。

没错。虽然不至于要我寄梅干，但一定会有很多现在已经无法回答的问题。

"这么说，你不打算去见你爸爸了？"

森宫叔叔窥探似的看着我的脸。

"嗯，是啊，毕竟他已经有了新的家人，而且还有了孩子。"

就像我即将组建自己的家庭般，离开的父母们也都有了新的家庭。绝对不能因为联系以前的父母，一起怀念往昔，而伤到现在的家人。连孩童时代的我都会这么想，父亲会珍视现有的家人也是理所当然。虽说只是简单告知结婚的消息，但我的出现，或多或少会影响父亲的家庭，那样可不太好。

"可他明明是你的亲生父亲啊。你可是他的亲生女儿，完全不用在意他现在的家人啦。"

"我不是在意，反正我已经见过泉原叔叔和梨花姐姐了，而且还有森宫叔叔在身边，有这些父母就足够了。"

重新见到泉原叔叔和梨花姐姐，再次感受到了他们对我一如既往的爱。而且每天还有森宫叔叔陪着。有这些无私地爱着我的父母足够了。

最近我一直忙着见家人，完全忽略了早濑。

"一直认为我想做的不是音乐，或许只是因为害怕踏入只有钢琴的世界吧。不管我做多少比萨和煎肉饼，都不会觉得快乐。结果，我还是没办法离开钢琴呢。"

早濑如此说道。

他是那样地单纯易懂，而我竟然没有察觉到他内心的变化。明明通过钢琴音调就能清楚地感觉到他对音乐的热忱。今后我不能再一味地享受身边人对我的爱，我必须要以一个妻子的身份，和早濑一起努力建造属于我们的家庭。

"做煎饼？"

看到购物袋里的韭菜，我猜测道。

"没错，还是你眼尖。"

"昨天不是刚吃了什锦煎饼嘛。"

"那个浪子不是要做比萨吗？"

"莫非你要和早濑一较高下？"

"怎么可能，我可是有多年的家庭料理经验，一个弹钢琴的做的半吊子料理，跟我比，简直差之千里。"

森宫叔叔说完，抱着袋子往厨房走去。

7

六月的某个星期日，我们一大早就出门物色婚礼场地，参观过几家后，我和早濑一起去了一家茶餐厅吃午饭。兴许是六月后半潮湿多雨的缘故，店里满是湿气。

"没想到有这么多婚礼场地呢。"

早濑点完餐后,一口气把杯里的水喝光。

"是啊,感觉都差不多,既然如此,还是选最近的比较好。"

我对比了一下宣传手册,发现几乎大同小异。既然如此,考虑到梨花姐姐的身体,还是选个近点的会比较好。

"你觉得好就行,我听你的。"

"太死板了会很累,婚礼还是紧凑点比较好。不过话说回来,本以为婚礼会很麻烦,没想到还挺简单的嘛。"

每个婚礼场地都有优惠套餐,好像只要提交申请,就可以马上开始筹办。

"房子要先住我那套公寓,婚礼这么简单,会不会太不浪漫了?"

我摇了摇头。

"只要能得到别人的祝福,能开始新的生活,就足够了。"

"那就好。好不容易转了正,没想到又失业了。"

早濑边说着,边往服务员送来的茄汁意面上洒起了芝士粉。

早濑前阵子辞去了法式餐厅的工作,现在主要从事音乐培训班的讲师、婚礼现场和餐厅钢琴师的派遣工作。弹钢琴似乎让他感到很快乐,最近他的表情也爽朗了不少。

"反正也不是非要在音乐会大厅演奏,只要抛开自尊和喜好,弹钢琴还是挺赚钱的。"

"既然如此,那可以先弹钢琴,之后再开餐厅,到那时候,钱也存够了。"

"也对,毕竟罗西尼也是从事过音乐的工作之后才经营餐厅的。如果不弹钢琴,直接去做比萨,那就不是罗西尼,而是比萨厨师了。"

早濑咧开沾着番茄酱的嘴,开心地笑了起来。

"先不说这些，我们得赶紧得到爸爸的认可才行啊，虽然马上要定婚礼场地了，可他那边还没同意呢。"

说着，早濑露出了复杂的表情。

"啊，森宫叔叔啊。"

我吃了一口过了许久才被端上来的焗饭，叹了口气。

梨花姐姐和泉原叔叔已经同意了，亲生父亲我已经决定不去打扰，潜意识里觉得这事基本告一段落了，但实际还剩一个没能搞定。

"没错，毕竟是你真正的父亲，不得到他的同意的话，我们什么也做不了。"

"真正的父亲？"

"你的户籍不是在森宫叔叔那儿吗？"

"也是啊，毕竟户籍在一块儿，当然可以说是真正的父亲。"

回想起最没有父亲气场的森宫叔叔的样子，我不由得露出微笑。

"毕竟现在生活在一起，到时要送你出嫁的可是森宫叔叔。"

"也是呢，虽然很麻烦，但还是得说服他才行。啊，还有你妈妈。"

见过泉原叔叔的第二天，我们一起去了早濑的父母家。他父亲非常支持，还说"能愿意和我家的傻儿子结婚，真是太感激了"。但他母亲只丢下一句"要不是遇到你，我儿子也不会中途放弃钢琴"。虽然也不算明确的反对，但感觉得到，她并不是很待见我。

"只要我爸同意不就行了，你看，非常同意对稍微反对，综合一下，不还是同意嘛。"

"还能这样算啊。"

"夫妻不管是悲伤还是喜悦，赞同还是反对，不都得两人平分嘛。"

早濑不以为然地说道。

"茶餐厅的茄汁意面太软了,而且全是番茄味,吃起来味道不是很好。不过跟芝士粉非常配,如果加点芝士粉,多少我都能吃下。"

说着,早濑又往面里撒了点芝士粉。

啊,这么说来,确实有点像。看着早濑狼吞虎咽的样子,我突然想起了山本先生对我说过的话。

上周末,早濑来到山本食堂吃晚饭。山本先生看到他津津有味地吃着炸竹荚鱼的样子,对我说:

"经常听人说女儿都喜欢找和爸爸相似的人结婚,现在看来是真的呢。"

"是吗?"

我一时间没有反应过来他在说谁,不解地反问道。

"你看他吃饭的样子,很像森宫先生啊。"

山本先生笑着回答。

"喂,优子,再不快点吃,饭要凉了哦。"

"哦哦。"

"啊,要加点吗?多放点芝士绝对更好吃哦。"

"不了,我的已经够多了。"

我有一次考试前,因为吃了森宫叔叔放了超多芝士的焗饭,闹得胃疼来着。看着劝我放芝士粉的早濑,我不禁想起了当时的森宫叔叔,顿时笑得停不下来。

8

进入七月后,早濑的工作大多堆到了周末。婚礼定在了九月的第三个周日,但我们依然没能说服森宫叔叔。最后我们决定在工作日拜访，说不定等他工作累了回到家，不小心就答应了。于是，我们在七月最后的周四，在家里边做晚饭边等森宫叔叔回家。

"结果还是要我在家做比萨和肉饼，明明去 Pizza-La 和 Bikkuri-Donkey* 可以吃味道更好的。今天真是要给我出难题了。"

早濑边处理着从店里买来的鲷鱼、香草和大蒜，边说道：

"光是听到说由曾经去过意大利、美国还有法式餐厅进修过的人做的，一般人都会觉得好吃，放心吧。"

我把洋葱和胡萝卜切碎，打算做搭配大量蔬菜的菜肉烩饭。

"还有人退休后打荞麦，辞职后开始开拉面店的呢，我肯定也能行的。做什么都需要才能，虽然我的手很灵活，但舌头很迟钝。"

"就算做料理不怎么行，但你钢琴弹得好啊，这就够了。"

"也是啊，不过有音乐的时候，来点美食会更让人感到幸福。我知道，自己根本做不出能让人感到幸福的料理。"

"没事啦，你会弹钢琴啊。"

我把切好的蔬菜放到平底锅上翻炒。

"别什么事都用'你会弹钢琴啊'来安慰我呀！"

早濑笑着说道。

"可这是事实呀。"

"看来还真是钢琴拯救了我啊。"

"没错，至少，弹钢琴可以赚到生活费呀。"

"哇，你好现实。"

早濑说完，把鲷鱼放到了烤箱里。

---

* Pizza-La 和 Bikkuri-Donkey 是日本的两家西式餐厅。

"我回来了……咦？"

接近八点的时候，森宫叔叔推开门，发出了不悦的声音。

"抱歉，工作之后还打扰您。"

早濑连忙到玄关处迎接。

"什么嘛，还以为下班之后能轻松会儿，结果你这个浪子又来了，这简直是一种拷问啊。"

"欢迎回来，别在这儿抱怨啦，我和早濑给你做好了晚饭哦。"

我边整理好餐桌，边说道。

"是出国瞎晃的时候学会的料理吧？不知道能不能吃呢。"

森宫叔叔板着脸说道。

"我开始也担心，擅自用这里的厨房，您肯定会抱怨很久。但想到您下班后肚子很饿，我们还是做了。好了，爸爸，赶紧吃吧。"

早濑没有在意森宫叔叔的挖苦，接着说了句"爸爸，请坐"，为森宫叔叔拉开椅子，催促他坐下。

"什么啊，在别人家里摆架子。而且你的发言里存在很多问题。"

"是吗？"

"首先，你没有资格叫我爸爸。还有，你说我抱怨很久，我什么时候抱怨过了。"

"来，做好了哦，别在这儿斗嘴啦，赶紧趁热吃吧。"

我把刚出炉的鲷鱼放到了桌子中间，早濑连忙惊呼"哇，看起来好好吃"。新鲜出炉的橄榄油烤鲷鱼，搭配大量蔬菜的菜肉烩饭，蘑菇炖肉汤，每样食物都散发着诱人的香味。

"下班回家后，有人给自己做好晚饭，换谁都会吃吧？但吃了并不代表就认可你这个浪子了。"

在食物香味的诱惑下，森宫叔叔为自己找了个借口后，双手合十,开始吃了起来。

"请吃,这个其实做起来很简单哦。"

早濑把鲷鱼分到我们几人的盘子里。不愧是在餐厅工作过,鲷鱼被他分得十分整齐。

"有什么好惊讶的,一看就很简单啊。"

森宫叔叔说着,立即尝了一口。我也跟着吃了起来。慢火烤制的鲷鱼水分十足,肉质香软,鱼皮香脆可口。

"森宫叔叔,味道很不错呢,对吧?"

"确实,虽然是浪子做的,但鱼没有错。"

得到森宫叔叔的认可,早濑开心地笑了起来。

"干吗啊,太没礼貌了吧。"

"没有,我还是第一次听到有人这样拐弯抹角地夸食物好吃。"

早濑耸了耸肩。

这时候提结婚的事,影响用餐也不好。我们就边聊着天气、职场同事之类的无聊话题,边吃着晚饭。有了美味的料理,气氛也缓和了不少。虽然还不到和睦相处的程度,但至少所有人都吃得精光。

晚饭过后,收拾好餐桌,我泡了杯冰红茶。我学着吉见阿姨那样,把稍浓的红茶倒入放有冰块的茶杯里。清新而柔和的茶香能让人的内心变得平静。

"又在这儿搞气氛了。"

森宫叔叔尽管嘴上这么说,但还是老实地坐了下来。虽然有诸多不满,但他并没有要赶走早濑的意思,也没有立马甩头走人。或许已经放弃和我们较真了吧。

"打扰您这么多次,非常抱歉,但我们必须要得到森宫爸爸的认可才行。"

早濑喝了一口红茶,笔直地看着森宫叔叔说道。

"我还是算了吧。"

森宫叔叔把视线别向一侧。

"什么叫算了?"

"反正其他人不都同意了吗?"

"别说这种气话嘛。"

"我没有说气话,啊,对了,趁我还没忘记,赶紧给你们吧。"

森宫叔叔站起身,从桌子旁边的抽屉里拿出一个小木箱。

"这是什么?"

"泉原先生送给你们三百万日元的礼金。还要我别告诉你们是他送的。"

森宫叔叔把木箱放到我和早濑面前。

"三百万?"

庞大的金额让我和早濑有点不知所措。

"我们打算把婚礼办得简单点,这钱怕是用不上。"

"没错,这么多钱,我们不能收。"

"结婚总会有花销的,你们就收下吧。现在也不好还给泉原先生吧。"

"可是……"

"还是收下比较好,这样泉原先生也会很高兴的。"

这么多钱,相比高兴,我更多的是困惑。但想到好意为我们准备这份礼金的泉原叔叔,我很是感激。他肯定是希望在我们日后有需要的时候,这笔钱能帮上我们吧。

"泉原先生出了这么一大笔钱支持你们;水户先生虽然联系不

上，但也一定会祝愿你幸福；梨花也很开心吧？最后只有我一个人反对，会显得很奇怪吧？"

森宫叔叔静静地说道。

一切如计划的那样。只要得到其他父母的认可，森宫叔叔一人反对就毫无意义。本以为这是父母多的优势所在，但其实并非如此。如果不能让森宫叔叔由衷地说出"可以"，那就毫无意义。不管除此之外获得了多少人的赞同，我们依然无法迈向下一步。我也不知道为什么，但事实就是如此。正当我准备开口——

"如果不能得到你的认同，我们就不能结婚。"

早濑坚定地说道。

"水户叔叔、泉原叔叔、梨花阿姨，不管从其他人那里获得多少祝福，得不到森宫爸爸的认可，我们就无计可施。"

"都说了，你个浪子没资格叫我爸爸。"

森宫叔叔皱起眉头说道。

"我称呼自己的父亲为老爸。所以，只有叫您爸爸才合情合理。"

早濑解释道。

9

九月中旬过后，在一个夏日的炎热逐渐散去的寂静的周六夜晚。

吃完挂面后，我把果冻、泡芙、芝士蛋糕、黄豆粉萩饼摆到桌上。

"哇，太多了吧？婚礼前一天吃这么多，万一穿不下婚纱怎么办？"

"不可能一吃完就变胖吧，明天总有办法的。森宫叔叔，你不是总念叨，我嫁出去后，你就吃不到甜点了嘛。所以我打算最后一天，让你吃个够。"

"什么啊，什么时候念叨了？日式点心和果冻……好难搭配喝的啊。算了，就日本茶吧。"

森宫叔叔边抱怨，边开始泡起茶来。

自从森宫叔叔同意我们结婚，晚饭后吃甜点的机会也多了起来。吃着甜点，感觉可以有聊不完的天，时间感也变得模糊。虽然很期待和早濑一起生活，但我还是会对这里的生活感到不舍。

"我离开后，你一定要好好吃饭哦。"

"知道啦，我以前就是一个人生活啊，一个人吃饭没什么大不了的。"

森宫叔叔说完，吃了一口泡芙。

"嗯，也是呢。"

我也跟着往嘴里塞了一口泡芙。香甜的奶油散发出的香草味在口中蔓延。

"明天开始我就可以去参加酒会了，还可以到处玩。"

"我在的时候你也可以去啊。"

森宫叔叔每次都回来得很早，休息日也很少出门。虽然他原本就习惯了独来独往，但多少还是有点在意我的感受吧。

"有孩子的话，不太现实吧。"

森宫叔叔以一如既往的高傲语气说道。

"什么孩子，我跟你一起生活的时候，都已经十五岁了。"

"你不懂。养高中生可是最辛苦的。"

"真会说。不过，就算不用太费心思，在收养我的时候，你一定有过抵触情绪吧？不可能一点不情愿的想法也没有吧？如果我是你，我绝对不会接受。"

至今为止，我问过很多次相似的问题，但每次森宫叔叔都笑着回答"完全不会"。可突然多了个女儿，而且她的妈妈还突然离家出走。他真的毫不犹豫地接受了这种现状吗？毕竟是结婚前夜，或许他会说出自己的真心话。我一动不动地看着森宫叔叔。

"我真的一点儿也没觉得反感。"

森宫叔叔说完，"我看看啊，接下来吃个日式点心吧，"接着用叉子叉了一个萩饼。

"那你好奇怪啊。"

"是吗？"

"是啊，明明抚养一个没有血缘关系的孩子没有半点好处，只会给自己徒增负担。"

我也以不输森宫叔叔的气势往嘴里塞了一口萩饼。事到如今，就算森宫叔叔说"其实我很困扰"，我也不会觉得心痛。因为在这漫长的岁月里，我们早已经建立起了无法超越的感情。

"我打小就拼命学习，后来考上东大，进入一流企业工作，那时候感觉已经到达了人生的终点。之后感觉人生失去了目标，每天浑浑噩噩。"

森宫叔叔边擦掉嘴周围的黄豆粉，边说道。

"可以发展事业或者结婚什么的，明明有很多事可以做啊。"

"或许吧。我并不讨厌工作，结婚当然也不错。但我从没想过要逼着自己去做这些。就在那时候，我遇到了梨花，她说想要我和她一起抚养女儿，帮忙引导女儿的人生。"

"梨花姐姐的性格就是那么强势呢。"

"嗯，把这么重要的事情交给我，我顿时感觉很兴奋，觉得自己终于有了必须要做的事情，有需要完成的任务了。"

"居然把这种事情丢给你。"

梨花姐姐看穿了森宫叔叔那种一旦接受就会负责到底的性格。我的脑海中浮现出森宫叔叔被梨花姐姐说服的样子,不禁笑了起来。

"虽然说了很多次,但我真的觉得自己很幸运,自从你来到我身边后,我才意识到,原来为了别人而活,是这么有意义。"

"这样啊。"

"有了想要守护的人,所以要变得更强大。有比自己更重要的东西什么的。歌词、电影、小说里净是这些耳熟能详的台词。我一直觉得这些太过夸张。再怎么恋爱,也不可能有这么强烈的感觉。但是直到你出现后我才明白,能拥有比自己更重要的东西是多么幸福。为了自己做不到的事情,可以为了孩子做到。"

森宫叔叔以平稳的语气一字一句地述说着。现在的我还无法理解这种情感,或许等我和早濑生活一段时间后,就能理解了吧。

"为自己而活太难了,因为根本不知道要怎样做才能让自己得到满足。金钱、学习、事业、恋爱,看似每个都是正解,但每一个都不对。但是,光是看到你的笑容,光是看着你这样一天天长大,我就觉得满足了。这就是我想做的事情,很庆幸去参加了那次同学聚会,要是没有遇见梨花,或许我现在还在某处迷着路呢。"

"怎么会,也太夸张了吧。"

"当然,我头脑还不错,不至于迷路,但人生一定会非常无趣。你能来到我身边,真是太好了。"

我也一样。能遇到森宫叔叔,是我此生的幸运。中途遇到的每位父母都很善良,都非常在乎我。但我几乎每天都在担忧,是否又要更换父母。为了逃离这种不安,我故意与家人划清界限。因为如果不装作冷淡、镇定一点,我就会被孤单和悲伤的情绪所吞没。但是自从和森宫叔叔一起生活后，我逐渐卸下了伪装，慢慢地把在这里生活当成了理所当然的事，无关是否有血缘关系，无关共处时间的长短。到了这个家后，我才意识到家人是多么重要，家人给了我多大的支持。

"谢谢你，我也是。"我本想这么说，可一旦说出口，我一定会忍不住掉眼泪。于是我换成假装开玩笑似的调侃。

"你接下来该找个恋爱对象，然后全心全意对她好哦。"

"啊，好麻烦啊。"

"为什么？"

"因为谈恋爱的时候，一旦做得太过，就容易被嫌弃啊，感觉好难。"

"是吗……"

"是啊，比如每次发生什么就做猪排盖饭，心情沮丧就做饺子，每天晚上要准备果冻。要是我这么做，肯定会被嫌弃的。"

"这个我也怕了，真想说麻烦别再做饺子和猪排盖饭了。"

"不是吧。"森宫叔叔笑着说道。

"什么事情都要有个度哦。"

"要这么说的话，那家伙也是吧，都怪那个浪子，每次安静的时候，我的脑中都会自动播放钢琴曲。我已经完全被洗脑了吧。我都想告他了。"

其实，早濑在第二次问候被拒绝后，就背着我每三到四天给森宫叔叔寄一封信，并且附上录有自己弹奏的钢琴曲的CD。

我是后来在决定婚礼场所和婚礼日期后，去拜访早濑家的时候才知道的。

不同于以往，那次早濑的母亲非常和气地迎接了我，正当我感到不可思议，她说："前几天收到一封受害申报信。"接着，她递给我一封信。上面用熟悉的字体写着一段简短的留言。

早濑贤人每三天给我寄送一次钢琴曲和满是套话的信，真的很伤脑筋。看样子不答应他们结婚，他会一直寄下去，再这样下去，我怕是没办法安稳地生活。还请两位别再为难他们，赶紧让他们结婚吧。

"还寄来了收录有贤人弹奏的曲子的CD。"
早濑的母亲说着，按下了播放按钮。
播放的曲子不是用钢琴，而是用电子钢琴弹奏的。但从生动流畅的曲调依然可以判断出，这是早濑弹奏的作品。第一首是我在高中合唱祭上弹奏过的《一个早晨》，简直比我弹得好太多了。
"比每天沉浸在钢琴里的那段时间弹得要更好，真是不可思议呢。"
早濑的母亲说道。

"啊，听一下那个。"
森宫叔叔从抽屉里拿出一张CD，插入播放器里。
"一直很想听这个，但最后你都没弹给我听。"
接着，耳边响起熟悉的曲调。
"是什么歌来着？"
"都说了，是《小麦歌》。"
说着，森宫叔叔重新泡起了茶。
"《小麦歌》？"

"中岛美雪的歌啊。合唱祭前我不是想让你弹给我听嘛。"

"还发生过这种事啊。"

合唱祭的时候,我好像跟早濑提过森宫叔叔让我弹中岛美雪的曲子,这件事让我感到很困扰。

"总共有三十六首。而且每次还会附上一封讲述你们二人和曲子相关的美好回忆,以及发誓会让你如何幸福的可怕信件。"

"最后剩下个大蛋糕没吃呢。"说着,森宫叔叔吃了一口芝士蛋糕。

"只要是跟音乐相关的事情,他都记得很清楚。但我还是第一次听到这歌呢,是一首怎样的歌?"

"大概讲离开重要的故乡去旅行,步入全新生活的歌吧。"

"欸……听你这么说,有点像牧歌呢。"

我也吃了一口芝士蛋糕。此刻的我已经很饱了。

"这套公寓、这座城市,虽然只生活了八年,但对你来说,或许这里就是故乡。"

森宫叔叔如此说道。

"或许吧。"

"什么时候想回家了,尽管回来。我不会搬家,也不会死,更不会娶坏后妈。"

"那个浪子钢琴倒是弹得很好。好,再听一遍。"

说着,森宫叔叔再次按下播放按钮。

秋意渐浓的九月，第三个周日，天气非常舒适。暑气退去了几分，风中带着一丝芳香。位于郊外的婚礼场地上，招牌庭园内绽放着波斯菊、三角梅等鲜艳的小花。

我刚走进设有超大窗户的亲属休息室，早濑的父母和姐姐连忙迎了上来。因为前些天在亲属见面宴会上刚见过，双方只是简单地聊着"这日子不错呢""今天请多关照""虽然很小，但这婚礼场地还挺不错"之类的客套话。

挨个和早濑的家人打过招呼后，我轻轻地吐了口气。离开后再也没联系过的梨花，梨花的再婚对象，优子的亲生父亲——和新娘这边的亲人打招呼似乎更沉重。

大家似乎都已经到齐了。我悄悄朝房间里瞟了一眼。

"哎呀，紧张了吗？"

梨花笑容满面地走了过来。

尽管有些消瘦，但她还是那么漂亮。藏青色的礼服非常适合她。

"嗯，最近还好吗？"

"还好还好。你应该听优子说过了吧，抱歉啊，最后还是回到了前夫身边。"

梨花简单地说明了现状后，把泉原先生一把拉了过来。

"怎么说呢，非常抱歉。"

泉原先生魁梧的身躯缩成一团，朝我低下头。

"哪里，不用道歉，毕竟梨花现在更幸福。"

我如实地说道。

我和梨花是同级生。而泉原先生和梨花相差了十七岁。即便如此，他们俩依然十分般配。看着两人露出柔和的微笑，我不禁感慨，或许这就是夫妻该有的模样吧。

"就知道你会这么说。"

梨花朝我露出微笑。

水户先生来到我面前后,还没开口说话,便向我深深地鞠了个躬。

"真的非常感谢你。谢谢你把优子养大成人,谢谢你通知我,真的感激不尽。"

谦虚而礼貌的发言,端正的容貌,和优子非常相像。尽管已经五十多岁了,但他脸上丝毫没有倦意,看起来十分稳重,而且精神饱满。

"哪里,客气了。"

我轻轻地摇了摇头,毕竟这是我应该做的。

优子最后决定不读水户先生曾经给他写的那些信,总共大概有一百二十来封吧。我本不想擅自看别人的信,但这么多信不读又有点可惜。而且我也想知道孩童时代的优子是怎样的,最后我还是拿到手上读了起来。

给孩童时代的优子写的信十分简单,但传达的心情依然强烈。

还好吗?在学校过得怎么样?和朋友相处得融洽吗?学习难不难?梨花对你还好吗?有没有遇到什么困扰?

尽管没有回信,他依然孜孜不倦地询问同样的问题,并在最后以"祝优子每天健康快乐成长,爸爸会一直陪着你"结尾。

虽然优子说这些是水户先生去巴西期间给她寄的信,但从内容来看,水户先生回日本后依然在继续写信,且信里一直重复告知新地址,并且请求见优子一面,希望看看她的脸。

不管是水户先生想见女儿的迫切心思,还是梨花害怕优子去见深爱自己的父亲的心情,我都能理解。大概在梨花离开泉原先生家,也就是优子上初一的时候,信件中断了。

看完一百多封信的内容,很容易想象出,若是看到优子幸福的模样,水户先生内心会是何等喜悦。所以,我给水户先生写了封信。尽管是一个未曾谋面的人,我也没有过多地注意措辞,只是简单地告诉了婚礼的地点和日期。

今早,我告诉优子水户先生会来参加婚礼。"我故意把婚礼时间说早了一点,要不在婚礼前跟他聊聊?"听完我说的话,优子并没有感到惊讶,只是笑着回答:"果然不出所料,不过谁让森宫叔叔就是那种热衷于偷看别人信件的人呢。"

和阔别十三年的父亲重逢,优子比想象中的要平静。两人像是从来没有经历过离别般,亲密地交谈着。优子笑容满面地说:"没想到爸爸你回来了呢。""嗯,你都长这么大了呢。"说着,水户先生直接掉下了眼泪。面对亲生父亲,她会毫不犹豫地叫"爸爸"。对他们俩来说,有些东西即便不说也能懂。即便没有一起生活,也依然心灵相通。我也终于见识到了什么叫血脉相连。

正当我和水户先生聊着天。

"各位,请前往教堂。新娘的父亲需要一起走红毯,请做好准备。"婚礼场地的工作人员走进房间通知道。

差不多该走了。我对水户先生说了句"那先告辞",行了个礼后,往前走去。

"森宫先生需要和新娘一起入场,请和我一起去那边吧。"工作人员提醒道。

"啊,咦?不对,不是已经改成水户先生了吗?"

亲生父亲突然到场了，修改通知没有做到位吗？听到我的提议，水户先生打断了我的话。

"拜托了，应该负责把优子送到早濑手上的是森宫先生。"

"是啊，虽然有三位父亲出席，但我们问过新娘了，她说由森宫先生负责。"

工作人员也跟着说道。

"不不不，不应该是我吧。"

我摇了摇头。现场有和优子有血缘关系的水户先生，充满威严感的泉原先生，陪伴过优子孩童时代的梨花。作为父母，我就是个后来者，怎么能轮得到我走红毯？

"喂，别纠结了，赶紧去啊，婚礼有程序的啊。"

梨花火急火燎地催促道。

"哎呀，可是，不管怎么想……"

"怎么想也应该是你啊。优子是在你的培养下步入社会的啊。"

梨花说完，泉原先生和水户先生也跟着点头赞同。

"干吗板着脸啊？"

被带到教堂入口处后，我站到了优子身旁。见我一脸不悦的样子，优子皱起了眉头。穿着婚纱的优子非常美。但同时我也真切地意识到，她已经不再是那个需要我悉心照料的孩子了。

"最后还要我担任这种伤感的角色，真是亏了。"

我不敢直视优子的脸，维持注视教堂的姿势说道。

"最后？"

"没错，因为是最后一任父亲，所以走红毯的任务就落到我头上了。"

"怎么可能，才不是因为你是最后一个。只有你一直任劳任怨地当着我的父亲，这么多年一直不变，今后不管我走到哪里，最后想回来的，一定是有你的家。"

优子语气坚定地说完，看了看我的脸，笑了起来。

尽管我想说点比一百二十封信、比三百万更有价值的话，但似乎已经来不及了。工作人员简单说明了走红毯的方法后，把我们带到硕大的门前。

"啊，今早三明治吃多了，好难受。都怪森宫叔叔，每次都做那么多。"

站到门前，优子开始抚摸起肚子。

"是你说要再添一点的嘛。"

今早，最后我还是做了鸡蛋三明治。明明还做了火腿三明治和金枪鱼三明治，可优子偏偏就只吃鸡蛋三明治，而且还吃了好几个。

"不知道为什么，每次吃森宫叔叔做的饭，都会不知不觉地吃很多。"

"因为你一直都食欲旺盛啊。"

"谢谢你，森宫叔叔。"

"还以为你最后会叫我一声爸爸。"

"明明这称呼跟你一点也不搭。"

优子笑出了声。"不管是父亲、母亲，还是爸爸、妈妈，都比不过森宫叔叔这个称呼。"

说着，优子把手搭到我的手臂上。

不知为何，明明马上就要把重要的女儿交到别人手上了，可我却没有丝毫的难过，而是充满了幸福感。

"要笑着走过去哦。"

工作人员给出信号后，眼前的门突然被打开了。

被光芒照亮的道路前方，伫立着早濑的身影。真正让人感到幸福的，不是和谁一起编织喜悦的时候，而是将接力棒递给充满未知的广阔未来的时候，那天做好的心理准备，把我带到了这里。

"好了，走吧。"

往前迈出一步，那里已然光芒万丈。

SOSHITE, BATON WA WATASARETA by SEO Maiko

Copyright © 2018 SEO Maiko

All rights reserved.

Original Japanese edition published by Bungeishunju Ltd., Japan in 2018.

Chinese (in simplified character only) translation rights in PRC reserved

by Beijing Time-Chinese Publishing House Co., Ltd.

under the license granted by SEO Maiko, Japan arranged with Bungeishunju Ltd., Japan

through Bardon-Chinese Media Agency, Taiwan.

图书在版编目（CIP）数据

爱的接力棒 /（日）濑尾麻衣子著；青青译. -- 北京：北京时代华文书局，2020.3
ISBN 978-7-5699-3349-9

Ⅰ. ①爱… Ⅱ. ①濑… ②青… Ⅲ. ①长篇小说－日本－现代 Ⅳ. ① I313.45

中国版本图书馆 CIP 数据核字（2019）第 297721 号

北京市版权著作权合同登记号　　图字：01-2019-1904

原书名：そして、バトンは渡された
作者名：瀬尾まいこ
原出版社：株式会社文藝春秋

爱的接力棒
AI DE JIELIBANG

著　　者｜[日]濑尾麻衣子
译　　者｜青　青

出 版 人｜陈　涛
策划编辑｜康　扬
责任编辑｜黄思远
责任校对｜凤宝莲
营销编辑｜江　辰　俞嘉慧
封面设计｜[日]大久保明子　柠　檬
内文排版｜九章文化
责任印制｜訾　敬

出版发行｜北京时代华文书局 http://www.bjsdsj.com.cn
　　　　　北京市东城区安定门外大街 138 号皇城国际大厦 A 座 8 楼
　　　　　邮编：100011　电话：010-64267955　64267677
印　　刷｜三河市兴博印务有限公司　电话：0316-5166530
　　　　　（如发现印装质量问题，请与印刷厂联系调换）

开　　本｜880mm×1230mm　1/32　　印　张｜10　　字　数｜190千字
版　　次｜2021年9月第1版　　　　　印　次｜2021年9月第1次印刷
书　　号｜ISBN 978-7-5699-3349-9
定　　价｜49.00元

版权所有，侵权必究